桐城派
与清代学术流变

曾光光　著

中国社会科学出版社

图书在版编目(CIP)数据

桐城派与清代学术流变/曾光光著. —北京：中国社会科学出版社，
2016.5

ISBN 978 - 7 - 5161 - 8789 - 0

Ⅰ.①桐… Ⅱ.①曾… Ⅲ.①桐城派—文学思想史—研究—
中国—清代 Ⅳ.①I207.62

中国版本图书馆 CIP 数据核字(2016)第 196868 号

出 版 人	赵剑英
选题策划	刘 芳
责任编辑	刘 芳
责任校对	石春梅
责任印制	李寡寡

出 版	中国社会科学出版社
社 址	北京鼓楼西大街甲 158 号
邮 编	100720
网 址	http://www.csspw.cn
发 行 部	010 - 84083685
门 市 部	010 - 84029450
经 销	新华书店及其他书店

印 刷	北京金瀑印刷有限责任公司
装 订	廊坊市广阳区广增装订厂
版 次	2016 年 5 月第 1 版
印 次	2016 年 5 月第 1 次印刷

开 本	710 × 1000 1/16
印 张	12.5
插 页	2
字 数	205 千字
定 价	48.00 元

凡购买中国社会科学出版社图书,如有质量问题请与本社营销中心联系调换
电话:010 - 84083683

自　序

　　笔者虽然不是安徽桐城人，但从事桐城派研究已近二十年。在这一漫长的研究过程中，不管是对桐城派还是对桐城这座城市都有了一种特殊的感情。因为研究工作的需要，笔者曾多次到桐城考察交流。每次到桐城，都发现桐城派与桐城的联系是如此紧密。虽说桐城派消亡已近百年，但桐城派在桐城几乎是妇孺皆知，这与那些曲高和寡的传统学派在当代中国的境遇显然有所不同。经过一个多世纪时光的洗刷，每一个到过桐城的学人仍能强烈地感受到桐城派曾有的学术生命与影响力，这也是促使我对桐城派展开研究的一个重要原因。

　　桐城派因桐城而得名，而桐城也因桐城派而彰显于世。其实，自前清以来，桐城派之于桐城这座城市就具有了特殊的文化意义，在清代传承近两百余年并具有全国性影响的文学及学术派别以这座城市命名，使这座地处安徽南部的城市成为知名度极高的历史文化名城。桐城派由桐城人开创，并以桐城冠名，使它具有了强烈的区域色彩。这种区域色彩使桐城派对桐城人有了一种天然的亲和力，故桐城人在桐城派中占据相当比例也就在情理之中了，因桐城这一特定区域而形成的同乡关系在桐城派创建初期起到了相当关键的作用。如果桐城派一直囿于区域的限制，那么它也只能在有限的范围内掀起波澜，但一代代桐城派学人通过在全国各地书院的讲学活动及其他学术传承方式，使桐城派在人员构成与影响上不断突破区域的限制，最终发展为一个具有全国性影响的文学及学术派别。当然，桐城派成为一个具有全国性影响的学派还有别的因素，其中一个重要因素就在于这个以城市命名的学派的学术主张不仅是对唐代以来古文运动的发展，还顺应了清代学术、文学的发展大势；顺应了当时的科举制度与教育制度，这就使桐城派从创建之初就超越了地域的限制。换句话说，桐城派的学术主张不仅仅是以方苞、刘大櫆、姚鼐、吴汝纶等为代表的清代桐城学人的主张，更是以桐城的名义展现了超越桐城乃至超越时代限制的学术主张，这种"超越"也许正是桐城派的生命力与魅力所在。当今中国的不少城市都在打造属于自己的学派，对于这些城市而言，桐城派的发展史应该有不少借鉴意义。

"天下文章，其出于桐城乎？"桐城人姚鼐的这句名言既道出了一个桐城人的自豪，也道出了桐城派所以立派扬名的重要原因，即桐城派文章不仅是属于桐城的，也是属于"天下"的。这种"天下"的视野正是桐城派成为有全国性影响的学派的重要原因。由此我们是否也可以得出这样的结论：既有地方文化特色，又能突破地域局限的地方学派才有可能在全国性的范围产生重大的文化及学术影响，这种全国性的影响不仅不会阻碍地方学派的发展，反会促进地方学派的发展，同时还扩展了地方的文化美名。纵观近代以来有关桐城派的研究，也是一脉相承地体现了桐城派超越地域性限制的文化特色，来自不同地域的海内外学者从不同视角对桐城派所展开的研究使桐城派研究得以不断深化拓展。

笔者近年来就尝试从不同的视角对桐城派展开研究，先期发表的一些有关桐城派研究的文章或专著就分别从文学、教育、社会思潮、文化等角度展开，本书则是尝试从学术视角展开研究。虽说学界已有不少从学术角度对桐城派展开研究的成果，但笔者力求将桐城派置于清代学术流变的大背景中进行系统研究。归结起来，本书力求展现的基本观点主要有以下三点：一是桐城派以桐城冠名，具有强烈的区域文化特征，但就是这样一个具有区域性色彩的学派，又与清一代理学的发展息息相关。从总体来看，桐城派是一个超越了区域限制，在清代学术领域具有全国性影响的学派。二是持道统论的桐城派从立派之初就与清朝的官方学术即宋学结下了不解之缘，故其兴衰起落与清代理学的发展轨迹具有很大的相似性。三是桐城派作为清代宋学一派的中坚，虽然与汉学派攻讦不休，但纵观桐城派的发展，其严分汉宋的学术主张最终还是转向了学术上的兼收并蓄。这既是近代中国时代发展的大势使然，也是桐城派历代学人学术胸怀的生动体现。当一个学派在学术上呈现出开放的态势时，这正是其学术自信的体现；反之，当一个学派固守学派壁垒时，恰是体现出其学术上的不自信。桐城派最后走向消亡，虽与近代学术与社会发展大势相关，也与其自身在最需要开放兼收的时刻转向固守门户有关。四是作为清政府官方学术维护者的身份既决定了桐城派在学术上的正统地位，也决定了他们在学术上不可能有太多创新，桐城派及其学术思想随清政府兴而兴，亦随清政府亡而亡的命运也自在情理之中了。世上既没有永存的学术派别，也没有能永远开新的学术派别。与任何一个传统学派一样，桐城派有兴盛之时，也有衰亡之时。评价一个学派时，不能仅取其衰亡阶段的表现而对其做出整体上的否定判断。

　　桐城派能在有清一朝延续二百余年，发展高峰时，追随者"如蓬从风，如川赴壑"，"天下翕然，号为正宗"，其延续时间之长、影响之大、声势之盛，已经充分展示了桐城派在兴盛时期的文化与学术生命力。桐城派是一座矿藏丰富的学术宝库，不管是对桐城派发展流变的研究，还是对桐城派内在生命力的探寻，诸多方面都还值得继续深入挖掘。从扩展开来的意义上看，对一个传统学派的研究，尤其是对其学术生命力的探讨在相当程度上也是对中国传统学术文化乃至是对中华民族生命力的探寻。

目 录

绪　言

桐城派作为清代人数最多、影响最大的散文派别与清代学术发展有着十分密切的关系。这种关系主要体现在它与清代理学之间的密切关系上。[①] 桐城派坚守程朱义理，是清代理学一派的中坚力量，故桐城派的发展轨迹与清代理学有很大的相似性。综观晚清一段，当理学处于发展低谷时，桐城派也相应处于发展低谷；当理学走向复兴时，也是桐城派"中兴"之时；当理学在西学冲击下走向衰亡时，桐城派古文也面临着被时代淘汰的危机。甲午战争后，维新变法思潮高涨，革命民主主义思潮悄然涌动，程朱义理受到前所未有的挑战。西学在甲午战争后的大规模传入，加快了中国学术由传统经学向现代转型的步伐，理学与晚清桐城派在近代中国社会政治转型与学术转型的进程中最终为历史所抛弃。

桐城派与清代学术之间的联系还体现在它与清代汉学之间既相争又兼容的复杂关系上。有清一代，汉、宋两派围绕考据、义理攻讦不休，桐城派作为清代宋学一派的主要代表自然会被卷入汉、宋之争中。乾嘉之际，汉学大兴，桐城派学人方东树就因著《汉学商兑》与宋学派相论争而名噪一时。鸦片战争前后，社会的危机，社会道德的普遍沦落，士林风气的败坏，使汉学成为经世派学者抨击的中心。当汉学一派在社会危机前一筹莫展之时，晚清桐城派不仅在经世致用与道德重建上赋予了理学新的时代特色，还大力倡导学术兼收，使理学也使自身获得了新的活力。

---

① 本书所言的理学主要指其主流学派程朱理学。在清代，理学与宋学基本同义，理学派基本就等同于宋学派。桐城派学人王先谦曾说："所谓宋学者，义理是也。"（王先谦：《复阎季蓉书》，载王先谦撰、梅季校点《王先谦诗文集》，岳麓书社 2008 年版，第 302 页）近世学人邓实在《国学今论》中也曾说："方、姚之徒，治古文辞，自谓因文而道，尸程、朱之传，是曰宋学。"（邓实：《国学今论》，载桑兵等编《国学的历史》，国家图书馆出版社 2010 年版，第 42 页）从邓实所论，也是将"程、朱之传"视同为"宋学"。

桐城派作为清代影响最大的、具有浓厚学术色彩的文派，在有清一代居于学术正统的地位，清朝灭亡后又被斥为"谬种""妖孽"。这种学术及政治地位上的大起大落都使桐城派具有了学术研究上的典型意义，对桐城派学术思想流变的梳理，不仅有助于对中国近代学术思想流变的认识，也有助于对中国传统学术发展与政治之间关系的认识；有助于对中国传统社会中体制内知识分子政治情怀与学术精神的认识。

一　关于研究时段的说明

本书以《桐城派与清代学术流变》为题，显然是将研究时限主要限定在"清代"这一特定的历史时段。当然，在具体写作中，部分内容也会涉及民国初年的桐城派末流，以保证对桐城派研究的整体性与系统性。

桐城派起于清康熙年间，自此延绵兴盛长达二百余年。其实，即便是在清王朝灭亡以后，桐城派末流在民国初年还颇有影响。马其昶、姚永朴、姚永概郎舅三人就是在民初学界颇有影响的桐城派正宗传人，与桐城派关系密切的严复、林纾在民国初年的学界更是风云人物。① 笔者之所以将研究重点集中在清朝时期的桐城派，一是因为这一时段是桐城派发展的主要时期，目前学界对桐城派的研究也主要集中在这一时段；二是因为本书的研究重点在挖掘桐城派的兴衰与清王朝及其官方学术之间的关系。"皮之不存，毛将焉附？"这句古语可谓对桐城派与清王朝之间关系的形象说明。作为清王朝"御用学派"的桐城派兴起于统治的需要，衰于清王朝统治的终结，其命运与作为清代官方学术的程朱理学具有很大程度上的相似。一个学派的发展历程与一个朝廷及其官方学术的兴亡轨迹几乎叠合，其间所展现的正是传统中国社会中学术与政治之间千丝万缕、密不可分的关联。

---

① 严复、林纾与桐城派的关系颇为密切，关于他们与桐城派的关系，学界已多有梳理。1922 年，胡适在《五十年来中国之文学》中就已提出："严复、林纾是桐城的嫡派。"（胡适：《五十年来中国之文学》，载欧阳哲生编《胡适文集》（3），北京大学出版社 1998 年版，第 217 页）关于严复与桐城派的关系，可参看潘务正《严复与桐城派——以刘声木〈桐城文学渊源考〉不收严复为中心的考察》，《淮南师范学院学报》2007 年第 3 期等文；关于林纾与桐城派的关系，可参看王济民《林纾与桐城派》，《华中师范大学学报》（人文社会科学版）2007 年第 3 期等文。笔者在后文涉及相关问题时也会有所阐述。

二　桐城派研究现状述评

桐城派自清初产生以后就毁誉参半，其末流在新文化运动中更是被斥为桐城"谬种"。桐城派所以被打上这样的文化烙印，客观来看，更多是缘于政治上的因素，学术因素倒在其次。近代中国政治思潮瞬息万变，当新文化思潮逐渐退潮后，对桐城派的重新审视与评价也就随之展开。早在1922年，作为新文化运动倡导者之一的胡适就在《五十年来中国之文学》中提出要实事求是地研究桐城派。

综观"五四"以来近百年的桐城派研究，学者们大都是从文学维度展开研究，对桐城派在文学发展史上的作用、地位，论者大多予以或多或少的肯定，对桐城派的政治倾向与社会作用，则大多予以否定。① 由于本书重在研究桐城派与清代学术流变之间的关系，故笔者于此主要就与本书研究密切相关的两个方面展开学术史的述评。

（一）从学术角度对桐城派展开研究的情况

早在20世纪20年代，梁启超在《清代学术概论》中就从学术角度对桐城派做了开创性的研究，但他对桐城派的学术成就评价甚低："（桐城派）以学而论，则奖空疏，阏创获，无益于社会。"② 总体来看，从学术角度研究桐城派，学界已有的观点可归纳为以下几方面。

其一，认为桐城派与清代理学的传承、发展之间具有密切的联系。梁启超早在《清代学术概论》中就将桐城派视为清代理学的主要代表与传承者。③ 龚书铎先生主编的《清代理学史》也认为："在清代中叶汉学兴盛的大环境下，理学总体呈退潮之势，基本无理学派别活跃于学坛。这样的背景下，桐城派可谓异数。作为著名的文学流派，该派作家不仅于古文义法方面多所创见，而且尊崇程、朱，以维护程朱理学为己任。"④

---

① 参见王献永《"五四"以来桐城派研究讨论情况综述》，载王献永《桐城文派》，中华书局1992年版，第163页。

② 梁启超：《清代学术概论》，《饮冰室合集》专集之34，中华书局1989年影印本，第50页。

③ 同上书，第5页。

④ 龚书铎主编：《清代理学史》中卷，广东教育出版社2007年版，第118页。

其二，学者们一般认为，由于桐城派与程朱理学具有密切关系，故其在学术上持门户之见，与汉学家相对立。① 关于桐城派与清代汉学派之间的对立、纷争，梁启超称之为"（桐城派）时与汉学为难"②；有的学者则称之为"对垒"："桐城派不仅是个文学流派，在清代学术史上，也是与汉学对垒的宋学一派的主要阵地。"③

其三，桐城派在清代的兴盛与其汉宋兼收的学术态度有关。关于这一点，郭绍虞在《中国文学批评史》中的观点较有代表性，他认为：桐城派"推崇程、朱，而又不废考据，无论如何，较诸明代及清初之为古文者，总是切实一点，总是于古学有所窥到一点，故能言之有物"④。学者普遍认为这种学术兼收的态度对于桐城派的发展与兴盛有相当的促进作用。

其四，一些研究者将桐城派的学术倾向与政治判断联系起来，并据此对桐城派作出否定的或相对肯定的评价。由于桐城派与清政府的官方学术联系紧密，故学者们从政治视角研究桐城派时多将否定的态度，如王献永就认为："一般的评论者，总是把桐城派对待程朱理学和汉学的态度作为衡量其思想政治倾向的重要的事实与理论依据。"⑤ 但也有学者认为在桐城派发展的一些阶段尚有可标可点之处，如刘再华一方面认为桐城派为一个旧的文学派别，一方面又认为"后期桐城派整体上可以定位为一个主张维新的旧文学派别"，并认为桐城派的"护旧思想固然存在着历史的局限性，但也包含着合理的内核"⑥。还有学者提出："我们不能简单地把桐城派称为'程朱理学的卫道派'或清朝统治者的'帮闲'，应该看到他们作为学者、文人相对独立的一面。"⑦

其五，认为桐城派在学术上思想上亦有适应历史发展的一面。周中明认为："桐城派在思想内容上有极大的包容性和适应性"⑧；马积高也认

---

① 参见拙文《〈汉学商兑〉学术批判方式探析》，《史学理论研究》2012 年第 3 期。

② 梁启超：《清代学术概论》，《饮冰室合集》专集之 34，中华书局 1989 年影印本，第 5 页。

③ 武道房：《汉宋之争与曾国藩对桐城古文理论的重建》，《文学遗产》2010 年第 2 期。

④ 郭绍虞：《中国文学批评史》下卷，百花文艺出版社 1999 年版，第 311 页。

⑤ 王献永：《桐城文派》，中华书局 1992 年版，第 167 页。

⑥ 刘再华：《一个主张维新的旧文学派别——后期桐城派作家的经学立场与文化话语》，《湖南大学学报》（社会科学版）2006 年第 4 期。

⑦ 刘相雨：《论桐城派与清代政治、文化之间的关系》，《河南师范大学学报》（哲学社会科学版）2002 年第 1 期。

⑧ 周中明：《桐城派在清代长期兴盛的原因》，《文史知识》1997 年第 11 期。

为："不能说桐城派在学术上的指导思想是完全保守的，它也有适应历史发展趋势的一面，只是这一面比较弱小。"① 其实，从适应历史发展的角度去分析桐城派的学术思想，更多地还是倾向于一种价值评判。

其六，试图从清代学术与文学的关系中去寻找桐城派演变的轨迹。马积高在《清代学术思想的变迁与文学》一书中就专辟《清代理学与桐城派》一章，试图从学术史的角度去厘清作为文学派别的桐城派的发展源流。② 但作者在研究时仅涉及桐城派与理学的关系，论述重点也放在桐城派前期。此处需提及的是，正是由于作为文学派别的桐城派与程朱理学之间所具有的密切关系，学者们在对桐城派展开整体的综合研究时，都不可能单纯地从文学或学术展开。综观近世以来有关桐城派研究的成果，文学与学术均是学者们在展开相关研究时绕不开的话题。

当然，也有一些学者认为桐城派文人及桐城派古文其实与清代学术之间并无多少联系，如有学者就视桐城派学人为"纯文学作家"："桐城派（尤其是刘大櫆、姚鼐）的宗旨是视古文为纯文学，所以他们讲求'情辞'、音节、神韵、风格，即不仅与学术著作（指理学派、考据派的作品）划清界限，而且与杂文学（如史学派的作品）划清界限。姚鼐钟情于'文人'风范，实即以纯文学作家自期和自许。"③

（二）关于桐城派是学派还是文派的论争

自近代以来，学术界对桐城派是文派还是学派就一直存有争论。由于对桐城派是学派还是文派的定性这一问题与本课题的研究密切相关，为说明这一问题，现将学术界的相关观点介绍如下。

一种观点是以桐城派为一主要学派，其中以胡适的学生魏继昌的观点最为典型。魏继昌在《桐城古文学派小史》一书中提出：桐城派"是一个学派，而不是单纯的文派。因为桐城的作者，不只讲求文章还要顾及学行，与以诗歌创作为主的'江西诗派'，以经学考证为主的'汉学家'，以性理实践为主的'道学家'，俱不相同。他们是从'言有物、言有序'，发展到义理（思想）词章（艺术）考据（科学方法）三者并重的古文之学"④。王献永在《桐

---

①　马积高：《清代学术思想的变迁与文学》，湖南出版社1996年版，第89页。

②　同上书，第76—97页。

③　陈文新：《论乾嘉年间的文章正宗之争》，《文艺研究》2004年第4期。

④　魏继昌：《桐城古文学派小史》，河北教育出版社1998年版，第1页。

城文派》中虽然认为桐城派为一文学派别，但同时认为桐城派"带有一定的学派特点"①。这部分学者所以认为桐城派主要为一学派或带有学派的特点，主要的原因就在于桐城派与宋学之间的密切关系；在于桐城派文章中处处可见的程朱义理；在于桐城派与清代学术流变之间的密切关联。②

与上述观点形成对照的是，更多学者倾向于认为桐城派为一文学派别。近世学者刘师培在论及方苞及桐城派时就曾说："望溪方氏摹仿欧、曾，明于呼应顿挫之法，以空议相演，又叙事贵简，或本末不具，舍事实而就空文，桐城文士多宗之，海内人士亦震其名，至谓天下文章莫大乎桐城。"③ 显然视桐城派为文派。桐城派后裔吴孟复先生也认为桐城派为一文派，他将自己研究桐城派的著作定名为《桐城文派述论》也就表明了自己对这一问题的倾向与判断。④ 对桐城派研究颇有见地的马积高先生也认为："桐城派是一个历时甚久、人数众多的文学流派。"⑤ 如果往前追溯，较早对桐城派展开系统研究的是近代学人刘声木，他对桐城派的看法很有参考意义。⑥ 刘声木致力于从目录学角度研究桐城派，曾著有《桐城

---

① 王献永：《桐城文派》，中华书局 1992 年版，第 6—7 页。

② 李帆在论及姚鼐时曾提出："姚鼐的学术思想与其文章理论、文学思想密不可分，甚至可以说是其文章理论、文学思想的基石，而且是对桐城派思想、学术观念的集中反映。"（李帆：《姚鼐学术思想述论》，《福建论坛》2006 年第 1 期）此段文字所论就涉及桐城派文章与清代学术流变的密切关联。此段文字不仅将姚鼐的学术思想与文章理论并提，还将其学术思想视为文章理论的基石，显然作者是倾向于从学术角度去考量姚鼐及桐城派。

③ 刘师培：《左庵外集·论近世文学之变迁》，载刘师培《刘申叔遗书》（下），凤凰出版社 1997 年版，第 1648 页。

④ 吴孟复先生所著《桐城文派述论》一书于 2001 年由安徽教育出版社出版。

⑤ 马积高：《清代学术思想的变迁与文学》，湖南出版社 1996 年版，第 83 页。

⑥ 刘声木（1878—1959），原名体信、字述之，后改名声木，字十枝，安徽庐江人。其父刘秉璋曾从李鸿章入淮军，官至四川总督。与桐城派颇有渊源的刘声木一生致力于从目录学角度研究桐城派，1924 年，他著成《桐城文学源流考》《桐城文学撰述考》两书。1989 年，黄山书社将此两书合一为《桐城文学渊源·撰述考》出版（徐天祥点校）。其中《桐城文学渊源考》收录归有光以下作家 1223 人；《桐城文学撰述考》列作者 238 人，收书目 2370 余种。该书"考其师承，录其名氏，括其生平，详其著作，提示传记评论之所在，兼具'学案''目录''索引'之作用"，"实为研究桐城文派最佳之工具书"（吴孟复：《桐城文学渊源考、撰述考序》，黄山书社 1989 年版）。马积高对此则有不同看法，他认为，刘声木所著《桐城文学渊源·撰述考》的收录太滥，把凡与桐城派主要作者有某种直接、间接师友关系的学人都收进来了。他还提出，即使有直接的师友关系，学术趋向和文学趋向也不一定相同或相近，如孔广森，确是姚鼐门人，却是考据家和骈文作家，与桐城文派其实没有什么关系。本此类推，计当删去三分之一至二分之一。但即使如此，桐城派学人也还可有五六百人（马积高：《清代学术思想的变迁与文学》，湖南出版社 1996 年版，第 83 页）。

文学源流考》《桐城文学撰述考》两部关于桐城派的目录学专著，由刘声木这两部书的书名也可看出他对桐城派的定性。在《桐城文学撰述考》一书的序言中，刘声木曾如此评价桐城派："桐城文学流传至广，支流余裔蔓衍天下，实为我朝二百余年文学一大掌故，关系匪细，非一人一家所得毁誉。"①由此段文字，可以看出刘声木显然视桐城派为一文学派别。②

值得注意的是，与桐城派同时代的学人也多视桐城派为文派，③如与曾国藩同时代的栁湖文派创始人吴敏树在《与篠岑论文派书》中就称："今之所称桐城派者，始自乾隆年间姚郎中姬传称私淑于其乡先辈望溪方先生之门人刘海峰，又以望溪接续明人归震川，而为《古文辞类纂》一书，直以归、方续八家，刘氏嗣之，其意盖以古今文章之传，系之己也。"④由清人吴敏树的这段文字可以看出当时的学人多将桐城派归入文学派别之列，这对于后人认识桐城派的性质颇有帮助。

其实，桐城派究竟是学派还是文派，最有说服力的还是桐城派学人自己的说法。桐城派始祖之一的姚鼐曾作诗称："顾思文载道，筌蹄徒寄耳。陋哉执此爱，束缚作文士。"⑤直称自己为"文士"。在《刘海峰先生八十寿序》一文中，姚鼐还曾说："曩者鼐在京师，歙程吏部、历城周

---

①　刘声木：《〈桐城文学渊源考〉序》，载刘声木著、徐天祥点校：《桐城文学渊源·撰述考》，黄山书社1989年版，第3页。

②　当然，刘声木也注意到桐城派与清代学术之间的特殊关系，他在论方苞之文时曾说：方苞"廓清之功，用力甚艰，虽未免瑕疵，其词气取材荀卿，较宋五子为健劲。说经尤精卓，书序道峭似半山，碑版过求峻整，多用纪言体。运掉凌空，实能以宋儒之理衍八家之文，精者可以羽翼经传"。（刘声木著、徐天祥点校《桐城文学渊源·撰述考》，黄山书社1989年版，第103—104页）刘声木此处虽主要从文学的角度评点方苞，但从"以宋儒之理衍八家之文，精者可以羽翼经传"一语又可看出他对方苞之文与清代宋学之间密切关系的强调。从这个角度看，桐城派确不是一个单纯的文派。

③　关于这一点，胡蕴玉有系统的陈述："方苞姚鼐之徒，尸程朱之传，仿欧曾之法，治古文辞，号曰宋学。明于呼应顿挫，谐于转折波澜，自谓因文见道，别树一帜。海内人士，翕然宗之，至谓天下文章，莫大乎桐城。"（胡蕴玉：《中国文学史序》，载郭绍虞《中国历代文论选》第4册，上海古籍出版社1980年版，第443页）

④　吴敏树（1805—1873），湖南巴陵（今岳阳）人，字本深，又称南屏先生。吴敏树当时虽以古文名世，却不愿与桐城派并称。曾国藩在《〈欧阳生文集〉序》中曾将吴敏树归为姚鼐弟子："昔者，国藩尝怪姚先生典试湖南，而吾乡出其门者，未闻相从以学文为事。既而得巴陵吴敏树南屏，称述其术，笃好而不厌。"但吴敏树并不以为然，他在《与篠岑论文派书》一文中清楚地表明了自己不屑于与桐城派同派为伍的态度。正因为如此，刘声木在《桐城文学撰述·渊源考》中并未将吴敏树列为姚鼐的弟子。

⑤　姚鼐：《夜读》，载姚鼐著、刘季高标校《惜抱轩诗文集》，上海古籍出版社1992年版，第499页。"筌"为捕鱼竹器，"蹄"是猎兔器具。"筌蹄"连用喻指达到目的的手段。

编修语曰:'为文章者,有所法而后能,有所变而后大。维盛清治迈逾前古千百,独士能篇古文者未广。昔有方侍郎,今有刘先生,天下文章,其出桐城乎?'"① 姚鼐在这里显然视桐城派学人为"古文家""文章家"。姚鼐所著《刘海峰先生八十寿序》是桐城派立派的标志性文章,从姚鼐在此文中对"文"的强调,对"天下文章"皆出桐城的自信来看,桐城派当是文派无疑。

桐城派末代文士马其昶在《〈濂亭集〉序》中论及桐城派历史时也是从文学的维度追溯桐城派源流:"由二先生之言(指张裕钊、吴汝纶——笔者注),以上溯文正及姚、方、归氏,又上而至宋、唐大家,而至两汉,犹循庭阶入宗庙而禘昭穆也。"② 显然视桐城派为古文一脉在清代的正宗传承。从桐城派的主要成就来看,桐城派也当是文派无疑。桐城派主要以古文名世,方苞所著《狱中杂记》《左忠毅公逸事》《游雁荡记》,姚鼐所著《登泰山记》,吴汝纶所著《〈天演论〉序》等文均是清代古文中的传世名篇。

笔者在写作中也认为桐城派为一文学派别,但又强调其为一与清代学术流变有着密切关联的文学派别。"理"与"法"是桐城派古文的两大支撑,不管是对"理"的重视还是对"法"的过于强调都使桐城派与真正的文学派别有着一定的距离。③ 这种距离虽然弱化了桐城派作为文学派别的色彩,但是在相当程度上使桐城派与"理"、与清代学术流变有了诸多干系,这也是本课题得以成立并展开的重要因素。

三 研究的基本思路与主要内容

为使研究线索显得更加清晰,现将本课题研究的基本思路与主要内容稍作说明。

桐城派作为一个与清王朝相始终的散文派别,以倡导"义法"说而

---

① 姚鼐:《刘海峰先生八十寿序》,载姚鼐著、刘季高点校《惜抱轩诗文集》,上海古籍出版社1992年版,第114页。

② 马其昶:《〈濂亭集〉序》,《抱润轩文集》卷3,宣统元年安徽官纸印刷局石印本。

③ 吴敏树在《与筱岑论文派书》中对方苞文章有如此评价:"归氏之文,高者在神境,而稍病虚,声几欲下。望溪之文厚于理,深于法,而或未工于言。"(吴敏树:《与筱岑论文派书》,《柈湖文集》卷5,同治八年(1869)刻本)由吴敏树所论,可见方苞之文更重"理""法",并不工于文章之"言"。

成为清朝官方意识形态即程朱理学的代言人。一定程度上可以这样认为，作为程朱理学的代言人与维护者，桐城派也就具有了清政府御用学者的身份，具有了御用学者的身份就必须担当起为政府传"道"的重任。正是缘于维护者与御用学者的特殊身份，桐城派在有清一代一直居于文学与学术上的不可撼动的"正宗"地位。① 既然是清政府的文化维护者，其学派理论、思想也必然因清政府兴而兴，因清政府亡而亡。此处需要特别强调的是，笔者认为，与政治之间的关系紧密与否并非褒贬一个传统学派的标准。桐城派选择作为清代官方学术的代言人，不仅是一种政治选择，也是一种学术选择。于传统中国的学人而言，任何一种学术选择都不可能完全无视政治或朝廷的影响。从学术史、政治思想史的角度梳理桐城派的兴衰轨迹，展现近代中国社会中学术与政治之间的特殊关系就是本课题研究的主要内容。本课题主要阐述以下四个方面的问题。

其一，桐城派正统地位的树立与理学的关系。桐城派之所以能在清代文坛异军突起，与理学在有清一代的特殊地位息息相关。清王朝视程朱"道统"为维护"治统"的有力武器，故理学处于清代官方主流学术的地位。方苞标榜"学行继程、朱之后，文章介韩、欧之间"的行身祈向，②不仅表明了自己文章家的身份，也表明了自己的学术选择。作为古文家的方苞对宋学的选择不仅将古文与宋学紧密地联系起来，也使桐城派具有了维护社会道德、秩序的强烈色彩，桐城派自然在开派之初就树立起"必不可犯"的文坛正统地位。

其二，桐城派与汉学家之间的恩怨纷争及兼收调和。清代学术流变的一个重要特征就是汉、宋之争，故作为理学坚定维护者的桐城派不可避免地卷入汉、宋学的纷争中。从表面看，桐城派与汉学家的矛盾似乎起于姚鼐与汉学大家戴震之间的个人恩怨，但从本质分析，学术思想的分歧及政治态度的异同才是两者交恶的根本原因。晚清以降，面对内忧外患的社会危机，汉、宋学兼综会通成为当时学术发展的一个重要特征。此时的桐城

---

① 清人戴均衡论及此点曾说："国朝作者间出，海内翕然推为正宗，莫如吾乡望溪方氏。"（戴均衡：《〈南山集〉目录序》，载王树民编校《戴名世集》，中华书局1986年版，第458页）薛福成也说：国朝"言古文者，必宗桐城"（薛福成：《〈寄龛文存〉序》，载丁凤麟等编《薛福成选集》，上海人民出版社1987年版，第239页）。

② 苏惇元辑：《方苞年谱》，载方苞著、刘季高校点《方苞集》（下），上海古籍出版社2008年版，第870页。

派主要是出于现实的而非学术的原因，顺应了汉宋兼采的学术大势。

其三，桐城派与晚清理学经世思潮的复兴。嘉道年间，中国进入一个前所未有的大变局中。汉学家面对变局束手无策的窘况使知识分子纷纷调整学术路向，经世致用逐渐成为时代的一种主导思潮。在这种时代背景下，素有经世倾向的理学开始笼罩上强烈的经世致用的特点并逐渐走向复兴。活动于嘉道时期的桐城派代表主要为姚莹、梅曾亮、刘开、方东树等姚门弟子。与桐城派前辈一样，他们对理学的哲理层面并无太大兴趣，他们的目标主要集中在道德建设与经世致用两个方面，体现出强烈的理学经世特点。但姚门弟子相对低微的政治地位及难以引人注目的经世实践，并未使理学摆脱原有的窘境。理学最终还是靠以曾国藩为首的"桐城—湘乡派"的洋务经世之功才真正走向复兴。① 理学经世思想既成就了桐城派在洋务运动中的成功，也为桐城派在甲午战争后渐为时代所抛弃埋下了伏笔。

其四，甲午战争后理学的衰落与桐城派的危机。清朝在甲午之战中败于日本之后，国内维新思潮高涨，西学也随之大规模传入，理学与晚清桐城派开始面临真正的挑战。这一次挑战与乾嘉时期的汉宋学争锋迥异，那是中国传统学术内部的互相争论，不过是相互间学术地位的此消彼长。西方学术的大规模传入对维新派、革命民主派的政治威胁才是致命的。在"历史毕竟前进到非从根本上打破理学传统不可"的时代，② 渐入末流的桐城派却表现出的坚韧的生命力。桐城派末代领袖吴汝纶借助传统教育方式培养了大批桐城派学术后进，既展现出传统教育方式在传统学派学术传承中的重要作用，也说明传统学派、传统学术之于新时代中的青年学子仍存魅力。

---

① 所以称洋务时期的桐城派为"桐城—湘乡派"，主要是因为这一时期的桐城派领袖曾国藩为湖南湘乡人。如此称谓，可以凸显这一时期的桐城派与洋务派之间的密切关系。关于"桐城—湘乡派"的说法，最早见于胡适《五十年来中国之文学》，载欧阳哲生编《胡适文集》（3），北京大学出版社1998年版，第203页。

② 马积高：《清代学术思想的变迁与文学》，湖南出版社1996年版，第89页。

第一章　清初学术流变与桐城派
学术正统地位的确立

清王朝视程朱"道统"为维护其"治统"的重要手段，故理学自然也就处于清代官方主流学术的地位。桐城派始祖方苞标榜"学行继程、朱之后，文章介韩、欧之间"的行身祈向，[①] 不仅表明了自己文章家的身份与学术选择，也表明了自己的政治态度与选择。作为古文家的方苞对宋学"义理"的选择不仅将古文与宋学紧密地联系起来，也使桐城派具有了维护社会道德、秩序的强烈色彩。由于桐城派古文事关清王朝的"道统"与"治统"，故桐城派在开派之初就在学界树立起"必不可犯"的正统地位。[②]

一　清初桐城派兴起的官方学术"土壤"

方苞不仅是桐城派创建过程中最为关键的人物，也是整个桐城派发展历程中最为关键的人物。[③] 所以如此强调，一是因为以方苞为初祖，桐城派由此生长并不断扩展，在有清一朝绵延两百余年，其历代成员叠加竟有

---

① 王兆符：《望溪文集序》，载方苞著、刘季高校点《方苞集》下，上海古籍出版社 2008 年版，第 906—907 页。

② 曾国藩：《复陈右铭太守书》，《曾文正公全集·书札》卷 32，传忠书局光绪二年（1876）印本。

③ 方苞、刘大櫆、姚鼐被称为"桐城三祖"，学界一般也将此三人视为桐城派开创者。笔者认同此观点，同时认为方苞作为桐城始祖是桐城派创建及发展过程中最为关键的人物。关于这一点，详见本章第二节。

千人之多。① 桐城派不仅成员多，社会影响也大。关于桐城派在清时的影响，谭嗣同曾用一个"震"字来形容。② 直至民国初年，仍有桐城派余脉，由此可见桐城派生命力之强，影响力之大。不管是桐城派历代成员之多，还是其影响之大，追根溯源，其实都是源自于方苞。二是因为方苞作为桐城派始祖，他所提出的以"义法"为中心的桐城派古文文章理论为桐城派的生长、延继奠定了深厚的理论基石。③ 在方苞之后，不管是刘大櫆所倡导的"义理、书卷、经济"主张，④ 姚鼐所提出的"义理、文章、考证"三事合一的主张，⑤ 还是后来曾国藩所提出的"义理""考据""词章""经济"四事说，⑥ 究其根本，其实都是从方苞"义法"说的基础上衍生而来。即便是到了民国以后，桐城派末代学人姚永朴仍坚守先师初衷"文学之纲领，以义法为首"⑦，由此也可见，"义法"说作为桐城派的理论基石，其根基直至学派衰亡前夕依然牢固如初。

方苞所提出的"义法"说就如一颗种子，这颗种子何以能在有清一朝得以生根发芽，直至根深叶茂，推究起来，其原因不仅在于方苞播种下的这颗"种子"的生命力，⑧ 更重要的是在于清朝的官方"学术土壤"适合这颗种子的生长。笔者此处所言的清朝的官方"学术土壤"，主要包含以下三方面的内容：一是清朝官方学术的确立，二是清朝的科举制度，三是清朝的教育制度。清朝的官方学术为程朱理学，程朱理学定于一尊的地位则是通过考试制度与教育制度得以稳固与强化。这种"学术土壤"特别适合桐城派"义法"说的生长。可以这样认为，在清初，由于这种

---

① 根据刘声木在《桐城文学渊源·撰述考》中的统计，桐城派自方苞以下计有千余人。有学者以为刘声木的统计范围过宽。关于桐城派的具体人数，可参看徐天祥《整理说明》，载刘声木撰、徐天祥点校《桐城文学渊源·撰述考》，黄山书社1989年版，第2页。

② 谭嗣同（1865—1898）在《三十自纪》中曾说："少颇为桐城所震，刻意规之数年，久自以为似矣。"（谭嗣同：《三十自纪》，载蔡尚思、方行编《谭嗣同全集》，中华书局1981年版，第55页）

③ 方苞：《又书货殖传后》，载方苞著、刘季高校点《方苞集》（上），上海古籍出版社2008年版，第58页。

④ 刘大櫆：《论文偶记》，人民文学出版社1959年版，第3页。

⑤ 姚鼐：《复秦小岘书》，载姚鼐著、刘季高标校《惜抱轩诗文集》，上海古籍出版社1992年版，第104页。

⑥ 曾国藩：《劝学篇示直隶士子》，《曾国藩全集》（14），岳麓书社2011年版，第486页。

⑦ 姚永朴：《文学研究法》，时代文艺出版社2009年版，第17页。

⑧ 学者们就一般认为："桐城派颇以古文义法高自矜诩，其肇端则自方苞。"（刘季高：《〈方苞集〉前言》，载方苞著、刘季高校点《方苞集》（上），上海古籍出版社2008年版，第2页）

学术土壤的存在，即便没有桐城派的兴起，也会有持相近文学及学术主张的其他学术派别的产生。在传统中国历代王朝的官方学术土壤中，从来就不缺乏生长茂盛的学术派别。

为更清晰地说明问题，现分别就清朝官方学术的确立、清朝的科举制度及教育制度作一简要的论述。当然，在对每一问题的具体阐述中，都会与桐城派产生的"学术土壤"这一主题相联系。

（一）清初的文化政策与清朝官方学术的确立

"义"是桐城派"义法"说的学理核心，所谓"义"其实就是程朱义理。也正是基于这个原因，桐城派常常被视为程朱理学的坚定维护者。当然，这正是桐城派在有清一朝得以产生、发展的最重要的原因。要厘清桐城派在清朝的文坛、学界长盛不衰的原因，有必要对程朱理学在有清一朝的地位稍作说明。

清入关以后，在文化、学术上迅速认同儒家文化。顺治作为清朝入关后的第一位皇帝就发工修缮孔庙，并亲祭孔子。大致在康、乾时期，程朱理学定于一尊的格局就确定下来。这种一尊格局在以下两个方面得以清晰体现。

其一是康熙本人对朱熹的推崇。[①] 康熙曾说："宋儒朱子，注释群经，阐发道理，凡所著作及编纂之书，皆明白精确，归于大中至正，经今五百余年，学者无敢瑕议。朕以为孔孟之后，有裨斯文者，朱子之功，最为弘巨。"[②] 在中国传统专制社会中，皇帝的喜好与选择对整个社会的文化选择及学术取向往往具有决定性的影响。[③]

其二是程朱之学被清代统治者上升到了维护"治统"的高度。康熙

---

① 康熙的几个师傅如熊赐履、张英、陈廷敬等都是理学大师，可见康熙帝对理学推崇与他从小所受的理学教育有关。

② 《圣祖仁宗皇帝实录》卷249，《清实录》第6册，中华书局1985年版，第466页。康熙帝不仅在言辞上"以为孔孟之后，有裨斯文者，朱子之功，最为弘巨"，并下诏编写《朱子全书》《性理精义》，将程朱理学定为官学，还授宋儒周敦颐后裔五经博士世职，将朱熹在孔庙的地位由两房提升到大成殿十哲之次。

③ 康熙对理学的重视，自然提高了理学家的地位。当时，一大批讲求理学的官员如魏裔介、魏象枢、熊赐履、汤斌、耿介、李光地、张伯行等得到康熙的擢拔，一批理学大臣居于朝堂，形成了清初政坛的一个明显特点。（参见龚书铎主编《清代理学史》上卷，广东教育出版社2007年版，第53页）由此角度也可理解宣扬程朱义理的方苞在康、雍两朝能得到皇帝青睐并平步青云的原因。

对朱熹的推崇并非仅仅缘于对其学术的喜爱，康熙等清朝历代帝王所以弘扬朱子之"道"，目的最后还是落在对清王朝"治统"的维护上。康熙在《四书明义》序中对此表述得很清楚："万世道统之传，即万世治统所系。"乾隆也曾说：

> 夫治统原于道统，学不正则道不明。有宋周、程、张、朱子于天人性命、大本大原之所在，与夫用功节目之详，得孔、孟心传，而于理欲、公私、义利之界，辨之至明。循之则为君子，悖为之则为小人。为国家者，由之则治，失之则乱。实有裨于化民成俗、修己治人之要，所谓入圣之阶梯，求道之涂泽也。学者精察而力行之，则蕴之为德行，学皆实学，行之事业，治则实功。①

乾隆的这段话包含着一系列的逻辑判断：治统的合理性来源于道统，道统之"明"则来源于学之"正"，故学之"正"事关治统。乾隆这里对治统、道统及学术关系的表述较为典型地展现了一个传统专制王朝的统治者对学术地位、学术功能的看法与定位。在乾隆看来，清代统治的合理性与周、程、张、朱子一线的理学紧密相关。"为国家者，由之则治，失之则乱"，这句话将理学的政治功用及理学在清代的政治地位表述得淋漓尽致。

对于清初统治者何以要将程朱之学定于一尊，钱穆有颇为精当的表述："遗民不世袭，中国士大夫既不能长守晚明诸遗老之志节，而建州诸酋乃亦倡导正学以牢笼当世之人心。于是理学道统，遂与朝廷之刀锯鼎镬更施迭使，以为压束社会之利器。"② 钱穆于此将"理学"称之为"正学"，所谓"正学"，强调的是学术在政治意义上的正统地位。在康熙等清朝帝王手中，所谓正统学术无非就是"压束""牢笼"社会的利器。由此看来，在中国传统专制社会中，权力才是决定一种学术是否具有正统地位的根本所在。

在中国传统社会中，当一种学术与权力搭对并为权力服务的时候，它

---

① 《高宗纯皇帝实录》卷128，《清实录》第10册，中华书局1985年版，第876页。
② 钱穆：《〈清儒学案〉序》，《中国学术思想史论丛》（八），安徽教育出版社2004年版，第358页。

自然就会获得权力的庇护与支撑。理学强调治统、道统的维护，自然能获得权力的庇护。康熙年间，康熙帝的两项举措就直接提升了理学地位：一是朱熹得配享孔庙，位居十哲之次，这是程朱之学正统地位得以确立的最重要标志；二是朱注四书五经被钦定为科举考试的唯一读本，这就从教育制度及官员选拔制度两个方面确立了程朱之学的权威地位。

程朱理学在清王朝被定于一尊大致起于康熙年间，而崇尚理学的桐城派也恰好起于康熙年间，这种巧合在相当程度上展示了两者之间的紧密联系。这个联系就是清王朝的权力需要与学术迎合之间的联系。当然，这种迎合不一定是刻意而为之，也可能具有一定的偶然性，即某种学术、某个学派的主张正好符合权力的需要并因此受到当权者的青睐。偶然也罢，刻意也罢，学术一旦与权力结盟，也就成为了权力的一部分，其命运也就与权力相始终了。如果以水比权力，以舟比学术，古语"水能载舟，亦能覆舟"倒也很生动、形象地展现了清代政权与官方学术之间相互依存的特殊关系。持道统论的桐城派紧紧依附于程朱理学，故其兴衰起落不仅与清代理学的发展轨迹具有惊人的相似性，也与清王朝的盛衰轨迹具有惊人的相似之处。

程朱理学被定位为清朝的官方学术，与清朝的统治紧密联系起来，成为维护清朝统治神圣性与合理性的理论工具，这就是桐城派所赖以生长的政治学术"土壤"。在这块特殊的学术"土壤"上，那些适宜的学术"种子"自然能生根发芽。桐城派以古文宣扬程朱之"义"，就是适宜在这块"土壤"上生长的一颗"种子"。从这个角度来看，也就能很容易理解桐城派在康雍时期的异军突起并在清代绵延达二百多年之久的内在原因了。即便是在乾嘉时期汉学风头最盛的时候，处于发展低谷的桐城派仍能与汉学派展开正面交锋，它所依恃的就是居于正统的学术地位与皇权的有力支撑。

（二）制度设计与学术走向：清代科举制度、教育制度与桐城派学术正统地位的强化

官方学术是传统专制政权从意识形态角度强化其集权统治的一个重要措施。官方学术一旦被确立后，自然也就与政权一样具有了合法性、神圣性。程朱理学被清王朝定位为官方学术后，也就与政权的合法性、权威性直接相连而具有了几乎不可撼动的正统地位。

官方学术的合法性与神圣性不会仅仅停留为一纸谕旨，其维持还需要制度上的保证。理学在清代正统地位的维持与强化就有赖于科举考试制度与教育制度的保证与支撑。

1. 清代科举制度对理学及桐城派发展的推动作用

科举制度几乎与清王朝相始终。顺治二年（1645）八月，清廷举行首次乡试，清朝科举制度遂正式开始。顺治时期的科举考试沿用明代八股文取士的方法。康熙二年（1663），清朝曾短暂废除八股取士，改为论策取士，但至康熙七年（1668），仍恢复八股取士。光绪三十一年（1905），清廷宣布废除科举制度。科举制度在清王朝前后延续近二百六十年。

清代科举制度对理学正统学术地位的维持及桐城派古文的兴盛有着极大的推动作用。

从政治角度看，清初实行科举取士，其最初的目的在以科举入仕笼络汉族知识分子，调和满汉之间的民族矛盾，平息清初反清复明的浪潮，所谓"开科取士，则读书者有出仕之望，而从逆之念自息"①。随着清朝政权的稳固，科举考试的重点也就逐渐放在了对官僚后备人才的网罗上，正如《清史稿》所载："有清以科举为抡才大典，虽初制多沿明制旧，而慎重科名，严防弊窦，立法之周，得人之盛，远轶前代。"②

从学术角度看，科举制度不仅是一种官员选拔制度，其在相当程度上也是一种学术制度。清代科举在考试内容上沿袭明制，《清史稿·选举志》有载："自唐以后，废选举之制，改用科目，历朝相沿，而明则专取《四子书》及《易》《书》《诗》《春秋》《礼记》五经命题试士，谓之制义。有清一沿明制二百年，虽有以他途进者，终不得与科第出身者相比。"③ 清代士子要获取功名，要步入仕途，主要的途径就是参加科举，而清朝科举考试的内容则以四书五经为依归，④ 这就从考试制度上确保了程朱理学在学术上的正统地位，保证了程朱理学在清代传承的稳定性与长期性。

---

① 《清世祖实录》卷19，中华书局1985年影印本，第168页。

② 赵尔巽等撰：《清史稿》（12），中华书局1977年版，第3149页。

③ 同上书，第3099页。

④ 至乾隆四十七年（1782），科举考试程式有所改革，一是科举首场即试"五经"文，"四书"文被推至科举第二场；二是考试标准全部采用汉代经注，不再采用宋人经说。此距顺治二年（1645）清廷首开科举已经137年。关于这次科举改革的原因，笔者在第三章第一小节中有详述。

　　在中国传统社会，任何朝代的官方学术思想都不会缺乏追随者。在政权稳定的时期，要从众多追随者中脱颖而出其实并不是件容易的事情。桐城派所以能从中脱颖而出并卓然发展为有清一大学派，不仅仅在于它将朝廷推崇的学术即程朱"义理"作为本学派的理论核心，还和桐城派古文与八股文之间的密切联系有着相当关系。①

　　清代科举以八股文取士。八股文又被称为时文，以与古文相对。古文与时文有诸多相通之处。首先，时文与古文都恪守义理。② 其次，在艺术手法上，时文讲究开阖、顿挫、呼应之法，这在一定程度上也是对古文艺术手法的借鉴。正是源于古文与时文之间的相通，明、清两朝有不少以时文标准选编、评点古文的选本。桐城派文士李元度在为李抚九选编的《古文笔法百篇》作序时如此谈及古文与时文之间的关系："古文者，别乎时文而言也。近代选家如茅鹿门、储同人、汪遹善之徒并有评本，识者谓未能尽贴括气习。然余论古文之极致，正以绝出时文蹊径为高；而论时文之极致，又以能得古文之神理气韵机局为最上乘。"③ 李元度认为，要写好八股文（时文），其实可以从古文入手，其具体路径是一要多究习古文家如茅坤等人编选的古文选本；二是在写作时要融入古文的"神理气韵机局"。李元度于此其实道出了写好八股文的诀窍：若严格按八股文（时文）的格式写作，文章一定刻板而毫无生趣，自然难以在众多的科举竞争者中脱颖而出；若能在遵循时文规制的同时，稍微参以古文的行文之法，文章自能于刻板中稍显灵动，取得"莹然而出其类"的效果。④

　　桐城派始祖方苞在科举上的成功就充分说明了这一点。方苞精通古文，对古文与时文相通之妙自有深刻体会，他曾说，时文虽为"文之浅者"，但善为者也能将时文写得"穷理尽事，光明磊落，辉然而出于众"⑤。

————————

　　① 李详在《论桐城派》中，直接将桐城派古文视为八股文的变种。[李祥：《论桐城派》，《国粹学报》第 4 卷第 12 期（1909 年 1 月 11 日）]
　　② 自唐宋古文运动，古文就以"文以明道""文以载道"而著名，这是古文与时文最为关键的相通之处，也是"以古文为时文"能为历代朝廷所默许的一个重要原因。
　　③ 李元度：《〈古文笔法百篇〉序》，载李抚九、黄仁黼选评《古文笔法百篇》，三秦出版社 2005 年版，第 1 页。
　　④ 同上。
　　⑤ 方苞：《杨千木文稿序》，载方苞著、刘季高点校《方苞集》下，上海古籍出版社 2008 年版，第 609 页。

康熙三十八年（1699），方苞在科举考试斩获江南乡试第一名的成绩，戴名世在《方灵皋稿序》中对此事曾有如下评说："今岁之秋，当路诸君子毅然廓清风气，凡属著才知名之士多见收采，而灵皋遂发解江南。灵皋名故在四方，四方见灵皋之得售而知风气之将转也，于是莫不购求其文。"① 方苞本以古文闻名，科场得售更促使士子们"购求其文"，细读模仿，以图将"古文之神理气韵机局"融入时文，试图从中探求到科场登进的便捷阶梯。

关于桐城派古文与时文之间的关系，近世一些学者们也早有所识。② 周作人就曾说，"早也有人说过，桐城派是以散文作八股的"，桐城派的"文章统系也终和八股文最相近"③。朱自清也认为："明、清两代的古文大家几乎没有一个不是八股文出身的。清代中叶，古文有桐城派，便是八股文的影响。"朱自清认为桐城三祖均受到了八股文的影响，"方苞受八股文的束缚太甚"，刘大櫆、姚鼐两人"都是用功八股文的"④。桐城派古文与时文相通的特点，确使桐城派学人更易于在科场上取得成功。方苞是康熙丙戌（1706）进士，姚鼐是乾隆癸未（1763）进士，桐城派历代成员也多有科举功名，此处不再枚举。

由以上所论，可以得出以下结论：八股文与古文关系紧密，八股文在清代被指定为科举考试规定文体在很大程度上促成了古文的兴盛，这就为桐城古文派的崛起提供了条件。如果说桐城古文之"义"与清代官方学术的契合是桐城派崛起的必要条件，那么，桐城派的古法之"法"与时文之"法"的相通则是桐城派崛起的充分条件。前者决定了桐城派正统学术派别的地位，后者则决定了桐城派的广泛影响及人员规模。

2. 清代书院制度的官学化与理学及桐城派学术思想的传播扩展

中国传统书院以自主办学为主要特征，书院中的知识分子可以相对自

---

① 戴名世：《〈方灵皋稿〉序》，载王树民编校《戴名世集》，中华书局 1986 年版，第 54 页。明清时乡试举人第一名称为解元，考中举人第一名为"发解"。

② 事实上，早在清代，一些学者就已经意识到了桐城派古文与时文之间的联系，并据此抨击桐城派。包世臣就指出："然古文自南宋以来，皆以为时文之法繁芜无骨势，茅坤、归有光之徒程其格式，而方苞系之，自谓真古矣，乃与时文迩近。"（包世臣：《读大云山房文集》，《艺舟双辑》卷 1，万有文库本）

③ 周作人：《中国新文学的源流》，华东师范大学出版社 1995 年版，第 32、48 页。

④ 朱自清：《经典常谈》，《朱自清全集》（6），江苏教育出版社 1988 年版，第 119 页。

由地从事讲学及学术研究。但至清代，由于政府控制的加强，书院日趋官学化，日益成为科举制度的附庸。①

清代书院官学化主要体现在两个方面，一是书院的管理包括学生的收录都在各级官府的控制之下，如学生收录，就由"大吏甄其才之优雅者，录入书院，日有给，月有膳，又礼请名师以课程之。既无患其独学无友，而得师而从，指讲口授，可以知所学方向者。阐六籍之精微，探圣贤之奥窔，他日出身加民，发于事业，皆殖本于此，而非徒以其文云尔也"②。总体来看，清代书院从日常管理、教师聘用、学生录取、教学内容均在地方官府的管控之下，其实与官办学校已经没有太大的差别。二是科举"帖括"之学日益成为书院的教学内容，姚鼐的弟子秦瀛曾说：

> 古者书院之设自南宋始，领之以山长，有诵讲之益，有肄习之美，实与学校相表里。……自举业兴，而所谓诵讲肄习者，区区括帖之末。近来学者日趋苟简，百家诸子之书，且束而不观，而圣贤修齐治平之学，其讨论及之者鲜矣。③

从秦瀛所言，清代书院与学校"相表里"，可看出清代书院几乎已成为官办学校的一个补充。④清承明制，只有各级学校的生徒方可参加乡试。这一规定基本就决定了清代书院必须服从官府，否则没有出路。

书院的官学化使清代书院从自由讲学的场所日益演变为专制政权传播官方学术思想与实现思想控制的重要场所。⑤书院官学化虽然有碍于清代

---

① 顺康时期，清政府均严禁学者私设书院讲学。雍正年间，书院重开，但其办学基本在官办轨道之内，其课程亦多为适应科举考试而设。

② 秦瀛：《重修敷文书院记》（嘉庆二年），《敷文书院志略》碑文，民国二十四年（1935）刊本。转引自陈谷嘉、邓洪波主编《中国书院史资料》（中册），浙江教育出版社1998年版，第886页。

③ 同上。

④ 清代的教育体系大致由三大部分组成：一是从国学直至县学的各级官办学校；二是官学化的书院；三是分布于全国城乡村巷的私办学校（简称私学）。私学包括名儒大师聚徒讲学的经馆、民办义学及蒙养性质的私塾、蒙馆。关于清代各级官办学校，《清史稿》有如下记载："有清学校，向沿明制。京师曰国学，并设八旗、宗室等官学。直省曰府、州、县学。"〔见赵尔巽等撰《清史稿》（12），中华书局1977年版，第3099页。〕

⑤ 其实，书院在清代的官学化也常受时人的抨击，方东树弟子戴钧衡就曾这样批评书院教学："今天下山长所以教士者，津津焉于科举文章，揣摩得失，剽窃影响，而罕有反而求之于实学者。"〔见戴钧衡《桐乡书院·择山长》，《味经山馆文钞》卷1，咸丰三年（1853）刊本。〕

学术的多元化发展，却有助于维护理学的独尊地位。从教育内容看，不管是各级官办学校，还是遍布全国各地的书院，都以贴括之学、程朱义理为教学中心，理学在清代的正统学术地位自然是不可撼动了。即便是在汉学最为鼎盛的乾嘉时期，理学虽备受汉学家排挤、抨击，却无改其学术正统的地位，此从方东树在《汉学商兑》中对汉学家理直气壮的批驳就可见一斑。①

桐城派以维护理学为己任，加之桐城派古文与时文之间的密切关系，故官学化的清代书院正好是适宜于桐城派讲学传道、传承学术、扩展学术队伍的场所。② 正是基于此种因素，历代桐城派中的不少学人都曾有在书院中讲学的经历。据近代学人刘声木所撰《桐城文学撰述渊源考》中相关材料统计，曾在书院讲学的桐城派人士计有八十余人。桐城派人士讲学的书院遍布各地，如广西的榕湖书院、秀峰书院，广东的韩山书院，浙江的杭州书院，福建的厦门书院、安澜书院，湖南的岳麓书院、城南书院，安徽的亳州书院、徽州书院，河北的莲池书院，湖北的江汉书院等。③ 在书院讲学的桐城派成员通过书院讲学培育了众多弟子，使桐城派的影响得以不断扩大。

二　清初的学术高压与桐城派的机会

《清史稿》列传在叙及刘大櫆时有这样的记载，"时方苞负海内重望，后生以文谒者不轻许与，独奇赏刘大櫆"，又云"姚鼐继起，其学

---

① 方东树写作《汉学商兑》是为反驳汪中《国朝汉学师承记》而作。方东树（1772—1851）为姚鼐弟子，写作《汉学商兑》的时间大致在嘉道年间，此时正为清代理学与桐城派的发展低谷，所谓低谷，主要是就其发展过程中的起伏曲折而言，并不波及理学的学术正统地位。

② 进入书院讲学的桐城派学人不仅仅是为谋得一份教职，还将书院讲学视为复兴程朱之"道"，延续桐城派先祖之学的重要途径。如姚鼐的弟子方东树在《重刻〈白鹿洞书院学规〉序》一文中，不仅把程朱理学视为书院讲学的重要内容，还强调要把程朱等"先哲学规，别刊为一集，广步各书院，使奉为绳墨，于以崇正学、儆斯人，成善俗，而复于古道也"［见方东树《重刻〈白鹿洞书院学规〉序》，《仪卫轩文集》卷5，同治七年（1868）刻本］。桐城派学人戴钧衡曾作《祀乡贤》一文，并将桐城派先祖的牌坊立于桐乡书院，把书院作为纪念、宣扬桐城派先祖之地。由此看来，桐城派人士在书院中的讲学活动既符合统治者卫道的需要，也有利于学派的自身发展与传承。皇权需要与学派自身需求的叠合自然使书院成为桐城派栖身与发展的最佳学术场所。

③ 参见刘声木撰、徐天祥点校《桐城文学渊源·撰述考》，黄山书社2011年版。

说盛行于时，尤推服大櫆。世遂称曰方、刘、姚"①。这段文字的中心虽是写刘大櫆，却将桐城派三始祖前后相继、创立学派的过程完整地展现了出来。由这段文字，可以看出两层意思：一是桐城派的发展起点很高，此从桐城派始祖方苞"负海内重望"的学术地位就可看出；二是桐城派的开创者为方苞，但桐城派的最终成派有赖于方、刘、姚三代人的连续努力。

桐城派开创者方苞为什么能取得"负海内重望"的学术地位？桐城派发展至姚鼐时为何能"盛行于时"？这其中虽然有学术发展流变的内在规律，但一个重要的因素则在于清代的学术政治氛围及桐城派学人特别是桐城派三祖对这种氛围的主动适应。

（一）清初的学术政治氛围：文化高压与学术导向

关于清初的文化高压政策，目前学界相关的研究成果已经不少。② 为使本书的论述更有针对性，笔者于此试以与桐城派始祖方苞有牵连的"《南山集》案"为例来说明问题。

清初文字狱"《南山集》案"因桐城人戴名世所著古文集《南山集》而起。③《南山集》原名《南山集偶钞》，其中的《与余生书》为主要的获罪文字证据。为说明问题，现将戴名世《与余生书》中涉罪的主要文字摘录如下：

> 昔者宋之亡也，区区海岛一隅如弹丸黑子，不逾时而又已灭亡，而史犹得以备书其事。今以弘光之帝南京，隆武之帝闽越，永历之帝两粤、帝滇黔，地方数千里，首尾十七八年，揆以《春秋》之义，岂遽不如昭烈之在蜀，帝昺之在崖州？而其事渐以灭没。近日方宽文字之禁，而天下所以避忌讳者万端，其或菰芦山泽之间，有厘厘志其梗概，所谓存什一于千百，而其书未出，又无好事者为之掇拾，流传

① 赵尔巽等撰：《清史稿》（44），中华书局 1977 年版，第 13376—13377 页。
② 关于清初的文化高压政策，相关的主要研究成果主要有周宗奇：《清代文字狱》，人民文学出版社 2010 年版；喻大华：《清代文字狱新论》，《辽宁师范大学学报》1996 年第 1 期等。
③ 戴名世（1653—1713），字田有，一字褐夫，安徽桐城人。因家居桐城南山，后世遂称"南山先生"，又称"潜虚先生"。康熙四十八年（1709），会试中进士第一，殿试中一甲二名，授翰林院编修。

不久，而已荡为清风，化为冷灰。至于老将退卒、故家旧臣、遗民父老，相继渐尽，而文献无征，凋残零落，使一时成败得失，与夫孤忠效死、乱贼误国、流离播迁之情状，无以示于后世，岂不可叹也哉！①

戴名世在这段文字中不仅明显流露出对前朝的留恋，还在文中历数前朝弘光（1645）、隆武（1645—1646）、永历（1647—1683）年号，② 这就触犯了清朝政权的时忌。③

康熙五十年（1711），左都御史赵申乔上疏，参劾戴名世"妄窃文名，恃才放荡。前为诸生时，私刻文集，肆口游谈，倒置是非，语多狂悖。今身膺恩遇，叨列巍科，犹不追悔前非，焚削书版。似此狂诞之徒，岂容滥厕清华！"④ 赵申乔这份上疏随即引发了当时震惊朝野的《南山集》狱案。《南山集》案牵涉面甚广，不仅涉及戴名世本人，还涉及方孝标⑤、朱书⑥、汪灏⑦、方苞等人。

按刑部最初给《南山集》案内诸人所拟之罪：戴名世"依律凌迟处死"，其"祖、父、子孙、兄弟及同居之人不分异姓及伯叔父、兄弟之子不限籍之同异，十六岁以上不论笃疾、废疾皆斩，其十五岁以下男及母

---

① 戴名世：《与余生书》，载王树民编校《戴名世集》，中华书局 1986 年版，第 2 页。

② 1635 年，清太宗皇太极称帝，正式建立清朝。1644 年，清摄政王多尔衮指挥清军进占北京。同年，清顺治帝迁都北京。与此同时，一些明朝遗臣在南方拥立皇族，并建立起抵抗清朝的政权。其中包括弘光政权、隆武政权、绍武政权及永历政权，前后共历 18 年，史称南明。清朝于 1645 年灭南明弘光；1646 年灭南明隆武、南明绍武；1662 年灭南明永历。

③ 清政府之所以对《南山集》大动干戈，关爱和有一段颇为精当的评述："戴氏在《与余生书》中，因使用南明年号而得罪，而文中所表现出的对南明史料的珍惜是与对南明政权的眷依纠缠在一起的，史学家的良知与遗民情绪是混合并存的。这就很难为根基不稳的清王朝所接受、容忍，《南山集》案也因此而作兴。"（关爱和：《〈南山集〉案与清代士人的心路历程》，《史学月刊》2003 年第 12 期）

④ ［法］戴廷杰：《戴名世年谱》，中华书局 2004 年版，第 836 页。

⑤ 戴名世《与余生书》中提及方孝标所著的《滇黔纪闻》。（见戴名世《与余生书》，载王树民编校《戴名世集》，中华书局 1986 版，第 2 页）《滇黔纪闻》多记明末清初特别是南明永历时史事。《南山集》案发时，方孝标已死。

⑥ 朱书（1654—1707），名世文，字字绿。曾为戴名世《南山集》作序，王树民编校的《戴名世集》附录中收有此序。具体见《朱书序》，载王树民编校《戴名世集》，中华书局 1986 年版，第 452—453 页。

⑦ 汪灏，曾为戴名世《南山集》作序。王树民编校的《戴名世集》附录中收有此序。具体见《汪灏序》，载王树民编校《戴名世集》，中华书局 1986 年版，第 455—456 页。

女、妻妾、姊妹，若子之妻妾，给付功臣之家为奴"；已经身死的方孝标"挫碎其尸；财产入官"；方孝标族人"不论已未服尽，逐一严查，有职衔者革退，除已嫁出之女外，一并发遣黑龙江宁古塔将军处，酌情拨与乌喇、宁古塔、伯都讷等处安插"①。曾为《南山集》作序的汪灏、方苞等人拟处绞立决；并令各省督抚严查戴名世、方苞二人文集，毁板焚书。

　　按照刑部的定罪，等待方苞的就将是"绞立决"的酷刑了。在《南山集》案发一年多后，康熙帝做出了最后的裁决："戴名世从宽免凌迟，著即处斩。方登峄、方云旅、方世樵俱从宽免死，并伊妻、子充发黑龙江。这案干连应斩绞及为奴安插流徙人犯俱从宽免罪，著入旗。汪灏已有旨了。余依议。"② "是案也，得恩旨全活者三百馀人。"③ 方苞最后侥幸躲过一劫。

　　从《南山集》案的结局可以看出清代文字狱之烈。据统计，从顺治朝到乾隆朝，大大小小的文字狱近二百起，④ 其中影响较大者有康熙朝的"庄廷铙明史案"、雍正朝的"年羹尧案"、乾隆时期的"伪孙嘉淦奏稿案"等。在这种严酷的文化高压政策下，知识分子可能因为一两个字词的失误就会招来杀身之祸，遑论言论上的自由。龚自珍"避席畏闻文字狱，著书都为稻粱谋"的著名诗句就是对文化高压下的清代知识分子的形象刻画。

　　在文化高压政策之下，顺从、附和几乎成为清代大多数知识分子唯一的学术选择。宋学一派如此，汉学一派何尝又不是如此。乾嘉汉学派以考据相号召，虽隐含与清政府正统学术相对抗的成分，但在相当程度上也是一种对强权压制的妥协方式。"顺之者昌，逆之者亡"，这一点在桐城派的身上体现得很是典型。在程朱之学为官方学术的特定时代背景下，桐城派以维护程朱义理相号召，顺应了当权者的文化政策，其学术发展空间自然广阔。

---

　　① 转引自《戴名世〈南山集〉案史料》，《历史档案》2001 年第 2 期。
　　② 同上。
　　③ 全祖望：《鲒埼亭集外编》卷 22，载朱铸禹编校《全祖望集汇校集注》，上海古籍出版社 2000 年版，第 1170 页。
　　④ 其中，顺治朝文字狱 7 次，康熙朝文字狱 12 次，雍正朝文字狱 17 次，乾隆朝文字狱达130 多次。

（二）方苞的人生转机与桐城派正统学术地位的建立

方苞，生于康熙七年四月十五日（1668 年 5 月 25 日），卒于乾隆十四年八月十八日（1749 年 9 月 29 日），其一生跨越康、雍、乾三朝。康、雍、乾三朝为清代文字狱最为酷烈的时期，方苞能在这样的时代以"文"著名并成为清代第一大文派的开创者，确是一件值得推敲的事情。

其实，方苞本人差点就成了文字狱的牺牲品。正如上文所述，因被卷入《南山集》案，方苞于康熙五十年（1711）入狱，直至康熙五十二年（1713）才蒙赦出狱，随后以白衣入值南书房（类似皇帝的秘书机构——笔者注），为皇帝的文学侍从。[①] 从康熙朝到雍正朝再到乾隆朝三朝，他曾历充武英殿修书总裁、翰林院侍讲、内阁学士兼礼部侍郎等职。仔细考究，方苞人生的这种戏剧性转变与他所擅长的"古文"有着莫大的关系。

《清史稿》列传在叙及李光地时载："桐城贡士方苞坐戴名世狱论死，上偶言及侍郎汪霦卒后，谁能作古文者，光地曰：'惟戴名世案内方苞能。'苞得释，召入南书房。其扶植善类如此。"[②] 李光地为康熙朝理学名臣[③]，深得康熙宠信，他与康熙帝的这段对话改变了方苞的命运。

康熙帝与李光地君臣之间一问一答的这段对话折射出以下一些信息：一是方苞在《南山集》案发生前就早以古文闻名了；[④] 二是作为理学名家

---

① 方苞出狱时已经 46 岁，已是近知天命的年龄。大开大合的人生经历与岁月的磨砺都使方苞在阅历、人生认识、学识修养等诸多方面达到一个相当成熟的高度。这种高度自然有助于他得到皇帝的赏识，也有助于他在朝廷枢要之地能自如地应酬、周旋。

② 赵尔巽等撰：《清史稿》（33），中华书局 1977 年版，第 9899 页。

③ 由理学名臣李光地对方苞的高度评价，也可从一个侧面看出桐城派与清代理学之间的密切关系。李光地（1642—1718），曾任吏部尚书、文渊阁大学士等职。李光地为康熙朝理学名臣，颇为康熙帝赏识，康熙帝曾如此评价李光地："李光地久任讲幄，简任纶扉，谨慎清勤，始终如一。且学问渊博，研究经籍，讲求象数，虚心请益。知之最真者无有如朕者，知朕亦无有过于李光地者。"（见《清史列传》第 3 册，中华书局 1987 年版，第 718 页）

④ 康熙二十九年（1690），二十三岁的方苞应乡试未第，然文名已噪于一时。（刘季高：《〈方苞集〉前言》，载方苞著、刘季高点校《方苞集》上，上海古籍出版社 2008 年版，第 1 页）姚鼐也曾如此评价方苞的文学地位："望溪先生之古文，为我朝百余年文章之冠，天下论文者无异说也。"（姚鼐：《〈望溪先生集外文〉序》，载姚鼐著、刘季高标校《惜抱轩诗文集》，上海古籍出版社 1992 年版，第 267 页）

的李光地对方苞的推荐与评价不仅包含他对方苞古文成就的首肯，其实也包含他对方苞理学学术取向的认同；① 三是康熙本人对古文的喜好与重视，② 康熙的态度对古文及古文家在有清一朝的地位与命运有着相当重要的影响。

古文"明道""载道"的特点使其自产生之日起就带有浓厚的政治色彩，而这种色彩自然与帝王的喜好天然吻合，由此我们不难理解康熙对古文的重视。包括康熙帝在内的清朝历代帝王所以重视古文，方苞在其所编《〈古文约选〉序》中的一段话表述得很清楚：

> 先儒谓韩子因文以见道，而其自称则曰："学古道，故欲兼通其辞。"群士果能因是以求六经、语、孟之旨，而得其所归，躬蹈仁义，自勉于忠孝；则立德立功，以仰答我皇上爱育人才之至意者，皆始基于此。是则余为是编以助流政教之本志也夫！③

古文因文见道，天下群士借此可躬蹈仁义，勉于忠孝、立德立功，仰答圣恩、助流政教，这岂不正合帝王的心意？

一般来说，统治者直接说教阐"道"，往往生硬僵化，难服民心。方苞直承唐宋八家，将枯燥乏味的"道"以通俗易懂的古文化出，易于"道"的传播、接受。在方苞的笔下，因文见"道"之文居然可以达到"华妙而不可测""高浑凝固"的境界。这种"因事著道"、潜移默化的

① 在康熙五十年（1711）《南山集》案发生前，方苞就与李光地相识。据《方苞集》附录《方苞年谱》载：康熙三十年（1691），二十四岁的方苞至京师，李光地"见先生文，叹曰：'韩、欧复出，北宋后无此作也'"。其《年谱》又载：康熙四十五年（1706），"（方苞）届殿试，朝论翕然，推为第一人，而先生闻母疾遽归，李文贞公驰使留之不得"。（苏惇元辑：《方苞年谱》，载方苞著、刘季高点校《方苞集》下，上海古籍出版社 2008 年版，第 869、873 页）从以上所载，可见在《南山集》案发生以前，李光地不仅与方苞相识，还对方苞之才颇为赏识。

② 康熙二十四年（1685），康熙亲自选录上起春秋、下迄宋末的历代散文共计 1324 篇，编为《古文渊鉴》。康熙逐篇品评，并命徐乾学等人编注。该选本于康熙四十九年（1710）刊刻完竣。康熙皇帝对《古文渊鉴》一书备加喜爱，"常备案头，以备温习"，并要求朝廷内外官员认真品读。

③ 方苞：《〈古文约选〉序例》，载方苞著、刘季高校点《方苞集》下，上海古籍出版社 2008 年版，第 613 页。

效果显然优于直接的说教阐"道"①。戴钧衡对此曾有如下阐述：

> （方苞）独其根柢经术，因事著道，油然浸溉乎学者之心而羽翼
> 道教。……先生服习程、朱，其得于道者备。韩、欧因文见道，其入
> 于文者精。入于文者精，道不必深，而已华妙而不可测；得于道者
> 备，文若为其所束，转未能恣肆变化。然而文家精深之域，惟先生掉
> 臂游行。周、汉、唐、宋诸家义法，亦先生出而后揭如星月，而其文
> 之谨严朴质，高浑凝固，又足以戢学者之客气，而湔其浮言。②

与方苞同时代的学人"根柢经术"、精于程朱学者不在少数，但方苞
的优势不仅在于"根柢经术""服习、程朱"，还在于能以"谨严朴质"
而又"恣肆变化"的古文因文见道，这种文字感染力很强，可收到"油
然浸溉乎学者之心而羽翼道教"的效果。戴钧衡的这番话道出了方苞及
桐城派在有清一朝能得到历代帝王青睐的重要缘由。

戴钧衡此处所言的"入于文者精，道不必深"一语颇值得玩味：在
清朝那个特殊的时代，"道"看似神秘莫测、神圣不可侵犯，其实也无非
是帝王钦准之"道"，是帝王证明其统治合法性的种种说辞而已。故
"道"不必深，深入的思考也许反是"道"之大忌。

既然"道"不必深，功夫、水平就在"文"上体现了。方苞的高明
之处就在于明白"道"具有不可丝毫质疑的神圣性，一意在"文"上下
功夫。以雅洁之文传"道"、著"道"，以自己"掉臂游行"的古文功夫
将传"道"、著"道"之文写得"华妙而不可测"。方苞所以能为康熙、
雍正两代帝王垂青，自有其内在的、必然的原因。

方苞很是幸运，卷入《南山集》案不仅大难不死，还能得到康熙的
重视而否极泰来。康熙五十二年三月二十三日（1713 年 4 月 17 日），康
熙皇帝朱书："戴名世案内方苞，学问天下莫不闻"③，康熙随即下旨武英

---

① 戴钧衡：《重刻方望溪先生全集序》，《味经山馆文钞》，咸丰三年（1853）刊本。戴钧
衡：字存庄，号蓉洲，桐城人。师事方东树最久，"受古文法"。"自以生方苞、刘大櫆、姚鼐之
乡，不敢不以古文自任"，后"以团练死于怀远"。（刘声木著：徐天祥点校：《桐城文学渊源·
撰述考》，黄山书社 1989 年版，第 265—266 页）

② 戴钧衡：《重刻方望溪先生全集序》，《味经山馆文钞》，咸丰三年（1853）刊本。

③ 转自方苞《两朝圣恩恭纪》，载方苞著、刘季高校点《方苞集》下，上海古籍出版社
2008 年版，第 515 页。

殿总管和素招方苞入南书房。

桐城派创始人方苞入值南书房，不仅仅意味着个人的人生转机，还对桐城派的立派与发展产生了重大影响，这种影响主要体现在以下几个方面。

其一，方苞在康熙朝入值南书房对于桐城派正统学术地位的确立具有重要意义。

南书房设于康熙十六年（1677）。入值南书房者一般是从翰林等官员中择优选拔，称"南书房行走"。入值者除陪伴皇帝赋诗撰文，写字作画外，有时还秉承皇帝的懿旨起草诏令、谕旨。在康熙朝，南书房不仅仅是皇帝与翰林院词臣们研讨学问、吟诗作画的风雅之地，还是一个由皇帝严密控制的核心机要机构。故清代士人视南书房为清要之地，能入则以为荣。方苞入南书房后，其才华得到了康熙帝的首肯。方苞入值南书房时曾受君命作《时和年丰庆祝赋》，康熙阅后评价很高："此赋，即翰林中老辈兼旬就之，不能过也。"[1] 作为桐城派开山之祖的方苞以古文之才进入朝廷权要之地并得到康熙帝赏识的经历之于桐城派的正统学术地位的树立具有相当关键的作用。在皇权一统天下的时代，皇权就意味着权威与正统。一个学术派别的创始人能够得到皇帝的赏识并随侍皇帝左右，这种经历与待遇也许比学术水平显得更为重要，桐城派在有清一代正统学术地位的建立与方苞随侍康熙帝的这段经历不无关系。

入值南书房，随侍圣祖仁皇帝是方苞引以为自豪的一段经历。在《两朝圣恩恭纪》一文中，方苞特别细致地记述了这段经历并有点炫耀地历数了康熙帝对他的垂青："（康熙帝）将命者入复，辄叩曰：'苞见否？'间与大臣侍从论本朝文学，及内阁九卿所荐士，必曰：'视苞如何？'是岁（即康熙五十二年，笔者注）八月，移蒙养斋，校对御制乐、律、历、算数。书奏，数问曰：'苞承校否？'"[2]

方苞的地位在雍正朝得以进一步稳固。雍正即位后的第一年即特恩敕许方苞归籍。雍正三年（1725），雍正皇帝还在养心殿接见方苞。由于方苞时"弱足"，"行步良难"[3]，雍正帝还特命两内侍扶持方苞至养心殿。方苞受宠

---

① 方苞：《两朝圣恩恭纪》，载方苞著、刘季高校点《方苞集》下，上海古籍出版社 2008 年版，第 515 页。

② 同上。

③ 方苞：《圣训恭纪》，载方苞著、刘季高校点《方苞集》下，上海古籍出版社 2008 年版，第 516—517 页。

若惊，"伏地不能声"①。事后，方苞记下了雍正的圣训，现摘录几段如下：

> 朕所原者，情也。先帝所持者，法也。先帝未悉汝情，而免汝大刑，置诸内廷，而善视汝，是汝受恩于先帝，视朕有加焉。……
>
> 汝思朕德，即倍思先帝遗德，则汝之忠诚见，而朕之孝道亦成。……
>
> 朕惟以大公之心，循道而行，无非继述先帝志事，汝老学当知此义。故明告汝，俾汝知朕心，俾天下咸知朕心。②

这次在养心殿的召见，与其说是召见方苞，不如说是雍正帝向天下士人昭告其文化政策，显示其天恩浩荡，"俾天下咸知朕心"即是此意。方苞自然也明白这层道理，他在《圣训恭纪》中就特别表示："（皇上）所以训臣苞，使天下万世为臣子者闻之，皆将凛然于君父之大义，而兴于忠孝。所以矜恤臣苞者，使天下孤微厄穷之士闻之，莫不怵然于圣主之德意，而发其中诚，岂非中庸所称：'言而世为天下则'者乎！"③

对于康熙、雍正而言，方苞等文人学士都只是其统治政策中的一个棋子而已。特赦也好，召见也好，都是意在通过对古文大家方苞的重视显示朝廷的文化及学术政策。

在中国传统社会，历代朝廷有关文化政策的导向往往通过树立学术楷模的方式得以实现。方苞作为古文名家正好是学术楷模的最佳人选，加之方苞还是戴罪之身，将其树立为学术楷模，更是显得恩威并重、皇恩浩荡。

方苞在康熙朝入值南书房及被雍正皇帝召见，在传统皇权社会中具有特殊的文化意义，这种特殊经历不仅奠定了方苞的学术地位，也为桐城派在有清一朝的发展奠定了不可动摇的基石。

其二，方苞入值南书房为"文学侍从"，"侍从"在相当程度上也是桐城派在清代学术地位的形象写照。

南书房虽是康熙朝的核心机要机构，但从其本质讲，无非就是皇帝文

---

① 方苞：《圣训恭纪》，载方苞著、刘季高校点《方苞集》下，上海古籍出版社 2008 年版，第517 页。

② 同上。

③ 同上。

学侍从值班的地方。所谓"侍从"，就是侍候帝、后或朝廷官员之人，他们虽与权贵关系紧密，却受权贵的支配、左右，可谓权贵的附庸。政治上的"侍从"地位在一定程度上决定了方苞及桐城派在学术上的"侍从"地位。方苞入值南书房为"文学侍从"，他的学问、才华都得围绕皇帝的需要，皇帝有雅兴了，就得陪着赋诗撰文；皇帝要处理政务了，就要为皇帝起草诏令文书。当学术成为政治附庸的时候，学术就绝难有创新，这一点，也正是桐城派诸人屡受时人及后世学者批判的地方。①

（三）适者生存：方苞的"变"与"不变"

《南山集》案对于方苞来说是人生的一大波折，这段波折使他的思想、文风都发生了一些变化。经历浩劫之后的方苞在文风上一变为"迂回盘折"，思想与性格上则也一变为"敛性皈依"。②

如果仔细梳理方苞学术思想的流变轨迹，会发现方苞在《南山集》案后这一变化的发生其实并不突兀，这种变化其实是其思想发展及身份、地位变化的自然结果。

其一，方苞在年轻时就渴望成就功名，《南山集》案后，方苞因祸得福，从此仕途顺利、功成名就。故从其人生发展的大线索看，卷入《南山集》案只是方苞人生中的一次挫折而已，并未从根本上影响他的人生追求及前途。

康熙三十三年（1694），二十六岁的方苞曾作《与王昆绳书》，这篇文章就透露出他欲成就功名的急切心态：

> 终岁仆仆，向人索衣食；或山行水宿，颠顿怵迫；或胥易技系，束缚于尘事，不能一日宽闲其身心。君子固穷，不畏其身辛苦憔悴，

---

① 全祖望就这样评价方苞："世称公之文章，万口无异辞，而于经术已不过皮相之。"［全祖望：《前侍郎桐城方公（苞）神道碑铭》，《方望溪遗集》附录二，黄山书社1990年版］恽敬在《答曹侍郎书》中也认为刘大櫆的文章"细加检点，于理实有未足"。近世学者梁启超认为桐城派在文学上"无所取材"，在学术上无所"创获"。（梁启超：《清代学术概论》，《饮冰室合集》专集之34，中华书局1989年影印本，第49—50页）

② 关爱和认为："康熙五十年，戴名世因其《南山集》的锋芒而致大狱，与戴氏有文字交的方苞也因作序而摧罪，虽辛免于死，但精神受到重创，为文风格遂变得迂回盘折。此案前后文风的转变，体现了清初士人由狂悖不驯到敛性皈依的心路历程。"（见关爱和《〈南山集〉案与清代士人的心路历程》，《史学月刊》2003年第12期）

诚恐神智滑昏，学殖荒落，抱无穷之志而卒事不成也。

苞之生二十六年矣，使磋跎昏忽，常如既往，则由此而四十五十，岂有难哉！无所得于身，无所得于后，是将与众人同其蔑蔑也。每念兹事，如沉疴之附其身，中夜起立，绕屋彷徨，仆夫童奴怪诧不知所谓。苞之心事，谁可告语哉！①

"中夜起立，绕屋彷徨"，可见方苞内心对于追求功名的焦灼与急迫。方苞所抱的"无穷之志"在五年后终于得到了实现，康熙三十八年（1699），31岁方苞中江南乡试第一；康熙四十五年（1706），38岁的方苞考取进士第四名。如果不是因为母亲突然病重，需返乡探视，方苞就应参加殿试，接下来就将是"点翰林"，授职入官了。

卷入《南山集》案，看似是方苞仕途的终结。但人生的逆转有时反而是在陷入绝境之时。是案后，方苞否极泰来，入值翰林云集的南书房。由此看来，《南山集》案对于方苞的人生追求并未造成多大的挫折，反而以一种特别的方式实现了方苞的功名梦想。

方苞对科举功名的执着追求显然与其好友戴名世有异，对于这种分歧，戴名世在《方灵皋稿序》一文中曾有如下细述：

> 始余居乡年少，冥心独往，好为妙远不测之文，一时无知者，而乡人颇用是为姗笑。居久之，方君灵皋与其兄百川起金陵，与余遥相应和，盖灵皋兄弟亦余乡人而家于金陵者也。始灵皋少时，才思横逸，其奇杰卓荦之气，发扬蹈厉，纵横驰骋，莫可涯涘。已而自谓弗善也，于是收敛其才气，浚发其心思，一以阐明义理为主，而旁及于人情物态，雕刻炉锤，穷极幽渺，一时作者未之或及也。盖灵皋自与余往复讨论，面相质正者且十年。每一篇成，辄举以示余，余为之点定评论，其稍有不惬于余心，灵皋即自毁其稿。而灵皋尤爱慕余文，时时循环讽诵，尝举余之所谓妙远不测者，仿佛想象其意境，而灵皋之孤行侧出者，固自成其为灵皋一家之文也。灵皋于《易》《春秋》训诂不依傍前人，辄时有独得，而余平居好言史法。以故余移家金陵，与灵皋互相师资，荒江

---

① 方苞：《与王昆绳书》，载方苞著、刘季高校点《方苞集》下，上海古籍出版社2008年版，第667页。

墟市，寂寞相对。而余多幽忧之疾，颓然自放，论古人成败得失，往往悲涕不能自已。盖用是无意于科举，而唾弃制义更甚。乃灵皋叹时俗之波靡，伤文章之萎薾，颇思有所维挽救正于其间。①

　　戴名世此文作于康熙三十八年（1699）。是年方苞中江南乡试第一，刊其制义，戴名世为之作序。从以上这段文字起码可以看出两点：一是早在《南山集》案发生前，方苞有关桐城派古文的相关理论已经基本成形；② 二是戴名世与方苞虽为好友，但两人在性格、人生志趣、学术取向上有着诸多分歧。③ 从戴名世此文，也可看出性格之于命运的决定作用。戴名世"颓然"，时"悲哭涕不能自已"，而方苞在年轻时则是"发扬蹈厉"。颓废者常常是不满现实，喜褒贬时政；而热情、振奋者则积极向上，乐于入世、经世，对名利的追逐就是乐于入世的一种重要表现。两相比较，前者遭遇政治风险的可能远远高于后者。在传统社会中，统治者既以强权统治社会，也以包括权力在内的名利来诱惑、笼络士人。喜欢追逐名利的士人永远是专制权力最坚定的维护者与拥护者，自然也就为统治者所容。与之相对，富于批判精神者虽与学术自由相容却难容于专制权力。曾经是好友的方苞、戴名世两人后来之所以命运迥然不同，其背后的原因其实不难寻觅，"性格即命运"的说法确有其道理。

　　其二，方苞在《南山集》案后，思想与文风变得"敛性皈依""迂回盘折"，这是方苞对独裁政权、强权文化的主动适应，这种适应恰巧是方苞也是桐城派得以生存、发展的重要原因。

　　方苞在《南山集》案后思想与文风所以变得"敛性皈依""迂回盘折"，归结起来，当有内在与外在两大原因。

　　从内在原因看，当是方苞本人对科举仕途的执着。科举也好，仕途也好，都需要低调、敛性。故当方苞一旦"有意于科举"，自然会由年轻时的"发扬蹈厉，纵横驰骋"一转为"收敛其才气，浚发其心思，一以阐

---

①　戴名世：《方灵皋稿序》，载王树民编校《戴名世集》，中华书局 1986 年版，第 53—54 页。

②　戴名世在《方灵皋稿序》中认为，方苞作文"一以阐明义理为主，而旁及于人情物态，雕刻炉锤，穷极幽渺，一时作者未之或及也"，这其实就是从文章之"义"、行文之"法"两个方面对方苞文章特点的高度概括。

③　从此段文字可以看出，在学术取向上，方苞重"文"，而戴名世重"史"；在人生志趣上，方苞志在科举，而戴名世则无意于科举。

明义理为主"。《南山集》案后，戏剧性踏入仕途的方苞更加"敛性皈依"，这一性格上的转化只不过是他人生追求及心路历程的合逻辑演进。

从外在原因分析，则是在《南山集》案后，方苞虽侥幸躲过一劫，并从此仕途坦荡，但《南山集》案的阴影其实一直高悬在他的头上，让他不能有丝毫放松。在康熙对《南山集》案的最后裁决中，方苞仍作为"人犯"被"从宽免罪"①，其家属族人被强令遣京，并编入旗籍。高悬在方苞头上的那把"刀"并没有消失，随时都有掉下来的危险。即便到了雍正朝，雍正帝虽然对《南山集》案所涉人员多有赦免，方苞也被赦许归籍，但从最后的结果看，雍正帝并未给《南山集》案本身平反。② 方苞专门写有《两朝圣恩恭纪》《圣训恭纪》两文，其中专记康熙、雍正两帝对自己的恩典，对于康熙不杀、雍正赦许归籍之恩，方苞表示"欲效涓埃之报"③。皇权之下，一介戴罪之身的知识分子也许连"涓埃"也算不上。在至高无上的皇权面前，诚惶诚恐当是最好的应对之道。④ 方苞及桐城派学人对程朱"义理"的维护，在一定程度上就是传统政治体制内的知识分子以学术的特有方式向皇权表达忠心与敬意的特殊方式。桐城派行文强调严守章法，"雅洁""敛性"的语言形式背后所透露的不仅仅是高超的古文艺术，也透露出对强权的惶恐，唯恐一不小心，行文稍一不"敛性"就会惹来文字狱之祸。不逾矩、讲方圆从来都是中国传统体制内的知识分子及学术的一大特征。

当然，这种变化也与方苞的地位变化有关，方苞以白衣入值南书房，

---

① 转引自《戴名世〈南山集〉案史料》，《历史档案》2001 年第 2 期。

② 雍正帝在藩邸做雍亲王时，曾对《南山集》案有过评判。他认为《滇黔纪闻》尊崇南明三王年号和《南山集·与余生书》中"弘光之帝南京"数句，"虽皆非臣子之所宜言，实无悖逆之语，当时刑部覆旨，亦未谓此外更有违碍之词，故亦以为冤"。（《方玄成传》，载王树民编校《戴名世集》，中华书局 1986 年版，第 487 页）雍正即位后颁发恩诏："除本身犯罪外，因族人有罪牵连入旗籍者，著查奏赦免。"（转引自《戴名世〈南山集〉案史料》，《历史档案》2001 年第 2 期）雍正元年（1723），戴、方案内援恩诏免罪诸人，均释放回籍。但戴、方两人之嫡派子孙媳妇未赦免；方孝标之子登峄、孙式济父子皆卒于黑龙江戍地。由此看来，虽有"恩诏"，多有"赦免"，但《南山集》案本身就没有得到朝廷方面的正式平反。

③ 方苞：《两朝圣恩恭纪》，载方苞著、刘季高校点《方苞集》下，上海古籍出版社 2008 年版，第 516 页。

④ 对于雍正的恩赦，方苞如此表示："臣苞惊怖感动，不知涕泗之何从也。"（方苞：《两朝圣恩恭纪》，载方苞著、刘季高校点《方苞集》下，上海古籍出版社 2008 年版，第 516 页）

日夕所交往的是皇帝、重臣、"诸皇子"①，方苞"虽不与朝政，而密勿机务，多得闻之"②。地位高了，处境复杂了，心境、文风变得"敛性皈依""迂回盘折"也自在情理之中。

近人刘声木在评点方苞之文时曾说：方苞的文章"下语多见本源；一字一言不敢假借出入。生平以道自重；不苟苟流俗；古文之义法由是而精。……其文非阐道翼教有关于人伦风化者不苟作；非先王之法弗道；非昔圣之旨弗宣；湛于经而合于道；务为明体达用之学；不求异于人；而千古莫能易也。"③方苞作文所以要严守"本源"、严守"先王之法""昔圣之旨"，这不仅仅是一种学术理念的体现，恐怕还是方苞在当时的政治与学术高压下战战兢兢、明哲保身的一种无奈选择。

三　从方苞到姚鼐：桐城派古文理论体系的构建与学术选择

从方苞（1668—1794）到刘大櫆（1698—1779），再到姚鼐（1732—1815）是桐城派"立派"的关键时期，④在这一时期，桐城派不仅逐渐建构起以"义法"为中心的古文理论体系，也逐步确立起学术上的正统地位。

为了从整体上对桐城派展开深入研究，有必要对方、刘、姚三人主要的文学、学术成就及学术传承的脉络稍作梳理。由于有关此三人的学术研究成果已经相当丰富，⑤故笔者于此不作面面俱到的介绍，仅就古文理论体系的构建、学术传承的脉络、学术方向的选择等相关问题作概略性的陈述。

（一）"桐城三祖"与桐城派古文理论体系的构建

刘声木在论及桐城派三祖之于桐城派的创立时曾说："自望溪断断于义法，而后文章之体尊；刘、姚继之，世遂有桐城派之目，于文家为正

---

① 苏惇元辑：《方苞年谱》，载方苞著、刘季高校点《方苞集》下，上海古籍出版社2008年版，第876页。
② 同上。
③ 刘声木著、徐天祥点校《桐城文学渊源·撰述考》，黄山书社1989年版，第104页。
④ 方苞、刘大櫆、姚鼐三人皆为安徽桐城人，这也是桐城派得名的重要原因。
⑤ 有关方苞、刘大櫆、姚鼐的相关研究成果主要有：吴孟复：《桐城文派论述》，安徽教育出版社1983年版；周中明：《桐城派研究》，辽宁大学出版社1999年版。

宗。"① 经过方苞、刘大櫆、姚鼐三代人百余年前后相继的努力，桐城派的古文理论体系得以不断完善、成熟。

1．方苞为桐城派奠定的基础

桐城派始祖方苞之于桐城派的最大贡献就是为桐城派的创建奠定了基础，此主要体现在两个方面，一是构建起桐城派古文的理论核心；二是通过编纂古文范本的方式扩大了桐城派古文的影响。

其一，方苞提出的"义法"理论成为桐城派古文理论体系的基石。

方苞"义法"理论的形成有一个发展过程。其"义法"理论的形成最早可追溯到康熙三十年（1691），正是在这一年，24 岁的方苞提出"学行继程、朱之后，文章介韩、欧之间"②，这应该是桐城派"义法"说的雏形。八年后，即康熙三十八年（1699），戴名世在为方苞文集作序时曾论及：方苞文章一"以阐明文理为主"，在具体行文中又"雕刻炉锤，穷极幽渺"③。看来此时的方苞在古文创作中已经从思想（即义）及形式（即法）两个方面开始具体的实践。方苞具体提出"义法"说则在雍正时期。雍正十一年（1733），方苞编成示范"义法"的古文读本《古文约选》。至此，方苞的"义法"说理论体系最终形成。④

"义法"可谓桐城派创始人方苞文论思想的核心，也是桐城古文一派的理论基石。⑤ 通俗地讲，"义"就是文章的中心思想，桐城派古文之

---

① 刘声木著、徐天祥点校《桐城文学渊源·撰述考》，黄山书社 1989 年版，第 330 页。

② 王兆符：《〈望溪文集〉序》，载方苞著、刘季高校点《方苞集》下，上海古籍出版社 2008 年版，第 906—907 页。

③ 戴名世：《方灵皋稿序》，载王树民编校《戴名世集》，中华书局 1986，第 54 页。

④ 方苞在《〈古文约选〉序例》中提及"义法"："序事之文，义法备于《左》《史》。"（方苞：《〈古文约选〉序例》，载方苞著、刘季高校点《方苞集》下，上海古籍出版社 2008 年版，第 615 页）在《又书〈货殖传〉后》一文中，他对"义法"作了进一步的阐释："《春秋》之制义法，自太史公发之，而后之深于文者亦具焉。'义'即《易》之所谓'言有物'也，'法'即《易》之所谓'言有序'也。'义'以为经而'法'纬之，然后为成体之文。"（方苞：《又书〈货殖传〉后》，载方苞著、刘季高校点《方苞集》上，上海古籍出版社 2008 年版，第 58 页）

⑤ 其实，方苞的"义法"说就是对唐宋古文"文以明道""文以载道"理论的概括与引申。方苞行文"一以阐明义理为主"。（戴名世：《方灵皋稿序》，载王树民编校《戴名世集》，中华书局 1986 年版，第 54 页）在他看来，文字的功用主要就是记载、宣扬义理，所谓"文以载道""文以明道"也是此意。在《答申谦居书》《〈古文约选〉序例》等阐述"义法"理论的文章中，方苞的相当篇幅都在阐述他坚持"文以载道""文以明道"的思想。由此角度看，方苞的古文理论确与古文一派一脉相承，此正如苏惇元在评价方苞时曾言："宋以后文家，能合程、朱、韩、欧为一家而纯正动人者，以先生之文为最。"（苏惇元：《〈方望溪先生年谱〉序》，《方苞集》附录三，载方苞著、刘季高校点《方苞集》下，上海古籍出版社 2008 年版，第 917 页）

"义"要以阐明程朱义理为中心；"法"就是文章形式，桐城派古文之"法"特别强调谨严、雅洁。谨严、雅洁之"法"与庄重、正统之"义"一表一里的有机组合是桐城派所以能在文化高度专制的时代得以生根发芽直至根深叶茂的重要缘由。① 需要注意的是，作为散文家的方苞将程朱之"义"置于文章之"法"的前面，可见"义"在方苞的眼中的位置要高于文章之"法"②。虽说对"义"的过分强调有悖于文学的特性，但在相当程度上，方苞的劫后余生及桐城派的兴盛发达都与以"义"为先的"义法"说有关。既然充当了官方学术的代言人，自然得把宣传"义"作为首要的任务。

其二，方苞编选的《古文约选》与《四书文选》的两个古文选本则在极大程度上推动了古文"义法"的传播与传承。

雍正十一年（1733），方苞奉和硕果亲王允礼命，编选《古文约选》

---

① 在传统中国社会中，每一个朝代的统治思想一旦确立，就具有不可侵犯、不可质疑的神圣性、权威性，社会中的每一个人都必须无条件地顶礼膜拜。这种神圣的、权威的"道"的圣洁性要求承载它的文体也应是雅洁的，方苞显然认识到了这一点，故他不仅强调"义"，还强调"义"必须以雅洁之文来表述。文章要雅洁，对语言的要求自然就很挑剔了。他曾如此训导门人沈廷芳："南宋元明以来；古文义法不讲久矣。吴越间遗老尤放肆……古文中不可入语录中语、魏晋六朝藻丽俳语、汉赋中板重字法、诗歌中隽语、《南北史》佻巧语。"（苏惇元辑：《方苞年谱》，载方苞著、刘季高校点《方苞集》下，上海古籍出版社 2008 年版，第 890 页）不仅对语言有要求，文章体要、气体也必须"不杂"而"洁"，方苞在《书萧相国世家后》就说："柳子厚称《太史公书》曰洁，非谓词无芜累也。盖明于体要，而所载之事不杂，其气体为最洁耳。"（方苞著、刘季高校点：《方苞集》上，上海古籍出版社 2008 年版，第 56 页）方苞还认为，仅仅在字词、体要、气体上下功夫，还不能真正做到"雅洁"，在《书归震川文集后》一文中，他又认为："又其辞号称雅洁，仍有近俚而伤于繁者，岂于时文既竭心力，故不能两而精与？抑所学专主于为文，故其文亦至是而止与？"（方苞著、刘季高校点：《方苞集》上，上海古籍出版社 2008 年版，第 117—118 页）在此，他认为"专主于文"并不能达到"雅洁"的要求，要真正达到"雅洁"，看来还须从作者思想修养即对"道"的体悟上去找路径。方苞在《〈古文约选〉序例》中曾说这种修养的最高境界是"清澄无滓"，到了这个境界，文章从内容到形式就完全全合乎于"道"与"文"的规范，归于雅正简洁。以上所论就是方苞对古文家的要求，从这个要求来看，古文家不仅是语言上的"过滤网"，还是思想上的"过滤网"。古文家在写作文章的时侯，从文字、材料的选择直到文章的剪裁、结构、词采、命意等方面均需以"道"为中心，凡是不符合要求的均不能入文。通过这个"过滤网"精心打造出来的古文可谓"干干净净"，纯洁无暇，阅读这样文章的人自然也就"干干净净"，言行举止皆合乎统治者的规范了。

② 方苞所以将"义"置"法"之前，相当程度上说明了方苞对"义"的重视。这其中不仅有政治上的考量，也与方苞本人对经术的重视有关，方苞本人曾说过，他曾接受黄宗羲高足万斯同（1638—1702）的建议，曾"辍古文之学而求经义"。（方苞：《万季野墓表》；载方苞著、刘季高校点《方苞集》上，上海古籍出版社 2008 年版，第 332 页）

作为八旗子弟的古文读本。① 《古文约选》主要收录两汉书、疏及唐宋八大家文。在《古文约选》的序言及编选体例中，方苞系统阐述了"义法"说及"文统""道统"思想，并揭示出古文"助流政教之本志"，为桐城派奠定了最初的文论基础。《古文约选》作为八旗子弟学校教本的颁行，不仅提高了古文的地位，也使"义法"说具有了官方的权威性。在《〈古文约选〉序》中，方苞除了阐述"义法"外，还有这样一段文字颇值得关注：

> 我国家稽古典礼，建首善自京师始。博选八旗子弟秀异者，并入于成均。圣上爱育人材，辟学舍，给资粮，俾得专力致勤于所学；而余以非材，实承宠命，以监临而教督焉。
>
> 窃惟承学之士必治古文，而近世坊刻，绝无善本。圣祖仁皇帝所定渊鉴古文，闳博深远，非始学者所能偏观而切究也。乃约选两汉书、疏及唐宋八家之文，刊而布之，以为群士楷。②

这段文字除了论及《古文约选》编选的缘由及主要内容，还特别强调当今"圣上"（即雍正帝，笔者注）及"圣祖仁皇帝"（即康熙帝，笔者注）对古文的重视，这颇有借皇帝权威以自重的意味。

乾隆三年（1738），方苞又奉旨编选《四书文选》。《四书文选》选编明、清四书制艺数百篇，此书编成后即"诏颁各学官"，成为官方的古文教材。由于以官方选本出现，《四书文选》与《古文约选》一样自然也具有了官方的权威性。随着《四书文选》与《古文约选》的广为刊布，桐城派古文"义法"之说也广为流播，"义法"也由此成为清代士子学习古文的"涂轨"③。这就为桐城古文一派登上文坛奠定好了社会基础。

官方指定教材自然是桐城派古文得以扩大影响的重要原因，但深入考

---

① 方苞编选的《古文约选》有雍正十一年（1733）初刻本及同治八年（1869）四川总督署刻本。

② 方苞：《〈古文约选〉序例》，载方苞著、刘季高校点《方苞集》下，上海古籍出版社2008 年版，第 612—613 页。

③ 姚莹曾说："近代方望溪最善此事，其言以义法为主，虽非文章之极诣，然涂轨莫正于此。"（姚莹：《与陆次山论文书》，《中复堂全集·东溟文后集》，同治六年（1867）刊本）

究，桐城派古文在清代所以能有广泛影响，还与桐城派古文能为士子普遍接受、欢迎有着密切关系。在相当情况下，内因的推动作用往往较外因更为持久。方苞的弟子王兆符在《望溪文集序》中的一段话颇能说明这个问题：

> 岁辛未（康熙三十年，1691 年），先君子（王兆符的父亲王源，笔者注）与吾师（即方苞）及西溟姜先生（即姜宸英）同客京师，论行身祈向。西溟先生曰："吾辈生元、明以后，孰是如千里平壤，拔起万仞高峰者乎？"先君子曰："经纬如诸葛武侯、李伯纪、王伯安，功业如郭汾阳、李西平、于忠肃，文章如蒙庄、司马子长，庶几似之。"吾师曰："此天之所为，非人所能自任也。学行继程、朱之后，文章介韩、欧之间，孰是能仰而企者？"西溟曰："斯言也其信！吾固知庄、马之可慕，而心困力屈，终邈其乎不可即也。"①

此段所载是方苞与王源、姜宸英谈论"行身祈向"。从讨论内容看，所谓"行身祈向"当是指人生追求。王源认为政治上当如诸葛亮、王守仁；功业上当如郭子仪、于谦；文章上当如庄子、司马迁。方苞则认为这些目标都太高了，只要学行继程、朱，文章学韩、欧，即可实现自己的人生追求。姜宸英赞同方苞的观点。在一个专制政权的统治逐渐走向稳定、文字狱酷烈的时代，对于知识分子来说，经天纬地、建功立业已然是一个不可触及的梦想。姜宸英之所以认同方苞的观点，就在于方苞的目标平实可行。学行继程、朱，能与统治者的思想保持一致；文章介韩、欧之间，以传道为志，平实可学，还可提高时文水平。学行继程、朱，文章学韩、欧，两者叠加，不仅将政治风险降到了最低，还为政治、文化高压下的众多士子提供了一条"能仰而企"的功名之路。

符合朝廷的需求，没有政治上的风险，平实易学，有助科考，桐城派

---

① 王兆符：《望溪文集序》，载方苞著、刘季高校点《方苞集》下，上海古籍出版社 2008 年版，第 906—907 页。这段对话对于阐释方苞一生思想的变化十分关键，故苏惇元在编辑《方苞年谱》时也部分收入了这段文字。见苏惇元辑《方苞年谱》，载方苞著、刘季高校点《方苞集》下，上海古籍出版社 2008 年版，第 870 页。

古文所具有的种种优势正是桐城派在清代所以"应者云集"的重要原因。①

2. 刘大櫆的"纠偏"与发展

刘大櫆，字耕南，号海峰。他是方苞的学生，又是姚鼐的老师，故刘大櫆在桐城三祖中处于承上启下的关键位置。② 刘大櫆于桐城派发展最重要的一个贡献就是他从"文"的角度丰富了桐城派的古文理论，是对方苞过分强调"义"的一种"纠偏"，故刘声木认为刘大櫆"虽学于方苞，能自成一家"③。也正是刘大櫆更多地从文学的角度丰富并发展了方苞的古文理论，才使桐城派显得更像一个散文流派。

刘大櫆所以为方苞所赏识完全是因为他在文学上的才华，④ 他对于桐城派的贡献也主要在古文理论上。刘大櫆于桐城古文一派的贡献主要体现在以下几个方面。

其一，刘大櫆提出"义理、书卷、经济"为"行文"材料之说，一

---

① 桐城派古文为一般士子提供了一条"能仰而企"的捷径，一方面其受到了众多士子的欢迎，另一方面则易为学问高者所轻视。清末经学家廖平曾说："至桐城派古文，天分低者可学之。桐城派文但主修饰，无真学力，故学之者无不薄。其欲求乱头粗服之天姿国色，于桐城派文，不可得也。"（转录自钱基博《现代中国文学史》，岳麓书社1986年版，第67页）廖平所论其实正从反面说明了桐城派在清代受欢迎的原因。"天分高者"毕竟是少数，大多数"天分"平平的人自然会选择"可学"而又能通向功名的桐城派古文。

② 刘大櫆在29岁时在京师拜同乡方苞为师，姚鼐则在12岁时即拜刘大櫆为师，从刘大櫆学习古文。

③ 刘声木撰、徐天祥点校：《桐城文学撰述·渊源考》，黄山书社1989年版，第137页。

④ 据载，刘大櫆外形魁伟、须髯连腮、声音洪亮、"赋性雄豪"。（刘大櫆：《对歌饮》，载吴孟复标点《刘大櫆集》，上海古籍出版社1990年版，第362页）刘大櫆也不太擅长社交，他曾说自己"舛戾乖违""不识机宜，不知进退……心甚方，虽凿之不圆；舌甚钝，虽磨之不利"。（刘大櫆：《答周君书》，载吴孟复标点《刘大櫆集》，上海古籍出版社1990年版，第120—121页）姚鼐曾回忆自己幼时对刘大櫆的印象："鼐之幼时，尝伺先生，奇其状貌言笑。"（姚鼐：《惜抱轩诗文集》，上海古籍出版社1992年版，第115页）一个"奇"字将刘大櫆的性格特征，甚至是外形特征都描绘得惟妙惟肖。如果仅仅从性格等方面看，刘大櫆与方苞其实差异很大，但刘大櫆的古文才华让方苞初见即大为叹服，"以为昌黎复出"（吴定：《海峰先生墓志铭》，载吴孟复标点《刘大櫆集》附录三，上海古籍出版社1990年版，第623页），赞之为"今世韩、欧才也！"古文大家方苞的公开赏识使刘大櫆闻名一时，"自是天下皆闻刘海峰"。（姚鼐：《刘海峰先生传》，载姚鼐著、刘季高标校《惜抱轩诗文集》，上海古籍出版社1992年版，第308页）才华过人的刘大櫆虽也试图在科举仕途上有所作为，也曾在"京师与缙绅大夫相接见"，但其"舛戾乖违"的性格成了他在仕途发展的障碍。刘大櫆在京师客游周旋八九年，"皇皇求索升斗之禄而不可得"。（刘大櫆：《与盐政高公书》，载吴孟复标点《刘大櫆集》，上海古籍出版社1990年版，第110页）在科场上刘大櫆也无所斩获，"自康熙至乾隆数十年，应顺天府试，两登副榜，终不得举。乾隆元年举博学鸿词，乾隆十五年举经学，皆不录用"。（姚鼐：《刘海峰先生传》，载姚鼐著、刘季高标校《惜抱轩诗文集》，上海古籍出版社1992年版，第308页）

定程度上是对方苞"义法"说的一种纠偏。

方苞的"义法"说以"义"即程朱义理为中心，一定程度上降低了文学本身的地位。与方苞相较，刘大櫆更重视文学的独立地位，他在方苞"义法"的基础上提出行文的"义理、书卷、经济"说，认为"义理"与"书卷""经济"一样，无非都是文人在"行文"时笔下所运用的材料："文人者，大匠也；义理、书卷、经济者，匠人之材料也。"① 至高无上的"义理"在刘大櫆这里被降格为文人手中操纵的材料，这是对文学主体地位的一种强调，也是对方苞"义法"说对义理过分强调的一种纠偏。这种纠偏体现在具体的文章写作上，就是刘大櫆的"文章"风格与方苞"较然不同"②。需要强调的是，这种不同、纠偏并不是另辟蹊径，而是对学派前辈理论的发展与补充。

刘大櫆不仅将"义理"与"经济"并列为匠人的材料，似乎还特别强调"经济"的重要性："至专以理为主者，则犹未尽其妙也。盖人不穷理读书，则出词鄙倍空疏。人无经济，则言虽累牍，不适于用。"③ 在他看来，文无"义理"，仅仅是不"妙"，而文无"经济"，则无"用"，可见"经济"的重要性似乎盖过了"理"。也正是因为如此，有学者认为刘大櫆的学术主张"不合世之所谓桐城宗派"④。

需要特别强调的是，刘大櫆对"经济"的重视对桐城派的学术发展具有重大而深远的影响。鸦片战争前后"姚门四子"对经世的重视；咸丰、同治时期曾国藩中兴桐城时对"经济"的强调，与刘大櫆的文论主张自是一脉相承。⑤ 刘大櫆对"经济"的强调虽偏离了方苞论文重"理"的主线，却为后来跌入低谷的桐城派准备好了还魂之药。在许多时候，偏离与合于正道之间仅仅隔着时间的距离，今日为偏离，明日则为正道。理论上的过于单调、单纯好像使学派合于正道，其实暗含着学派发展的危机，理论上的多姿多彩反而意味着学派发展的多种可能性抑或多种出路，这也为学派的长久发展增添了生命力。

---

① 刘大櫆：《论文偶记》，人民文学出版社1959年版，第3页。
② 梅曾亮：《太乙舟山房文集叙》，《柏枧山房文集》卷5，咸丰六年（1856）刊本。
③ 刘大櫆：《论文偶记》，人民文学出版社1959年版，第3页。
④ 钱基博：《中国文学史》，中华书局1993年版，第979页。
⑤ 参见萧晓阳《近三百年文化嬗变中的桐城学术精神——以方苞、曾国藩、严复为中心》，《北方论丛》2008年第3期。

　　其二，刘大櫆提出"神气""音节""字句"的文章理论，丰富了桐城派的古文文章理论，也使后学者对桐城派古文的学习、写作有了更为具体、简单的方法与途径。

　　刘大櫆认为，"神气"为文章的内核，"神气"虽然抽象，但不是不可把握。"神气"可以通过"音节""字句"去具体感受、把握、表现："神气不可见，于音节见之；音节无可准，以字句准之。"① 这就为初学古文者指出了具体门径：细细揣摩文章的字句、音节，即可把握住"可意会而不可言传""希声窈渺"的古文"神气"②。为使学习古文的方法更简单、具体，刘大櫆还根据自己的学习体会，建议初学者多朗诵古文，在朗诵过程中去细细体会古人文章的字句、音节、神气，多读多写，"烂熟后，我之神气即古人之神气"，自能写出"铿锵发金石声"的佳文。③

　　刘大櫆所提出"神气""音节""字句"说，为方苞所未发，是对方苞古文义法说的发展与补充。时人对此曾有如此评价："灵皋善择取义理于经，其所得于文章者义法而已，先生（刘大櫆，笔者注）乃并其神气、音节尽得之，雄奇姿濊，驱役百氏，其气之肆、波澜之阔大、音调之铿锵，皆灵皋所不逮。"④

　　3. 姚鼐与桐城派的最终"立派"及对桐城派古文理论的发展、完善

　　如果说方苞是桐城派的初创者，那么，姚鼐则是桐城派得以最终"立派"的关键人物。⑤ 乾隆四十四年（1779），值刘大櫆八十寿辰之际，姚鼐在扬州

---

　　① 刘大櫆：《论文偶记》，人民文学出版社1959年版，第6页。

　　② 同上书，第12、5页。

　　③ 同上书，第5—12页。

　　④ 吴定：《海峰夫子古文序》，《紫石泉山房文集》，光绪十三年（1887）刻本。吴定，字殿麟，号澹泉，歙县人，诸生，嘉庆丙辰举孝廉方正，赐六品服。吴定"师事刘大櫆，受古文法。大櫆之官徽州，定从学为诗文，大櫆归枞阳，定又从之枞阳，得力甚深"。（刘声木撰、徐天祥点校：《桐城文学撰述·渊源考》，黄山书社1989年版，第38页）

　　⑤ 此处所讲的"立派"并非是指姚鼐确立了桐城派，而是意在强调经过方苞、刘大櫆、姚鼐三代人的努力，桐城派发展至姚鼐时得以真正走向确立。桐城派末代大师吴汝纶在论及此点时曾说："入国朝，望溪方氏以文章鸣于时，刘、姚继之，于是天下言古文者必推桐城。"〔吴汝纶：《戴氏族谱序》，载施培毅、徐寿凯校点《吴汝纶全集》（一），黄山书社2002年版，第281页〕近世学者钱基博对此也有较为精当的陈述："让清中叶，桐城姚鼐称私淑于其乡先辈方苞之门人刘大櫆，又以方氏续明之归氏而为《古文辞类纂》一书，直以归、方续唐宋八家，刘氏嗣之。推原阃奥，开设户牖，天下翕然号为正宗。此所谓桐城派者。"（钱基博：《现代中国文学史》，载刘梦溪主编《中国现代学术经典·钱基博卷》，河北教育出版社1996年版，第37页）据此也可作这样的表述：方苞是桐城派的初创人，经过方苞、刘大櫆、姚鼐三代人的努力，至姚鼐时，桐城派作为一个学派得到了"天下"的公认。

作《刘海峰先生八十寿序》，其中姚鼐借他人之口宣称："天下文章，其出于桐城乎?"① 这句话往往被时人及后世学者视为桐城派"立派"的标志，桐城派后进吴敏树对此曾有清晰地表述："今之所承桐城文派者，始自乾隆年间姚郎中姬传。"② 姚鼐由此也就多被后世学者视为桐城派立派的关键人物。③

姚鼐之于桐城派"立派"的贡献主要体现在以下两个方面。

其一，通过书院教学培养了大批桐城派后进，扩大了桐城派的队伍，这是桐城派最终发展为在"天下"有影响的学派的重要因素。

姚鼐一生在书院讲学达四十年之久。④ 通过书院讲学，姚鼐扩大了桐城派古文的影响，并培养起一批堪为中坚的桐城派后继者，⑤ 这是桐城派所以能在姚鼐的手上得到跨越式发展的一个重要原因。姚鼐的高第弟子再"以所习相传授"，使桐城派的影响得以迅速扩大，其时，"自淮以南，上溯长江，西至洞庭、沅、澧之交，东尽会稽，南逾服岭，言古文者，必宗桐城"⑥。

需要特别指出的是，根据姚鼐书院讲学的具体情形看，姚鼐在当时特别是在江南地区已有相当高的学术地位与影响，关于这一点，姚鼐的弟子姚莹在《姚惜抱行状》一文中有所述及："（姚鼐）既还江南，辽东朱子颖为两淮运使，延先生主讲梅花书院。久之，书绂庭尚书总督两江，延主钟山书院。自是，扬州则梅花，徽州则紫阳，安庆则敬敷，主讲席者四十年。所至，士以受业先生为幸，或越千里从学。四方贤隽，自达官以至学人，过先生所在必求见焉。"⑦ 延请姚鼐至梅花书院、钟山书院讲学的分

---

① 姚鼐：《刘海峰先生八十寿序》，载姚鼐著、刘季高标校《惜抱轩诗文集》，上海古籍出版社 1992 年版，第 114 页。姚鼐此处所言的"他人"指吏部主事程晋芳（安徽歙县人）与四库编修周永年（山东历城人）二人。

② 吴敏树：《与筱岑论文派书》，《柈湖文集》卷 6，光绪思贤精舍刊本。

③ 相关的观点可参看关爱和《姚鼐的古文艺术理论及其对桐城派形成的贡献》，《文艺研究》1999 年第 6 期等。

④ 乾隆三十九年（1774），姚鼐从四库全书馆辞官以后，随即到江南四处云游讲学。在乾隆四十一年（1776）至嘉庆二十年（1815）的四十余年间，姚鼐先后在江苏扬州梅花书院、安徽安庆敬敷书院、安徽歙县紫阳书院、南京江宁钟山书院等处主讲。

⑤ 著名的"姚门四子"都是姚鼐书院讲学时所栽培，姚莹从姚鼐问学于安庆敬敷书院；方东树、梅曾亮、管同皆从姚鼐问学于南京钟山书院。

⑥ 薛福成：《〈寄龛文存〉序》，载丁凤麟等编《薛福成选集》，上海人民出版社 1987 年版，第 239 页。

⑦ 姚莹：《朝议大夫刑部郎中加四品衔从祖惜抱先生行状》，《中复堂全集·东溟文集》卷 6，同治六年（1867）刊本。

别为两淮运使及两江总督，能得到这些权倾一方的地方大员的延请，本身就说明了姚鼐在当时的学术地位与影响。

不管是来自地方大员的的延聘，还是求学之士"越千里从学"，以"受业先生为幸"，种种的迹象归结起来，都说明了姚鼐在当时已俨然成为德高望重的学术大师。学术大师往往是一个传统学派得以形成、立派、兴盛并闻名"天下"的关键因素，方苞、刘大櫆、姚鼐在桐城派形成过程中的特殊作用就是最好的证明。

其二，姚鼐进一步发展、完善了桐城派古文理论，他对姚鼐及刘大櫆古文理论的兼采综合极大地推动了桐城派古文理论体系的最终形成。

桐城派在清代是一个具有全国性影响的学派。所谓具有全国性的影响，体现在两个方面，一是在学派的人员构成上突破了桐城的地域局限；二是其理论具有兼容并包的特征。姚鼐所以成为桐城派发展中的一个关键人物，正在于他在这两个方面的独特贡献。姚鼐通过在江南各地书院近四十年的讲学，授徒无数，使桐城"义法"得以广泛传播，也使桐城派得以跳出桐城一隅的限制，具有了一个全国性学派的初步气象。① 更为重要的是，姚鼐对方苞、刘大櫆的古文理论作了进一步的发展，使桐城古文理论在保留自有学派的特征的同时，也具有了兼容并包的学术特征。

关于姚鼐在桐城派古文理论建设上的贡献，综合考察，主要体现在以下两个方面。

一是他在综合方苞"义法"说与刘大櫆"神气"说的基础上提出"神、理、气、味、格、律、声、色"的散文八要素论。② 概括而言，所谓"神"即文章精神；"理"即文理；"气"即文章气势；"味"即文章韵味；"格"即文章体裁；"律"即文章结构规律；"声"即文章音节；

---

① 姚鼐对于桐城派发展为全国性的学派贡献颇多，但需要注意的是，姚鼐对桐城派的地域特色又颇为在意，在《刘海峰先生八十寿序》中，他在道出了"天下文章，其出于桐城乎？"一语后，又随即写道："夫黄、舒之间，天下奇山水也，郁千余年，一方无数十人名于史传者。独浮屠氏之俊雄，自梁、陈以来，不出二三百里，肩背交而声相应和也。其徒遍天下，奉之为宗，岂山川奇杰之气，有蕴而属之邪？夫释氏衰歇，则儒士兴，今殆其时矣。"（姚鼐：《刘海峰先生八十寿序》，载姚鼐著、刘季高标校《惜抱轩诗文集》，上海古籍出版社1992年版，第114页）字里行间颇有渲染桐城派地方色彩之意。不过，综观姚鼐一生的学术努力，都是志在推动桐城派发展为一个具有全国性影响的学术派别。

② 姚鼐：《〈古文辞类纂〉序目》，载姚鼐、王先谦编纂《正续〈古文辞类纂〉》，浙江古籍出版社1998年版，第10页。

"色"即辞采。在此八要素中，"神理气味者，文之精也；格律声色，文之粗也"，简单地讲，所谓"神理气味"，就是文章的精神方面；"格律声色"，就是文章的外在形式。方苞的"义法"说虽包含"义"（即文章内容）、"法"（即文章形式）两个方面，但其侧重点显然在"义"与"道"；刘大櫆虽强调"神气"，落脚点则在"音节""字句"，对古文之"法"并未作深入的探析。姚鼐"神、理、气、味、格、律、声、色"文章八要素的理论，既是对方苞、刘大櫆二人文章理论的综合与发展，① 也是对桐城派古文文章理论的全面总结与概括。桐城派古文理论至此得以大备，为桐城派"立派"打好了理论上的坚实基础。

二是姚鼐提出的"义理、文章、考试"的文章创作论具有兼容并包的学术精神，此对于桐城派突破学术藩篱并最终发展成为具有全国性影响的学派具有相当重要的意义。

姚鼐"义理、文章、考试"的创作论显然是从方苞的"义法"说衍生、发展而来。方苞的"义法"说以"义"为先，作为文章家的方苞在学术上以程朱义理为依归，一直被时人及后世学者归入宋学一派中。方苞的"义法"说虽以"义"为先，但又强调"义理"与"词章"的融合，故"义法"说本身就体现出方苞欲融文章家、宋学家为一家的学术兼容精神。姚鼐在方苞"义法"说的基础上提出的"义理、文章、考试"三事说，② 继承了方苞善于兼收各家的桐城派传统并有所开新。姚鼐的开新之处就在于面对乾嘉时期汉学大兴的学术现实，对于汉学考证不是一味排斥而是采取了兼容并包的学术态度。"义理、考据、词章"的文章创作论就是姚鼐对乾嘉时期汉宋之争的学术回应，这种回应使桐城派发展至姚鼐时就具有了"能祛末士一偏之蔽，为群才之大宗者"的兼容并包的学术气象。③

姚鼐之于桐城派"立派"及古文理论体系形成的贡献除了以上两方

① 参见漆绪邦主编《中国散文通史》（下卷），吉林教育出版社1994年版，第1684页。

② 姚鼐在论及此点曾说："尝谓天下学问之事，有义理、文章、考证三者之分，异趋而同为不可废。一途之中，歧分而为众家，遂至于百十家。同一家矣，而人之才性偏胜，所取之径域，又有能有不能焉。凡执其所能为，而呰其所不为者，皆陋也，必兼收之乃足为善。"（姚鼐：《复秦小岘书》，载姚鼐著、刘季高标校《惜抱轩诗文集》，上海古籍出版社1992年版，第104—105页）

③ 姚鼐：《复秦小岘书》，载姚鼐著、刘季高标校《惜抱轩诗文集》，上海古籍出版社1992年版，第105页。

面外，还体现在他所编选的桐城派古文选本《古文辞类纂》。该部选本既是桐城派立派的一个重要标志，也为后人确立起系统学习桐城派古文"义法"的标准选本。

姚鼐编纂《古文辞类纂》成于其书院教学的期间。《古文辞类纂》的时间是在乾隆四十四年（1779），此时姚鼐正主讲扬州梅花书院。值得注意的是，也正是在这一年，姚鼐在扬州作《刘海峰先生八十寿序》，借他人之口宣称："天下文章，其出于桐城乎？"在近四十年的书院教学生涯中，姚鼐"无一日不讲此书，无一日不修订此书"①。随着他讲学时间的延续与讲学范围的扩展，桐城派"古文法"也就得以传承并广为传播。

《古文辞类纂》初纂成时，并未刊行，"乾嘉之间学者所见，大抵皆传钞之本。至嘉庆季年，先生门人兴县康中丞绍镛始刊于粤东"②。除去嘉庆年间康绍镛初刻本外，《古文辞类纂》在有清一朝还有道光年间的吴启昌刻本、光绪年间的李承渊重刻本。③ 后世学者在评价姚鼐此书时，多认为此书确立了古文典范，具有指点古文门径的作用。黎庶昌就认为：姚鼐在编纂此书时"独持灼见，总括群言，一一衡量其高下，铢黍之得，毫厘之失，皆辨析之，醇驳较然，由是古今文章，谬悠淆乱莫能折衷一是者，得姚先生而悉归论定"④。吴德旋也以为："得桐城姚惜抱先生《古文辞类纂》读之，而知为文之法不可不讲求于法也，如工之有规矩焉。"⑤ 由此看来，《古文辞类纂》并非一部简单的古文选本，姚鼐在对历代古文的选择、纂集中试图为古文学习者"启示径途"⑥。当然，作为乾嘉时期桐城派领袖的姚鼐要展示的"径途"自然是桐城古文一派所主张的学术思想及作文"径途"。综观整部《古文辞类纂》，从编纂目的到序目、文

---

① 吴孟复主编：《〈古文辞类纂〉评注》，安徽教育出版社1991年版，第3页。

② 李承渊：《校刊古文辞类纂后序》，载姚鼐纂集，胡士明、李祚唐标校《古文辞类纂》，上海古籍出版社1998年版，第19页。

③ 光绪三十二年（1906），安徽滁州李承渊将之前《古文辞类纂》的刊本详勘后以求要堂名义刊行，世称"求要堂本"。后世所刊《古文辞类纂》多据此本，《四库备要》所收《古文辞类纂》即为李氏求要堂刊本。1998年，浙江古籍出版社将此印本影印出版；1998年上海古籍出版社出版的《古文辞类纂》标校本也以李氏求要堂本为底本。

④ 黎庶昌：《〈续古文辞类纂〉叙》，《拙尊园丛稿》卷2，光绪乙未（1895）金陵状元阁印本。

⑤ 吴德旋：《〈七家文钞〉后序》，《初月楼文钞》卷5，光绪五年（1879）刊本。

⑥ 马其昶：《桐城古文集略考》，《抱润轩文集》卷3，宣统元年（1909）安徽官纸印刷局石印本。

体分类再到选文，处处都体现出姚鼐为桐城派张目的匠心。

其一，在选本序目中，姚鼐开篇即直接说明《古文辞类纂》一书的学派倾向及自己关于古文理论的主张。

在《古文辞类纂》的序目中，姚鼐开篇即写道："鼐少闻古文法于伯父姜坞先生及同乡刘耕南先生。"刘耕南先生即桐城派第二代始祖刘大櫆；姜坞先生即姚范，姚范"与同里刘大櫆友善，得方苞为文义法"①。通过这段文字，姚鼐不仅把该部选本的主旨及学派特征清晰地表达出来，也表明了自己在桐城派传承链条中的地位。还需要特别指出的是，姚鼐关于"神、理、气、味、格、律、声、色"的文章八要素理论正是在《古文辞类纂》序目中提出的，由此也可看出该部选本在桐城派发展史中的重要地位。

姚鼐所编《古文辞类纂》分为论辨类、序跋类、奏议类、书说类、赠序类、诏令类、传状类、碑志类、杂记类、箴铭类、颂赞类、辞赋类、哀祭类等共十三类。这种文体分类较之《昭明文选》等文章选本更为合理简明，后世选本编集者多有效仿。值得注意的是，姚鼐在《古文辞类纂》中单列"辞赋"一项，选录作品 65 篇，加上哀祭类选录的辞赋 13 篇，全书共计选录辞赋 78 篇，其选录比重不可谓不重。姚鼐所以如此安排，表现出他对文章"设辞"即文学艺术性的重视，"使古文辞的门户向虚构之文学门类洞开"②。这种重视自然也体现出姚鼐本人对桐城派古文理论的丰富与发展。

其二，姚鼐在《古文辞类纂》一书的文章选择中处处体现出自己所代表的学派的学术主张。

从选文的范围与数量来看，《古文辞类纂》共七十五卷，选录有战国至清初的古文七百七十四篇。在文章的选择上，为凸显桐城派的学派主张，姚鼐颇下功夫：一是文章选择严格遵从桐城义法，不收录诸子、史传及六朝辞赋。二是为突出古文一派的学派特征，大量选录唐宋八大家的文章。《古文辞类纂》选录唐宋八大家文章达四百余篇，占全书选文总量的一半以上。姚鼐所以如此推重唐宋八大家的文章，自然和桐城派与唐宋古

---

① 刘声木撰、徐天祥点校：《桐城文学撰述渊源考》，黄山书社 1989 年版，第 137 页。
② 钱竞：《乾嘉时期文艺学的格局——考据学的挑战和桐城派的回应》，《文学评论》1999年第 3 期。

文之间的关系有关，桐城派有关古文的主张与理论均"是承接着唐宋八大家的系统下来的"①。唐宋八大家中，又以韩愈地位突出，唐代以前，"无古文之专名。自昌黎韩氏出，始以文之散行者揭橥当世，名曰古文，以别于六朝之骈骊"②。韩愈所提出的"道统""文统"观及"文道合一"的古文理论对唐宋的古文运动乃至清代桐城古文一派的产生、发展的影响至为深远。正是源于韩愈在古文发展中的特殊地位，《古文辞类纂》中收录的韩愈文章达一百三十篇。姚鼐在《古文辞类纂》中对唐宋八大家尤其是对韩愈文章的偏重，正是为了强调桐城古文一派与唐宋古文一派一脉相承的学术地位，强调桐城派古文"文道合一""文以载道"的学术主张。

其三，《古文辞类纂》之于桐城派的意义更在于其树立起古文之"统"，即树立起从唐宋八家、明朝归有光，到清朝的方苞、刘大櫆一线的古文之"统"。

古文一派强调传承有序的文统。如韩愈就曾列出自皋陶、五子、周公、孔子、庄周、孟轲、屈原、司马迁、司马相如、扬雄以至唐代陈子昂一线的文统序列。③ 桐城派始祖方苞在《〈古文约选〉序例》中也论及古文文统：

> 盖古文所从来远矣，六经、《语》、《孟》，其根源也。得其枝流而义法最精者，莫如《左传》、《史记》、然各自成书，具有首尾，不可分剟。其次《公羊》、《榖梁传》、《国语》、《国策》，虽有篇法可求，而皆通纪数百年之言与事，学者必览其全，而后可取其精焉。惟《两汉书》疏及唐宋八家之文，篇各一事，可择其尤，而所取必至约，然后义法之精可见。④

从姚鼐所编《古文辞类纂》选录文章所涉朝代及作者的大线索看，《古文辞类纂》主要选录了《战国策》《史记》、两汉散文家、"唐宋八大

---

① 周作人：《中国新文学的源流》，华东师范大学出版社1995年版，第43页。
② 蒋同超：《拙存堂文集跋后》，《南社》第14集（1915年5月）。
③ 韩愈：《送孟东野序》，载严昌校点《韩愈集》，岳麓书社2000年版，第241—242页。
④ 方苞：《〈古文约选〉序例》，载方苞著、刘季高校点《方苞集》下，上海古籍出版社2008年版，第613页。

家"及清代方苞、刘大櫆等的古文。姚鼐的这种选择与安排颇具匠心，在选文的择取中体现出对古文文统的强调。将姚鼐《古文辞类纂》中所选作者、文章与方苞《古文约选》相较，有相同也有不同。相同之处在于两部选本所体现出的文统之序基本一致；不同之处在于方苞所编《古文约选》选文截至唐宋八大家，而姚鼐所编《古文辞类纂》选文则往后延伸至明清，于明代选取了归有光，于清代则选取了方苞、刘大櫆。这种剪裁与选择方式显然是将桐城派置于古文文统在清代的承继者的地位。这也是姚鼐被视为桐城派"立派"关键人物的一个重要原因。清代牂湖文派创始人吴敏树在《与篠岑论文派书》中曾论及《古文辞类纂》中的文统及姚鼐的深意："今之所称桐城派者，始自乾隆年间姚郎中姬传称私淑于其乡先辈望溪方先生之门人刘海峰，又以望溪接续明人归震川，而为《古文辞类纂》一书，直以归、方续八家，刘氏嗣之，其意盖以古今文章之传，系之己也。"

　　姚鼐作为刘大櫆的弟子，以其前辈方苞、刘大櫆来继古文之"统"，颇有为桐城派张目的意味，这一点也颇为时人所诟病，指斥姚鼐所为是欲"党同乡"。姚鼐晚年因此似有所悔。其弟子方东树对此有颇为完整的记载："往者姚姬传先生纂辑古文辞，八大家后，于明录归熙甫，于国朝录望溪、海峰，以为古文传统在是也。而外人谤议不许，以为党同乡。先生晚年嫌起争端，悔欲去之。"① 方东树对乃师之"悔"颇不以为然，他认为，只要"真"，即便"党同乡"也无窒碍：

　　　　只当论其统之真不真，不当问其党不党也。使二先生所传非真耶，虽党焉不能信后世；如真也，今虽不党，后人其能祧诸。要之，后有韩退之、欧阳永叔者出，则必能辨其是非者矣。此编之纂，将以存斯文于不绝，昭先哲之坠绪，以待后之学者，何可不自今定之也？②

　　方东树之语虽是为乃师辩护，却也从一个侧面看出姚鼐所纂《古文辞类纂》中所含的"立派"意味。

---

① 方东树：《答叶溥求论古文书》，《仪卫轩文集》，同治七年（1868）刻本。
② 同上。

在姚鼐《古文辞类纂》编成以前，桐城派的古文选本还有方苞编选的《四书文选》《古文约选》。《四书文选》是八旗子弟的教本，《古文约选》编成后即"诏颁各学官"，为清朝官方的古文教材，两者的影响局限于各级官办学校，而姚鼐编选的《古文辞类纂》的影响面则已不限于普通学子，其纂成后"风行海内，学者多有其书"①，足见该部古文选本在当时的影响之大。这种学术上的广泛影响使桐城派至姚鼐时发展成为一个真正具有全国性影响的学派。近人刘声木曾如此评价此书的地位与影响："超然远识，古雅有法，奄出历代选本之上，为六经以后第一书，尤为海内所传诵，世之欲学文者不由是而进之，譬由行荆棘而弃康庄，欲至国都不可得也"②，为"古今第一善本"③。此评价虽有夸大之嫌，但就《古文辞类纂》本身之于桐城派的立派与发展的贡献而言却不为过。

以上所论是以时间为序，就方苞、刘大櫆、姚鼐三代对桐城派古文理论的构建及立派过程进行了系统梳理。从传统学派师承的角度看，方苞、刘大櫆、姚鼐三人的古文理论确是代代相承。落实到具体的文章层面，三人的文风又略有不同。吴德旋对此曾有很精当的概括：

> 方望溪直接震川矣，然谨严而少妙远之趣；如人家房屋，门厅院落厢厨无一不备，但不见书斋别业；若园亭池沼，尤不可得也。
>
> 刘海峰文最讲音节，有绝好之篇。其摹诸子而有痕迹者，非上乘也。
>
> 姚惜抱享年之高，略如海峰，而好学不倦，远出海峰之上，故当代罕有伦比。拣择之功，虽上继望溪，而迂回荡漾，馀味曲包，又望溪之所无也。④

方望溪（苞）、刘海峰（大櫆）、姚惜抱（鼐）三人在文风上的这种

---

① 李承渊：《校刊〈古文辞类纂〉后序》，载姚鼐纂集，胡士明、李祚唐标校《古文辞类纂》，上海古籍出版社 1998 年版，第 1 页。

② 刘声木撰、徐天祥点校：《桐城文学撰述渊源考》，黄山书社 1989 年版，第 157 页。

③ 同上书，第 330 页。

④ 吴德旋：《初月楼古文绪论》，《初月楼文钞》，光绪五年（1879）刻本。吴德旋（1767—1840），字仲伦，宜兴人，诸生。师事张惠言、姚鼐，受古文法，一意"宗法桐城"。（刘声木：《〈桐城文学渊源考〉补遗序》，载刘声木撰、徐天祥点校《桐城文学撰述·渊源考》，黄山书社 1989 年版，第 221 页）

差异其实正体现了桐城派在初创时期的不断完善与丰富。经过方苞、刘大櫆、姚鼐三代人的不懈努力，桐城派终于修成"正宗"之果，王先谦曾对方、刘、姚三人之于桐城派的贡献及桐城派在当时的影响有过颇为精当的总结：

> 自桐城方望溪氏以古文专家之学主张后进，海峰承之，遗风遂衍。姚惜抱禀其师传，覃心冥追，益以所自得，推究闻奥，开设户牖，天下翕然号为正宗。承学之士，如蓬从风，如川赴壑，寻声企景，项领向望。百余年来，转相传述，遍于东南。由其道而名于文苑者以数十计。呜呼！何其盛也。①

（二）桐城派三祖的学术选择：学行继程、朱之后

笔者在前文已经论及：在传统中国社会中，任何一个朝代的官方学术思想，都会有它的代言人与维护者。当程朱理学被清代统治者确定官方学术思想后，即便没有桐城派，也会有别的学术派别出现并充当理学的代言人。清代学术发展的历程表明，桐城派并没有给别的学派这个机会。不管是方苞的"义法"说，还是姚鼐的"义理、考据、词章"的创作论，处处都以"义理"为中心，桐城派以其古文理论及学术主张清晰地表明了自己的学术选择与政治选择。

当一个学派与政治特别是与政权具有了某种特定的联系后，也就具有了浓厚的政治色彩，其学术上的排他性也就愈加明显。这种学术上的排他性不仅与维护本学派的学术地位有关，还与维护官方学术乃至政权统治的合理性有着密切关联。

作为程朱理学的代言人与维护者，包括桐城三祖在内的桐城派学人自然会选择对程朱理学权威性的维护，这种维护主要体现为以下两个方面。

其一，包括桐城三祖在内的桐城派学人对程朱理学的维护首先表现为对程朱理学的尊崇与神圣化倾向。

对于程朱理学的神圣化，姚鼐说得最形象："夫圣人之经，如日月星

---

① 王先谦：《〈续古文辞类纂〉序》，载姚鼐、王先谦编《正续〈古文辞类纂〉》，浙江古籍出版社1998年版，第276页。

之悬在人上。"① 方苞还曾将程朱称为"天地之心"②，既然程朱理学尊崇如"日""月""星""天地"，那主要的任务就是顶礼膜拜了，或是说服他人、大众加入这个膜拜的队伍。

于桐城派而言，将程朱理学神圣化一则可以获得朝廷的支持，二则可借以提高自身的学术地位，可谓一举两得。当然，在中国传统社会中，知识分子总以清高自诩，即便是那些与政权走得很近的知识分子都不太愿意承认自己与政治之间的特殊关系，桐城派中的学人自然也不例外。姚鼐在《程绵庄文集序》一文中就有这样一段表述：

> 论继孔、孟之统，后世君子必归于程、朱者，非谓朝廷之功令不敢违也，以程、朱生平行己立身，固无愧于圣门，而其论说所阐发，上当于圣人之旨，下合乎天下之公心者，为大且多。使后贤果能笃信，遵而守之，为无病也。③

姚鼐在此特别强调程朱之学"上当于圣人之旨"，"下合乎天下之公心"。其实，仔细探究，不管是程朱之学还是桐城派的学术地位的根本支撑还是在于合乎"朝廷之功令"。

其二，对程朱理学的尊崇与维护也就意味着不能容忍对程朱理学的任何批评，对任何有悖于程朱理学的观点，他们都会视其为对立面予以反驳。

桐城派学人将程朱之学神圣化的背后必然包含着这样两个主观判断：一是程朱之学是绝对正确的，二是与之相悖的学问必定是绝对错误的。方苞就认为："宋五子之前，其穷理之学未有如五子者。五子之后，推其绪而广之，乃稍有所得；其背而驰者，皆妄凿墙垣而植蓬蒿，学之蚍也。"④

既然认定程朱理学是绝对正确的，与之相悖的观点或学术自然"皆妄凿墙垣而植蓬蒿"。判断标准确定后，那么在行动上就很简单了：维护

---

① 姚鼐：《复曹云路书》，载姚鼐著、刘季高标校《惜抱轩诗文集》，上海古籍出版社 1992 年版，第 88 页。

② 方苞：《与李刚主书》，载方苞著、刘季高校点《方苞集》上，上海古籍出版社 1983 年版，第 140 页。

③ 姚鼐：《程绵庄文集序》，载姚鼐著、刘季高标校《惜抱轩诗文集》，上海古籍出版社 1992 年版，第 268 页。

④ 转引自徐世昌等编《清儒学案》（三），中华书局 2008 年版，第 2001 页。

程朱理学，同时对一切有悖于程朱理学的观点予以坚决的反击。方苞为文就"非先生之道弗道，非昔圣之旨弗宣"①。姚鼐则认为，程朱好比父亲、老师，"程、朱犹吾父师也"，谁"诋毁之，讪笑之，是诋讪父师也"②。姚鼐的弟子方东树为彻底压制对手，还在《汉学商兑》中引用康熙皇帝指斥谢济世诋毁程朱的上谕，试图借文字狱威胁学术上的对立派。关于桐城派与汉学派之间的矛盾与相互攻讦，笔者将在第二章中详论，此处不再赘述。

需要指出的是，桐城派学人对程朱义理坚决维护的最终指向是对朝廷的维护。桐城派文章要服从程朱义理，服从程朱义理则必维护"纲常名教"及现政权，这是一个环环相扣、符合逻辑的推理。在这一推理之下，其实文章好坏并不是最为重要的事情，最为重要的是文章要以维护义理及政权为己任。在朝廷危亡的关键时刻，更要敢于"成仁取义，慷慨捐生"。关于这一点，刘声木曾有很清晰的表达：

> （方苞）研究程朱学术，至为渊粹，每出一语，尤质朴恳至，使人生孝弟之心，文章之义法因亦大明于世，实为一代巨擘，与归文同为六经之裔，一时衣被天下，蔓衍百余年益盛。虽诸子所得有深浅，然皆由义理以言文章；文章虽未必遽能传世行远，而言坊行表皆大半不愧为正人君子，其成仁取义，慷慨捐生，堪与日月争光者，亦不可

---

① 《诸家评论·沈廷芳语》，载方苞撰《方望溪全集》，中国书店出版社1991年版，第469页。

② 姚鼐：《再复简齐书》，载姚鼐撰、刘季高标校《惜抱轩诗文集》，上海古籍出版社1992年版，第102页。从方苞、姚鼐所言，可见在桐城派眼中，以程朱为首的宋学才是儒学正宗。关于这一点，姚鼐有十分清晰、系统的阐述。在《赠钱献之序》中，姚鼐写道："孔子没而大道微，汉儒承秦灭学之后，始立专门，各抱一经，师弟传受，侪偶怨怒嫉妒，不相通晓。其于圣人之道。犹筑墙垣而塞巷也。……宋之时，真儒乃得圣人之旨，群经略有定说。元、明守之，著为功令。当明佚君乱政屡作，士大夫维持纲纪，明守节义，使明久而后亡，其宋儒论学之效哉！"（姚鼐：《赠钱献之序》，载姚鼐著、刘季高标校《惜抱轩诗文集》，上海古籍出版社1992年版，第110—111页）桐城派学人有时也直接以程朱之学代指宋学，如姚鼐曾说："夫圣人之经，如日月星之悬在天上。苟有蔽焉则已，苟无蔽而见而言之，其言否必有以信于人。见之者众，不可以私意狗也。故窃以谓说经当一无所狗。程、朱之所以可贵者，谓其言之精且大，而得圣人之意多也，非吾狗之也。"（姚鼐：《复曹云路书》，载姚鼐著、刘季高标校《惜抱轩诗文集》，上海古籍出版社1992年版，第88页）综之，在桐城派这里，宋学即是儒学正宗，宋学即是程朱之学。

缕指。①

刘声木此处所言"堪与日月争光者"当指在太平天国之"乱"中
"殉难"的桐城派学人。刘声木这一大段陈述将桐城派文章及其学术的最
终指向展示得很是清晰。

(三) 桐城派与清代理学的传承

桐城派三祖的学术选择使桐城派自此与理学紧密地结合起来,"以宋
儒为根柢"也由此成为桐城派的一大学术特征。②

可以这样认为:理学在清朝的传承,桐城派功莫大焉。邓实在《国
学今论》中曾如此梳理清代的学术流变:

> 神州学术,至于本朝,凡三变矣。顺、康之世,明季遗儒,越在
> 草莽,开门讲学,惩明儒之空疏无用,其读书以大义为先,惟求经
> 世,不分汉、宋,此一变也。乾嘉之世,考据之风盛行,学者治经,
> 以实事求是为鹄,钻研训诂,谨守家法,是曰汉学。方(苞)、姚
> (姬传)之徒,治古文辞,自谓因文见道,尸程、朱之传,是曰宋
> 学。治汉学者诋宋,治宋学者亦诋汉,此再变也。道咸之世,常州学
> 派兴,专治今文,上追西汉,标微言大义之学,以为名高,此三
> 变也。③

邓实的上述归纳基本反映了清代学术流变的主线索。邓实于此称桐城
派"尸程、朱之传",似是贬义,却也从一个侧面反映出桐城派之于程朱
之学在清代传承的重要地位。

从清代学术流变的情况看,汉、宋学是清代学术发展流变中两条基本
并行的主线。汉、宋两派虽攻讦不断,却都难以彻底压制对方。宋学一派
虽因"尸程、朱之传"而屡招时人讥讪,但因其有官方的支撑,汉学家
对宋学一派也莫可奈何。即便是在汉学最为兴盛的乾嘉时期,宋学一派的

① 刘声木:《〈桐城文学渊源考〉补遗序》,载刘声木撰、徐天祥点校《桐城文学撰述·渊
源考》,黄山书社 1989 年版,第 4 页。
② 姚永概:《裴伯谦诗序》,载贾文昭编《桐城派文论选》,中华书局 2008 年版,第 448 页。
③ 邓实:《国学今论》,载桑兵等编《国学的历史》,国家图书馆出版社 2010 年版,第 42 页。

发展虽处于低谷，但其发展仍是不绝如缕，绝无中断之虞。姚鼐在乾隆四十四年（1779）高调宣称以程朱义理为文章中心的桐城派"立派"，即是宋学一派在乾嘉时期发展"实力"的一个明证。当然，由此也可见桐城派之于宋学在清代传承的特殊意义。

姚鼐在《赠钱献之序》中曾对自孔子至"今日"的学术流变史作了系统的梳理，其梳理的核心就在将程朱理学视为孔学正宗，其他各派皆各有所失。既然视程朱理学为唯一得"圣人之旨"的学术，自然就要自觉地去维护、传承。姚鼐的这篇文章颇能说明桐城派学人对学术史的理解及其对理学的尊崇，自然也能说明桐城派之于理学传承的重要地位。为说明问题，现引用部分文字如下：

> 孔子没而大道微，汉儒承秦灭学之后，始立专门，各抱一经，师弟传受，侪偶怒嫉妒，不相通晓。其于圣人之道，犹筑墙垣而塞门巷也。久之通儒渐出，贯穿群经，左右证明，择其长说，及其敝也，杂之以谶纬，乱之以怪癖猥碎，世又讥之。盖魏、晋之间，空虚之谈兴，以清言为高，以章句为尘垢，放诞颓坏，迄亡天下。然世犹或爱其说辞，不忍废也。自是南北乖分，学术异尚，五百余年。
>
> 唐一天下，兼采南北之长，定为义、疏，明示统贯，而所取或是或非，未有折衷。宋之时，真儒乃得圣人之旨，群经略有定说。元、明守之，著为功令。当明佚君乱政屡作，士大夫维持纲纪，明守节义，使明久而后亡，其宋儒论学之效哉！
>
> ……
>
> 明末至今日，学者颇厌功令所载为习闻，又恶陋儒不考古而蔽于近，于是专求古人名物、制度、训诂、书数，以博为量，以窥隙攻难为功，其甚者欲尽舍程、朱而宗汉之士。[①]

虽然桐城派之于宋学在有清一朝的传承功莫大焉，但仍有以下几点尚须指出。

一是理学在清代特别是在乾嘉时期的延继在相当程度上得益于桐城

---

① 姚鼐：《赠钱献之序》，载姚鼐著、刘季高标校《惜抱轩诗文集》，上海古籍出版社 1992 年版，第 110 —111 页。

派，但不能把清代理学的传承仅仅与桐城派联系起来。例如清代理学大家唐鉴虽不是桐城派，[①] 但他崇尚义理之学，以朱学后继自居。其著作《国朝学案小识》即为延续理学之作，唐鉴在当时颇有影响，有"理学大师"之称，倭仁、曾国藩都曾向他问学。

二是不可高估桐城派在当时的学术影响。正如笔者在前文中多次强调的：桐城派从总体上看是一个文学派别，其影响主要还是在文学领域，故对其在清代学术中的影响程度不可过高估计。姚鼐的弟子姚莹在论及其师时曾说："惜抱先生孤立于世，与世所称汉学异趣，而海内学者徒以诗、古文相推，于说经治学，罕有从者！"[②] 姚莹这段文字的本意是在为其师的"说经治学"不为时人所推崇而抱不平，而"罕有从者"一句却从一个侧面反映出桐城派在清代学术领域影响的真实情况。

三是不能高估桐城派之于清代宋学发展的作用及影响。理学在清代被确定为官方学术地位看似利于理学的发展，但学术与政治的勾连正是学术发展的大忌。客观而言，理学在清代的发展近乎停滞正与其官学地位不无关系。雅洁、精致的桐城派古文可以在一定程度上促进程朱之"道"的传播，却并不能从根本上改变宋学在清代衰疲不振的弱势。梁启超在论及此点时认为：乾嘉时期，汉学兴盛，"学风殆统于一。启蒙期之宋学残绪，亦莫能续。仅有所谓古文家者，假'因文见道'之名，欲承其祧，时与汉学为难。然志力两薄，不足以张其军"[③]。梁启超将乾嘉时期的理学传承之功仅仅归于古文家，有失偏颇，但他认为桐城派的加盟并不足以使理学"张其军"，其观点确有相当见地。

笔者在本章主要论及桐城派学术正统地位的确立与清朝政权之间的密切关系。既然其正统学术地位来源于政权，自然要竭力维护政权，桐城派学人在清政权面临太平天国危机时不惜拼死抵抗就是明证。刘声木在论及此点时曾说："以声木考证所及，当时言桐城文学者，如邵懿辰、伊乐尧、朱琦、吴嘉宾、吴昌筹、马树华、马三俊、冯培元、戴熙、吴廷香、孔继鑅、陈寿熊、唐治、张勋等，均大节凛然，足与日月争光。良由平日

① 唐鉴（1778—1861），字镜海，号翕泽，湖南善化人，嘉庆十四年（1809）己巳洪莹榜进士，改翰林院庶吉士，后官至太常寺卿。

② 姚莹：《与张阮林论家学书》，《中复堂全集·东溟文集》卷3，同治六年（1867）刻本。

③ 梁启超：《清代学术概论》，《饮冰室合集》专集之34，中华书局1989年影印本，第5页。

喜言宋学，义理深入乎心髓，坚固而不可拔如此，宋学何负于人心风俗哉？"① 刘声木此处所提及的邵懿辰诸人皆是在太平天国运动中"殉难"的桐城派学人。从刘声木所言，即可看出桐城派、宋学、清政权三者之间的紧密关系。清政权是宋学及桐城派学术正统地位的权力支撑，这是桐城派所以要坚守宋学、维护清政权的一个重要原因。"皮之不存，毛将焉附"，这是上述"殉难"的桐城派学人深谙的道理，也是他们勇于"殉难"的重要缘由。当然，刘声木不会用直白的文字将这些缘由表述出来，后人所看到的都是"大义凛然""足与日月争光""何负于人心风俗"诸如此类冠冕堂皇的文字。这类文字让视理学如日月，视清政权千秋万代的人肃然起敬。当然，在皇权的重压之下，即便是那些对理学不屑一顾的学人，也得对"义理"做出肃然起敬的样子。这些"殉难"的桐城派学人以生命为代价向义理表达了最高的敬意，其个中原因刘声木已经讲得很明白："良由平日喜言宋学，义理深入乎心髓，坚固而不可拔如此。"一句"深入乎心髓"将思想的浸染及影响表达得形象而又深刻。

---

① 刘声木：《论梅曾亮受诬》，载刘声木《苌楚斋随笔》卷七，中华书局 1998 年版，第 153 页。

第二章 桐城派与汉学家之间的
恩怨纷争及兼收调和

汉宋相争是清代学术发展史的一个重要特征。① 清代汉学派崇尚考据，以东汉古文经学的朴实学风相标榜，反对宋学一派的空疏学风。② 宋学派则以程、朱义理相标榜，指责汉学为饾饤琐碎之学。汉、宋两派围绕考据、义理等核心问题相互攻讦不断，桐城派作为清代理学的中坚自然不可避免地被卷入汉、宋学的学术纷争中。晚清以降，面对内忧外患的社会危机，救亡图存逐渐超越学术相争成为当时所有知识分子最为关注的问题。在这一特殊的社会背景之下，汉宋学兼综会通成为晚清学术发展的大势。桐城派更多是出于现实的而非学术的原因，顺应了晚清汉宋兼采的学术大势，这使桐城派在晚清一度迎来了"桐城中兴"的兴茂局面。

一 桐城派创始人与汉学家的恩怨问题

梁启超曾专门谈及桐城派与汉学家之间的矛盾：

---

① 较早从"汉宋相争"的角度考察清代学术的学者为清末学者皮锡瑞（1850—1908）。他曾对清代经学流变作过这样概括："国朝经学凡三变。国初，汉学方萌芽，皆以宋学为根柢，不分门户，各取所长，是为汉、宋兼采之学。乾隆以后，许、郑之学大明，治宋学者已鲜。说经皆主实证，不空谈义理。是为专门汉学。嘉、道以后，又由许、郑之学导源而上……汉十四博士今文说，自魏、晋沦亡千余年，至今日而复明。实能述伏、董之遗文，寻武、宣之绝轨。是为西汉今文之学。"自此之后，学者们多以"汉宋学之争"和"今古文学之争"为框架来考察清代学术。（皮锡瑞：《经学历史》，中华书局 1963 年版，第 341 页）

② 关于"汉学"的说法颇多，但一般来讲，清代汉学家所谓的"汉学"，也就是训诂考据之学，与之相对立的"宋学"则是"诠释义理"之学。桐城派学人王先谦曾有过以下精当的论断："所谓汉学者，考据是也；所谓宋学者，义理是也。"（王先谦：《复阎季蓉书》，载王先谦撰、梅季校点《王先谦诗文集》，岳麓书社 2008 年版，第 302 页）

乾隆之初，惠（栋）、戴（震）崛起，汉帜大张，畴昔以宋学鸣者，颇无颜色。时则有方苞者，名位略似（汤）斌、（李）光地等，尊宋学，笃谨能躬行，而又好为文。苞，桐城人也，与同里姚范、刘大櫆共学文，诵法曾巩、归有光，造立所谓古文义法，号曰"桐城派"。又好述欧阳修"因文见道"之言，以孔、孟、韩、欧、程、朱以来之道统自任，而与当时所谓汉学者互相轻。①

从梁启超所论，一则可以看出乾嘉时期汉学一派气势之盛；② 二则可以看出桐城派是清代理学的主要传承者；三则可以看出桐城派与汉学家的矛盾根源其实就在于汉、宋学之间的矛盾。汉、宋学之争与清代学术发展相始终，故作为清代理学中坚的桐城派与汉学家的恩怨纷争也就成为一个与桐城派的发展相始终的问题。

（一）关于姚鼐与戴震之间的交恶

桐城派由于推崇义理，故与考证一派在学术上具有天然的沟壑。方苞的经说就时受汉学考证一派的诟病："乾、嘉时，汉学考证家矜其强记博闻，往往以细故微误，指斥先生经说并及文章。"③

关于桐城古文一派与汉学派之间的真正对抗，学者们普遍认为始于姚

---

① 梁启超：《清代学术概论》，《饮冰室合集》专集之34，中华书局1989年影印本，第49页。

② 有研究者认为乾嘉汉学在当时的影响并不如想象中的大。马积高就认为："乾嘉是一个阶段。这时考据之风颇盛行，戴震等外，袁枚、章学诚也别张一军，理学不免相形见绌。但如前所说，考据家中的许多人是仍以义理让给理学家的。袁枚是诗人，其影响仅限于一部分文人；章学诚之学在当世不显尤甚于戴震，皆未足与理学相抗。而尤为人所忽视的，是当时专工考据的学者主要集中在长江下游今江、浙、皖三省。稍及山东、河北，他省殊少。内陆及西、南各省基本未被其风，仍属理学的一统天下。如广东，至道光间阮元为督，开学海堂，始开风气；湖南又在后，至阮元弟子吴荣光督学此省，开湘水校经堂，湘人方知朴学；四川更后至晚清张之洞督学于此，设尊经书院，川人始受其化。人们后来习闻乾嘉诸大师之名，又因考据学代表一种新潮流，遂以为它是一种遍及全国的学术思潮，这是与事实不符的。"（马积高：《理学与桐城派》，《中国文学研究》1993年第2期）马积高先生的这种说法也有一定道理。乾隆四十一年（1776）至嘉庆二十年（1815），姚鼐在江南各地书院讲学，扩大了桐城派的堂庑；乾隆四十四年（1779），姚鼐在《刘海峰先生八十寿序》中高调宣布桐城派正式立派。如果汉学一派的势力在当时学术界真是占据了压倒性的地位，也就很难解释桐城一派在乾嘉时期的立派及迅速发展。

③ 戴钧衡：《方望溪先生集外文补遗序》，《方苞集》附录三，载方苞著、刘季高校点《方苞集》下，上海古籍出版社2008年版，第914页。

鼐。与汉学的对抗，自然也是姚门文风的一个重要内涵。① 仔细推究，姚鼐与汉学派之间的矛盾最初似乎起于姚鼐与汉学派大家戴震之间的一段私人恩怨。

乾隆二十年（1755），时年二十五岁的姚鼐在北京结识了汉学派大家戴震（1724—1777）。当时姚鼐正值春试礼部不第而居京师，而年长他七岁的戴震为躲避豪族的迫害正避难北京。② 姚鼐与戴震两人虽身份迥异，学派有别，却有一段颇有意思的交往，按姚鼐的说法就是在乾隆二十年（1775）这一年间两人曾"同居四五月"③。关于这一段时间两人的交往，相关的记载并不多。姚鼐在《书〈考工记图〉后》中有这样一段关于两人交往的简略记载："余往时与东原同居四五月（乾隆二十年，笔者注），东原时属稿此书，余不及与尽论也。"④ 由姚鼐这段文字所记，可见他在与戴震"同居"间曾"论"过戴震所著的《考工记图》一书。⑤ 从当时两人在年龄、学术地位上的差距来看，所谓"论"当主要是姚鼐向戴震请教问题。⑥

从姚鼐自己所述来看，他当时对戴震很是仰慕。姚鼐曾作有五言古体《赠戴东原》一首，其中写道："新闻高论诎田巴，槐市秋来步落花。群士盛衰占硕果，六经明晦望萌芽。汉儒止数扬雄氏，鲁使犹迷颜阖家。未必蒲轮征晚至，即今名已动京华。"⑦ 姚鼐在此诗中对戴震多有称赞仰慕之意，尤其是"六经明晦望萌芽"一句，更是将"六经明晦"冀望于戴震。⑧

---

① 参见曹虹《阳湖文派研究》，中华书局 1996 年版，第 123 页。

② 关于戴震避难北京及在北京交游的细节可参看李开《戴震评传》，南京大学出版社 1992 年版，第 85—89 页。

③ 姚鼐：《书〈考工记图 〉后》，载姚鼐著、刘季高标校《惜抱轩诗文集》，上海古籍出版社 1992 年版，第 77 页。

④ 同上。

⑤ 戴震所著《考工记图》初稿成于乾隆十一年（1746），成稿于乾隆二十年（1755）。

⑥ 姚鼐《书〈考工记图〉后》一文中对他与戴震的交往语焉不详，仅有"同居四五月"数语，文中的主要内容是论戴震"考工车之失"。姚鼐的这种写法颇有意味，详略之间既不回避他与戴震之间曾有的交往，也曲折地表现出他对戴震学术成就的批评态度。

⑦ 姚鼐：《赠戴东原》，载姚鼐著、刘季高标校《惜抱轩诗文集》，上海古籍出版社 1992 年版，第 520 页。新闻：此处特指戴震所著《考工记图》。田巴：战国时齐国辩士，相传其辩于徂丘，议于稷下，一日服十人，后泛指辩才敏捷的人。槐市：汉代长安读书人聚会、贸易之市，因其地多槐而得名，后借指学宫、学舍。蒲轮：古时封禅或迎接贤士时常以蒲草裹车轮，以减轻车子震动，以示礼敬。

⑧ 参见柳春蕊《神、理、声、色——姚鼐的诗歌体性论》，《北京大学学报》（哲学社会科学版）2004 年第 4 期。

作为桐城派后辈的姚鼐何以对汉学大家戴震一度如此仰慕？由于姚鼐本人后来对此问题讳莫如深，现在已难窥测其个中缘由。也许是姚鼐当时暂不得志，而戴震名望"已动京华"①，姚鼐有仰慕、依附之心？也许是姚鼐当时过于年轻，不谙世事，没有意识到汉、宋之间的泾渭之别？姚鼐在认识戴震后不久，也即在乾隆二十年（1755）这一年郑重致信戴氏，欲拜其为师。姚鼐在写信时，一定没有意识到作为桐城派后辈的他不可能获得汉学大家戴震的学术认同。如果意识到这一点，他绝不会投递出这封让他后悔一辈子的拜师书了。

几乎没有任何悬念，戴震在《与姚孝廉姬传书》中拒绝了姚鼐的请求。② 戴震拒绝姚鼐的根本原因其实就是在汉、宋学之间的学术鸿沟。③ 在信中，戴震还就汉、宋两家研究方法的优劣高下做了一番比较：

> 所谓十分之见，必征之古而靡不条贯，合诸道而不留余议，巨细毕究，本末兼察。若夫依于传闻以拟其是，择于众说以裁其优，出于空言以定其论，据于孤证以言其通，虽溯流可以知源，不目睹渊泉所导，循根可以达杪，不手披枝肆所歧，皆未至十分之见也。以此治经，失不知为不知之意，而徒增一惑，以滋识者之辨之也。
>
> 先儒之学，如汉郑氏、宋程子、张子、朱子，其为书至详博，然犹得失中判。其得者，取义远，资理闳，书不克尽言，言不克尽意，学者深思自得，渐近其区，不深思自得，斯草薉于畦，而茅塞其陆。其失者，即目未睹渊泉所导，手未披枝肆所歧者也。而为说转易晓，学者浅涉而坚信之，用自满其量之能容受，不复求远者闳者。故诵法康成、程、朱不必无人，而皆失康成、程、朱于诵法中，则不志乎闻

---

① 戴震初到北京，即以其才华名重京师，其时，"薄海承学之士，至于束发受书之童子，无不知有东原先生"。（《戴震年谱》，《戴震集》，上海古籍出版社1980年版，第451页）

② 戴震的拒绝很委婉："欲以仆为师，则别有说，非徒自顾不足为师，亦非谓所学如足下，断然以不敏谢也。古之所谓友，固分师之半，仆与足下无妨交相师，而参互以求十分之见，苟有过则相规，使道在人不在言，斯不失友之谓，固大善。昨辱简，自谦太过，称夫子，非所敢当之。"戴震在信中虽处处谦虚，但唯独以"考核"自诩："仆于《考工记图》，重违知己之意，遂欲删取成书，亦以其义浅，特考核一端，差可自决。"（戴震：《与姚孝廉姬传书》，载戴震撰，杨应芹、储伟奇主编《戴震全书》第6册，黄山书社2010年版，第371页）这一自诩也就表明了他与姚鼐之间的学术界限。

③ 戴震为何要拒绝姚鼐的拜师请求，可参见陈平原《文派、文选与讲学——姚鼐的为人与为文》，《学术界》2003年第5期。

道之过也。诚有能志乎闻道，必去其两失，殚力于其两得。既深思自得而近之矣，然后知孰为十分之见，孰为未至十分之见。如绳绳木，昔以为直者，其曲于是可见；如水准地，昔以为平者，其坳于是可见也。夫然后传其信，不传其疑，疑则阙，庶几治经不害。①

戴震的这段文字，在字里行间处处透露出对宋学及宋学家的不屑。

戴震在《与姚孝廉姬传书》中对汉宋分歧的陈述，其实就是在表明拒绝姚鼐的理由。对于姚鼐而言，真正介意也许不是他与戴震之间的学术鸿沟，而是戴震对他拜师请求的公开拒绝，戴震的拒绝让姚鼐深以为耻。

姚鼐以后对拜师一事不再提及，在《惜抱轩诗文集》中也未录入该信，而戴震答复姚鼐拜师的《与姚孝廉姬传书》则流传于世。

由此看来，戴震对姚鼐的拒绝当是两人交恶的的重要原因。关于这一点，学者们早有关注。章太炎就认为，姚鼐即因此备感"不平"而"数持论诋朴学残碎"②。姚鼐对戴震的"诋"几近仇恨，他曾经指名道姓地诅咒戴震等汉学家断子绝孙，这段文字广为研究者所引用，为说明问题，也引文如下：

> 儒者生程、朱之后，得程、朱而明孔、孟之旨，程、朱犹吾父师也。然程、朱言或有失，吾岂必曲从之哉？程、朱亦岂不欲后人为论而正之哉？正之可也，正之而诋毁之，讪笑之，是诋讪父师也。且其人生平不能为程、朱之行，而其意乃欲与程、朱争名，安得不为天之所恶，故毛大可、李刚主、程绵庄、戴东原，率皆身灭嗣绝，此殆未可以为偶然也。③

戴震《与姚孝廉姬传书》写于乾隆二十年（1755），姚鼐欲拜师戴震一事就应当发生在这一年。这封信是姚鼐曾欲拜戴震为师的"铁证"。正是因为如此，姚鼐其后在论及汉宋之争时虽曾咒骂戴震"身灭嗣绝"，但

---

① 戴震：《与姚孝廉姬传书》，载戴震撰、杨应芹、储伟奇主编《戴震全书》第6册，黄山书社2010年版，第370—371页。

② 章太炎：《訄书重订本·清儒第十二》，《章太炎全集》（三），上海人民出版社1984年版，第157页。

③ 姚鼐：《再复简斋书》，载姚鼐著、刘季高标校《惜抱轩诗文集》，上海古籍出版社1992年版，第102页。

在述及他与戴震的交往时，姚鼐对戴震还是保持着必要的恭敬。如在《汉庐江九江二郡沿革考》一文的结尾处，姚鼐写有这样一段文字：

> 曩者鼐在京师，与休宁戴东原言："世之方志，言古城邑，苦不考求四面地形远近，堪容置否？是以所举多不实，欲以汉县与今地相较为表，而贯他沿革于其中，纵不能无失，犹差翔实，愈于俗之所为地理书也"。东原曰善。今夏无事，遂取乡里所近汉二郡一国为沿革考一卷。多病废学，东原既丧，无以闻之。①

此文写于乾隆四十五年（1780），此时的姚鼐已是五旬之人，戴震则早已作古。这段文字虽对戴震着墨不多，还是透着作者对长者、逝者的必要尊敬。姚鼐的这种姿态是一种明智的选择。毕竟自己拜师一事无法否认，对戴震表达必要的尊重还可显示自己的胸襟宽广。

拜师事件之后 18 年，也即乾隆三十八年（1773），《四库全书》馆开。具有戏剧性的是，姚鼐与戴震同时入馆任纂修官。鉴于两人前面的过节，加之姚鼐在馆中的时间仅仅一年，两人在《四库全书》馆中应该不会有什么往来。

《四库全书》馆时为汉学大本营，汉学大家戴震在馆中自是地位崇高，如众星捧月。效法程朱义理的桐城派文士在《四库全书》馆完全处于弱势、被动的地位。② 在这样一种特殊的学术环境之下，作为桐城派第三代传人的姚鼐在《四库全书》馆这个汉学家的大本营中可谓备受"掊击讪笑"③。乾隆三十

---

① 姚鼐：《汉庐江九江二郡沿革考》，载姚鼐著、刘季高标校《惜抱轩诗文集》，上海古籍出版社 1992 年版，第 26 页。

② 章太炎在论及此点时说："震（指戴震，笔者注）始入四库馆，诸儒皆震竦之，愿敛衽为弟子，天下视文士渐轻，文士与经师始交恶。而江淮间治古文辞者，故有方苞、姚范、刘大櫆，皆产桐城，以效法曾巩、归有光相高，亦愿尸程朱为后世，谓之桐城义法。震为《孟子字义疏证》以明材性，学者自是薄程朱。桐城诸家，本未得程朱要领，徒援引肤末，大言自壮，故尤被轻蔑。"见章太炎《訄书重订本·清儒第十二》，《章太炎全集》（三），上海人民出版社 1984 年版，第 157 页。

③ 姚莹：《惜抱公鼐》，《中复堂全集·姚氏先德传》卷 4，同治六年（1867）刊本。在《四库全书》馆中，姚鼐似乎与诸汉学家有过学术上的交锋，在《复蒋松如书》中，姚鼐曾说："鼐往昔在都中，与戴东原辈往复，尝论此事（指汉、宋学的高下优劣，笔者注），作《送钱献之序》，发明此旨，非不自度其力小而孤，而义不可以默焉耳。"（姚鼐：《复蒋松如书》，载姚鼐著、刘季高标校《惜抱轩诗文集》，上海古籍出版社 1992 年版，第 96 页）从"鼐往昔在都中"，特别是从"与戴东原辈往复"来判断，似指姚鼐在《四库全书》馆这一时间段。

九年（1774），即在姚鼐入馆后仅仅一年，为"庶免耻辱之大咎"①，姚鼐托病辞职离开四库馆，自此南下，以书院讲学终其一生。

姚鼐与戴震的过节以及在四库馆中的经历使姚鼐对汉学产生了很深的隔膜。在他的后半生作品中，不难看到他对戴震及汉学家的严辞抨击。

在《程绵庄文集序》中，他指名批评戴震："近世如休宁戴东原，其才本超越乎流俗，而及其为论之僻，则更有甚于流俗者。"②

在《复汪梦慈书》中，他又如此批评汉学者："今世天下相率为汉学者，搜求琐屑，微引猥杂，无研寻义理之味，多矜高自满之气，愚鄙窃不以为安。"③

在《与蒋松如书》中，他先批评汉学派"以专宗汉学为至，以攻驳程、朱为能，倡于一二专己好名之人，而相率而效者，因大为学术之害"，然后提出判断汉学优劣的标准："博闻强识，以助宋君子之所遗则可也，以将跨越宋君子则不可也。"④

（二）桐城派与汉学派之间的学术沟壑

汉、宋两派在有清一代的相互对立是学术史上不争的事实，两派之间相互攻讦、互为沟壑，⑤汉学家"厌义理之庸言，以宋贤为疏阔，鄙经义为俗体"⑥；宋学家则认为汉学家"琐碎支离、悖义伤道"⑦，"专与宋儒

---

① 姚鼐：《复张君书》，载姚鼐著、刘季高标校《惜抱轩诗文集》，上海古籍出版社1992年版，第86页。不管是从姚鼐冒昧向戴震拜师，还是从他在《四库全书》馆中颇为窘迫的处境，似可看出姚鼐不太善于人际之间的交往。对此，姚鼐本人致友人的信中也曾论及："鼐性鲁知暗，不识人情向背之变、时务进退之宜，与物乖忤，坐守穷约。"（姚鼐：《复汪进士辉祖书》，载姚鼐著、刘季高标校《惜抱轩诗文集》，上海古籍出版社1992年版，第89页）

② 姚鼐：《程绵庄文集序》，载姚鼐著、刘季高标校《惜抱轩诗文集》，上海古籍出版社1992年版，第268—269页。

③ 姚鼐：《复汪梦慈书》，载姚鼐著、刘季高标校《惜抱轩诗文集》，上海古籍出版社1992年版，第295页。

④ 姚鼐：《复蒋松如》，载姚鼐著、刘季高标校《惜抱轩诗文集》，上海古籍出版社1992年版，第95—96页。

⑤ 有研究者认为，汉、宋学之争的主要焦点，不在于是坚持汉儒的经解，还是坚持宋儒的经解，而是在于是把儒学视为"修齐治平之教"，还是蜕变为训诂考据之学。这种观点颇有见地。（张成权：《从清代前期学术流变看桐城派与"汉学"关系》，《合肥学院学报》2007年第11期）

⑥ 姚鼐：《停云堂遗文序》，载姚鼐著、刘季高标校《惜抱轩诗文集》，上海古籍出版社1992年版，第53页。

⑦ 戴钧衡：《方望溪先生集外文补遗序》，《方苞集》附录三，载方苞著、刘季高校点《方苞集》下，上海古籍出版社2008年版，第914页。

为水火"①。

桐城派创始人方苞提出学行继程、朱之后，文章介韩、欧之间，从一开始就将古文家与程朱理学绑在一起。桐城派作为理学的追随者必然被卷入了汉、宋学之间的矛盾旋涡，这是桐城派与汉学派之间难以跨越的学术沟壑，姚鼐与戴震之间的矛盾不过是这种学术沟壑的具体体现而已。

桐城派与汉学派之间学术沟壑所以如此深刻，归结起来，当有以下几个方面的原因。

其一，桐城派与汉学派之间的学术沟壑主要还是缘于清代汉、宋学之间本有的学术冲突。

汉、宋两家也即考据派、义理派的学术冲突其实可溯自汉代，前者重考据，后者重义理，两派之间长期攻讦不休，互不相服。加之宋学一派严分门户的传统，② 汉、宋之间的矛盾难以调和。清代的汉宋之争就是自汉以来考据、义理之争的延续而已。③ 从学术史的角度分析，作为清代宋学代表的桐城派与汉学一派具有历史的、天然的学术鸿沟。

其二，桐城派与汉学派之间学术沟壑还缘于清代汉学一派对文章家的轻视，这种轻视更加深了桐城古文一派与汉学派之间的矛盾。

汉学大家戴震所以轻视姚鼐，一则因为汉、宋有别，二则就缘于戴震对"文章"及"文章家"的轻视。在《与方希原书》一文中，戴震中曾论及义理、制数、文章三者之间的等次：

> 古今学问之途；其大致有三：或事于义理；或事于制数；或事于文章。事于文章者，等而末者也。然自子长、孟坚、退之、子厚诸君子之为之，曰"是道也；非艺也"。以云道，道固有存焉者矣。如诸

---

① 方东树：《汉学商兑·序例》，《汉学师承记》（外二种），生活·读书·新知三联书店1998 年版，第 235 页。

② 关于宋学一派严分门户，纪昀曾有论及："洛闽继起，道学大昌，摆落汉唐，独研义理，凡经师旧说，俱排斥以为不足信，其学务别是非，及其弊也悍。学脉旁分，攀缘日众，驱除异己，务定一尊，自宋末以逮明初，其学见异不迁，及其弊也党。"（纪昀：《经部总叙》，《四库全书总目》卷 1，中华书局 1965 年版，第 1 页）

③ 《四库全书总目·经部总叙》中对汉、宋相争的历史及相争的焦点作过简要的陈述："要其归宿，则不过汉学、宋学两家，互为胜负。夫汉学具有根柢，讲学者以浅陋轻之，不足服汉儒也。宋学具有精微，读书者以空疏薄之，亦不足服宋儒也。"（纪昀：《经部总叙》，《四库全书总目》卷 1，中华书局 1965 年版，第 1 页）

君子之文，亦恶睹其非艺欤？夫以艺为末，以道为本。诸君子不愿据其末，毕力以求据其本，本既得矣，然后曰是道也，非艺也。……圣人之道在《六经》。汉儒得其制数，失其义理；宋儒得其义理，失其制数。譬有人焉，履泰山之巅，可以言山；有人焉，跨北海之涯，可以言水。二人者不相谋，天地间之钜观，目不全收，其可哉？抑言山也、言水也，时或不尽山之奥、水之奇。①

戴震在这里倒是没有过多地表现出对宋学的轻视，只是认为义理、考核之学如"山""水"各有所重，但他在此表达出对"文章"的明显轻视，且目标直指古文一派。戴震将汉、宋学置于"山"与"水"的平等位置，②却将"文章"列入"艺"，将其视为"等而末者"，从"道"的高度傲视古文一派，恐怕这才是作为文章家的姚鼐最为记恨之处。吊诡的是，姚鼐及其弟子后来对戴震的批判并未纠结于戴震对文章家的轻视，仍是集中从汉、宋之别抨击戴震，显然有意回避"文章"这一敏感问题，由此可看出桐城派人士对于"文章"为"艺"而非"道"的地位的介意，也可看出"文章家"在清代的尴尬地位。③还需要强调的是，汉学家对文章家的轻视只是学派之间的相轻而已，乾嘉时期汉学大兴危及宋学及

---

①　戴震：《与方希原书》，载戴震撰，杨应芹、储伟奇主编《戴震全书》第6册，黄山书社1995年版，第375页。

②　在更多的时候，戴震还是强调汉学高于宋学。《题惠定宇先生授经图》是其表明治学思想的代表性文章，其中论及汉学与宋学治学方法的区别："言者辄曰：'有汉儒经学，有宋儒经学，一主于训故，一主于理义。'此诚震之大不解也者。夫所谓理义，苟可以舍经而空凭胸臆，将人人凿空得之，奚有于经学之云乎哉？惟空凭胸臆之卒无当于贤人圣人之理义，然后求之古经。求之古经而遗文垂绝，今古悬隔也，然后求之训故。训故明则古经明，古经明则贤人圣人之理义明，而我心之所同然者，乃因之而明。"（戴震：《题惠定宇先生授经图》，载戴震撰，杨应芹、储伟奇主编《戴震全书》第6册，黄山书社1995年版，第497—498页）在戴震看来，圣人的理义绝非如宋儒"空凭胸臆"可得，必须如汉儒"故训"方可明。就治学途径而言，在戴震看来，汉儒远高于宋儒。

③　姚鼐本人有时也承认诗文为"技"，他说："夫道有是非，而技有美恶。诗文皆技也，技之精者必近道，故诗文美者，命意必善。"（姚鼐：《答翁学士书》，载姚鼐著、刘季高标校《惜抱轩诗文集》，上海古籍出版社1992年版，第84页）在《复钦君善书》中，他又说："夫文技耳，非道也，然古人藉以达道。其后文至而渐与道远，虽韩退之、欧阳永叔，不免病此。"（姚鼐：《复钦君善书》，载姚鼐著、刘季高标校《惜抱轩诗文集》，上海古籍出版社1992年版，第291页）在他看来，诗文虽为"技"，但"技"精则可"近道""达道"。

古文之学的地位才是桐城派古文家痛恨汉学的关键原因所在。①

　　客观而言，姚鼐其实很在意自己的文章家的地位，毕竟桐城派古文才是其安身立命的根本。② 姚鼐在行文中，总是不经意地强调"文"及文章家的地位。归结姚鼐在文章中的种种表述，总起来看，其提升"文"及文章家的方法大致有以下三种方式。

　　一是从社会功用的角度将"文"提升至"道"的高度，如他在《复汪进士辉祖书》一文中就说："夫古人之文，岂第文焉而已。明道义、维风俗以诏世者，君子之志；而辞足以尽其志者，君子之文也。达其辞则道以明，昧于文则志以晦。"③

　　二是从写作方法的角度将古文之法提升到天地之道的高度。如他在《海愚诗钞序》一文中提出："文章之原，本乎天地。天地之道，阴阳刚柔而已。苟有得乎阴阳刚柔之精，皆可以为文章之美。"④

　　三是在论及考据、义理、词章三者的关系时，姚鼐又往往将义理与词章并列，以提高词章地位，如在《尚书辨伪序》一文中，他提出："学问之事有三：义理、考据、文章是也。夫以考证断者，利以应敌，使护之者不能出一辞。然使学者意会神得，觉犁然当乎人心者，反更在义理、文章之事也。"⑤

　　其实，清代汉、宋之间的对立、冲突还有政治上的因素。宋学为清代官方学术思想，桐城派作为清代宋学的代言人，对程朱义理的维护不仅意味着对自身学术的坚持，还意味着对官方学术甚至是对政权权威的维护。

---

　　① 桐城派学人秦瀛在论及此点时曾说："近数十年来，学者多尚考据，古文之学更衰。"［秦瀛：《答陈上舍纯书》，《小岘山人诗文集》卷2，民国二十二年（1933）癸酉环溪草堂铅印本］秦瀛（1743—1821），字凌沧，一字小岘，号遂庵，无锡人，乾隆甲午举人，官刑部右侍郎，"及见姚鼐，受古文法"。（刘声木撰、徐天祥点校：《桐城文学撰述·渊源考》，黄山书社1989年版，第173页）

　　② 姚鼐也时以为"文"自豪，他曾说："鼐之求此（指古人之文，笔者注）数十年矣，瞻于目，诵于口，而书于手，较其离合而量剂其轻重多寡，朝为而夕改，捐嗜舍欲，虽蒙流俗讪笑而不耻者，以为古人之志远矣，苟吾得之，若坐阶席而接其音貌，安得不乐而愿日与为徒也。"（姚鼐：《答汪进士辉祖书》，载姚鼐著、刘季高标校《惜抱轩诗文集》，上海古籍出版社1992年版，第89页）

　　③ 姚鼐：《复汪进士辉祖书》，载姚鼐著、刘季高标校《惜抱轩诗文集》，上海古籍出版社1992年版，第89页。

　　④ 姚鼐：《海愚诗钞序》，载姚鼐著、刘季高标校《惜抱轩诗文集》，上海古籍出版社1992年版，第48页。

　　⑤ 姚鼐：《尚书辨伪序》，载姚鼐著、刘季高标校《惜抱轩诗文集》，上海古籍出版社1992年版，第251页。

桐城派也常常从此角度抬高自身并打压对方,桐城派学人戴钧衡就曾说:"平心论之,宇宙间无今汉学家,不过名物、象数、音韵、训诂未能剖析精微,而于诚、正、修、齐、治、平之道无损也;而确守程、朱如先生(指方苞,笔者注)者,多一人则道著于一方,遂以昌明于一代。"① 在戴钧衡看来,汉学考证无非是一种研究方法而已,而宋学则事关"诚、正、修、齐、治、平之道",小则事关个人修养,大则关系社稷江山,汉学显然不可与之同日而语、平起平坐。

宋学既然将自己与治、平之道相联系,与社会的统治、稳定相联系,汉学家以"训诂考证"之学与宋学家的"诠释义理"之学相对抗就不仅仅是学术对立那样简单了。如此看来,包括桐城派在内的宋学一派与汉学一派之间不仅有学术上的沟壑,还存在政治上的沟壑。美国史学家艾尔曼对此曾有如下评述:清代乾嘉时期的"汉学的意义远远超乎古董家的嗜古之癖",在训诂、考证的学术表象下隐藏着对"为皇权辩护而受到满洲统治者崇尚的儒家意识形态"的质疑,"小学与经学相结合,就包含着政治内容"②。这种政治上的分歧也许才是汉学与宋学之间的本质分野,从这个角度来分析,也许能更好地理解戴震要将对程朱理学的指责提升到

---

① 戴钧衡:《方望溪先生集外文补遗序》,《方苞集》附录三,载方苞著、刘季高校点《方苞集》下,上海古籍出版社 2008 年版,第 914 页。

② [美]艾尔曼:《经学、政治和宗族——中华帝国晚期常州今文学派研究》,赵刚译,江苏人民出版社 1998 年版,第 4 页。综观有关清代以来的相关论述,学者少有从政治角度分析汉宋之争,多从方法论的角度去裁定汉、宋学的高低,如清代学者袁枚在《答惠定宇书》就认为:"闻足下与吴门诸士,厌宋儒空虚,故倡汉学以矫之,意良是也。第不知宋学有弊,汉学更有弊。宋偏于形而上者,故心性之说近玄虚;汉偏于形而下者,故笺注之说多附会。虽舍器不足以明道,《易》不画,《诗》不歌,无悟入处。而毕竟乐师辨乎声诗,则北面而弦矣;商祝辨乎丧礼,则后主人而立矣。艺成者贵乎?德成者贵乎?而况其授引妖谶,臆造典故,张其私说,显悖圣人,笺注中尤难偻指。宋儒廓清之功,安可诬也。"(袁枚:《答惠定宇书》,《袁枚全集》第 2 册,江苏古籍出版社 1993 年版,第 306 页)袁枚此处所论主要从"形而上""形而下"的角度展开,并肯定了宋儒的廓清之功。仅仅限于从研究方法及学术贡献的角度去分析清代汉、宋学之间的分野既容易陷入对汉、宋学优劣的烦琐比较,又不足以认识学术争端背后的深层次原因。如果从政治角度展开分析,清代宋学就是官方学术,故偏于对"义理"理论的阐述与说教。汉学从考证、训诂的角度去治儒学,不管是其脱离现实的趋向还是将儒学变成文献学的趋向,自然都是对宋学政治功能的反动。(参见张成权《从清代前期学术流变看桐城派与"汉学"关系》,《合肥学院学报》2007 年第 11 期)

"以理杀人"的高度,① 姚鼐要诅咒戴震等汉学家"身灭祠绝"的内在原因了。②

二　姚门弟子与汉学家的学术纷争：以《汉学商兑》学术批判方式为例

从清代学术流变的整体过程看，乾嘉时期的学术格局大致表现为汉盛宋衰。不管从姚鼐拜师被拒之耻，还是从姚鼐被迫离开《四库全书》馆，均可看出包括桐城派在内的宋学一派在乾嘉时期的弱势格局。

当然，世上没有永恒不变的学术格局，学术格局往往随时代变迁而变迁。当清王朝迈入 19 世纪的门槛后，国泰民安的气象逐渐为内外交困的被动局面所取代。在这种新的时代背景下，汉盛宋衰的学术格局开始悄然转变。汉学家所擅长的考证、训诂显然破解不了嘉道之际迫在眉睫的现实困境，而素有经世传统的理学家却借经世致用思潮的复兴而获得了新的生机。学术格局强弱变化之际往往也伴随着激烈的学术纷争，活跃于嘉道之际的姚门弟子公开与汉学派论战，以图重建宋学权威。姚门弟子中与汉学派论战的健将是方东树，方东树撰写的《汉学商兑》是桐城派文士所撰写的为数不多的专门阐述学术思想、全面反驳汉学的学术著作。

一般看来，方东树所撰的《汉学商兑》应为回应江藩《国朝汉学师承记》之作,③ 但从全书的整体内容看，《汉学商兑》的批判对象并非仅仅限于《国朝汉学师承记》，而是以批驳《国朝汉学师承记》为由展开对清代汉学的全面批判。《汉学商兑》多被后世研究者视为清代宗宋学者批驳汉学派的代表作，故以往的相关研究多集中于对《汉学商兑》学术思想及其在清代汉宋之争中地位的探讨。虽然方东树在写作《汉学商兑》

---

① 戴震在《与某书》中如此写道："酷吏以法杀人，后儒以理杀人。浸浸乎舍法而论理，死矣！无可救矣！"（戴震：《与某书》，载戴震撰、杨应芹、储伟奇主编《戴震全书》第 6 册，黄山书社 1995 年版，第 496 页）

② 姚鼐：《再复简斋书》，载姚鼐著、刘季高标校《惜抱轩诗文集》，上海古籍出版社 1992 年版，第 102 页。

③ 近有学者对此观点提出质疑，於梅舫就以为方东树《汉学商兑》的撰写实非激于江藩的所谓汉宋门户之见。详见於梅舫《〈汉学商兑〉的发轫、缘起及旨趣》，《社会科学战线》2011 年第 8 期。

时屡以肆意谩骂替代学术论争而多被后世学者诟病，① 但从学术批评史的角度考察，《汉学商兑》与《国朝汉学师承记》都不失为中国传统学术流变中的经典著作。本节意在从学术批评的角度具体研究《汉学商兑》批驳汉学并为宋学张本的方式方法，以期从个案角度管窥包括桐城派学人在内的清朝宗宋学者在汉宋交锋中展开学术批评的方式和特征。

（一）方东树与江藩的学术对立

方东树（1772—1851），字植之，安徽桐城人。方东树先后应乡试十次不果，50 岁后绝意不试，历主庐州、宿松等书院讲席。嘉庆年间，方东树曾被两广总督阮元聘为幕宾，执教学海堂。方东树为桐城派领袖姚鼐的"姚门四子"之一。② 作为桐城派弟子，方东树以竭力维护理学闻名，"当乾、嘉时，汉学炽盛，鼐独守宋贤说，至东树排斥汉学益力"③。

方东树撰写《汉学商兑》主要是因汉学家江藩所撰的《国朝汉学师承记》而起，为使问题的论述更为深入，这里有必要先对江藩及《国朝汉学师承记》作一简略的介绍。

江藩（1761—1831），字子屏，江苏甘泉人（今江苏扬州）。江藩曾从余萧客、江声等游。余萧客师从吴派汉学家主将惠栋，汉学家重家法，吴派尤严守师训，故江藩修养成"纯汉学家"。④ 嘉庆二十三年（1818），时在两广总督阮元署中参与撰修《广东通志》的江藩将个人学术著作《国朝汉学师承记》刊行于世。该书主要阐述清代汉学家的学术思想、著述、师承关系，强调清代汉、宋学的分野，力求为汉学张本。在《国朝

---

① 邓实在论及此点时曾说：方东树在《汉学商兑》中"肆口讥弹，文辨虽雄，而无实学真理，以为佐证，故不足以折服学者"。（邓实：《国学今论》，载桑兵等编《国学的历史》，国家图书馆出版社 2010 年版，第 49 页）

② "姚门四子"说法不一，姚莹称刘开、管同、方东树、梅曾亮四人为"姚门四杰"（姚莹：《惜抱先生与方异之书跋》，《中复堂全集·东溟文后集》卷 10）；曾国藩则将姚莹、管同、方东树、梅曾亮四人称为姚鼐"高第弟子"（曾国藩：《欧阳生文集序》，《曾国藩全集》诗文，岳麓书社 1994 年版，第 246 页）；刘声木在论及此点时曾有总结："'姚门四杰'本梅曾亮、管同、方东树、刘开四人，又有去开更入莹者。"（刘声木撰、徐天祥点校：《桐城文学撰述·渊源考》，黄山书社 1989 年版，第 160 页）

③ 赵尔巽等撰：《清史稿》（44），中华书局 1977 年版，第 13430 页。

④ 见梁启超《清代学术变迁与政治的影响》，《饮冰室合集》专集之 75，中华书局 1989 年影印本，第 22 页。关于江藩修养成"纯正的汉学家"的说法，也见王树民《江藩的学术思想及汉学与宋学之争》，《河北师范大学学报》1999 年第 4 期。

汉学师承记》中，江藩先是强调"经术一坏于东西晋之清谈，再坏于南北宋之道学"，随后褒扬汉学在清朝的勃兴："至本朝，三惠之学，盛于吴中；江永、戴震诸君，继起于歙。从此汉学昌明，千载沉霾，一朝复旦。"① 这种对比鲜明的写法既展现了当时汉宋学派严重对立的状态，亦清晰地表达了作为汉学家的江藩对于方东树等宗宋学者的批判态度。

桐城派作为清代宋学中坚，江藩对其自然也抱着批判态度，这种态度在《〈汉学师承记〉跋》中体现得很明显。《汉学师承记》跋尾为江藩同乡汪喜孙所撰，自然也代表了江藩的学术态度。汪喜孙在是跋中一一批评汉学对立面：

> 若夫矫诬之学，震惊耳目，举世沿习，罔识其非。如汪钝翁私造典故，其他古文词支离抵牾，体例破坏；方灵皋以时文为古文、三礼之学，等之自郐以下；毛西河肆意讥弹，譬如秦、楚之无道；王白田根据汉、宋，比诸春秋之调人。恶莠乱苗，似是而非，自非大儒，孰有能辨之者！②

汪喜孙于此点名批评的四人中即有两人为古文家，其中汪琬（钝翁）为清初与魏禧、侯方域齐名的古文家，方苞则为桐城派始祖。《汉学师承记》所附之跋，实际上是借王喜孙之口表达出对古文家及桐城派诸人的轻视。其实，江藩并不隐晦自己对桐城派的态度，他曾向方东树特别申明自己的文章与古文一派泾渭分明："吾文无他过人，只是不带一毫八家气息"③，以与桐城派划清界限。桐城派自诩学行继程、朱，文章效韩、欧，江藩则在《国朝汉学师承记》中对汪中"土苴韩、欧，以汉、魏、六朝为则"大加赞赏。④ 江藩的这番话让方东树耿耿于怀，他在《汉学商兑》

---

① 江藩：《国朝汉学师承记》卷1，《汉学师承记》（外二种），生活·读书·新知三联书店1998年版，第8页。

② 汪喜孙：《〈汉学师承记〉跋》，《汉学师承记》（外二种），生活·读书·新知三联书店1998年版，第160页。

③ 见方东树《汉学商兑》卷下，《汉学师承记》（外二种），生活·读书·新知三联书店1998年版，第384页。

④ 江藩：《国朝汉学师承记》卷7，《汉学师承记》（外二种），生活·读书·新知三联书店1998年版，第135页。

中特别予以回击："夫以韩、欧之文而谓之骫。真无目而唾天矣！"①

1823 年，江藩又刊印《国朝宋学渊源记》，此书虽是叙写清代宋学渊源，但江藩在书中一开始就强调"以故训通圣人之言，而正心诚意之学自明"②，训诂明则义理明，江藩之意仍在尊汉抑宋。值得注意的是，江藩在是书中还述及他与词章家的过节："藩少长吴门，习闻硕德耆彦谈论，壮游四方，好搜辑遗闻轶事，词章家往往笑以为迂。近今汉学昌明，遍于寰宇，有一知半解者，无不痛诋宋学。"③ 此处所言词章家当指桐城派，桐城古文一派是清代词章家的代表，亦是清代宋学派的中坚，笃信考据搜辑的江藩被词章家嘲笑也在情理之中。看来江藩所以要"痛诋"宋学有着学术对立与个人恩怨上的双重缘由。

江藩在其著作中对宋学、桐城派的攻讦，④ 触怒了当时与他同在阮元幕府中的方东树。道光丙戌四月（1826），也即在江藩刊印《国朝宋学渊源记》后三年，方东树写就《汉学商兑》以相对抗。其实，不管是在江藩的《国朝汉学师承记》还是在方东树的《汉学商兑》中，有关古文论争及桐城派的内容并不多，但不管是方东树的桐城派身份，还是江藩与方东树及清代词章家之间的过节，均可看出桐城派在清代汉宋学论争中的特殊地位。

笔者于此特别强调方东树的桐城派身份及江藩对桐城派的轻视，一方面有助于说明方东树写作《汉学商兑》的缘起，另一方面也有助于揭示方东树对汉学家持激烈批判态度的内在缘由。

（二）《汉学商兑》学术批判方式探析

清代汉宋之争所以激烈，是因为两者之间的学术之争并非只关乎一二

---

① 方东树：《汉学商兑》卷下，《汉学师承记》（外二种），生活·读书·新知三联书店 1998 年版，第 384 页。

② 江藩：《国朝宋学渊源记》卷上，《汉学师承记》（外二种），生活·读书·新知三联书店 1998 年版，第 186 页。

③ 同上书，第 187 页。

④ 关于江藩写作《国朝汉学师承记》的目的，邓实早有所论："当时桐城之学，几于风靡天下，其流风余韵，流被百年，下至道咸之世不绝。学者寻声企景，所在响应，争以宋学相尚，痛诋汉学，等之杨、墨、老、释，毁为乱道。于是甘泉江郑堂悯汉学之中绝，起而相争，著《国朝汉学师承记》，独尊汉儒，矜其家法，阴为抵制。"（邓实：《国学今论》，载桑兵等编《国学的历史》，国家图书馆出版社 2010 年版，第 48—49 页）

学理的争论，而是在义理、考证等关乎学派生存核心问题上的针锋相对。方东树所以对当时的汉学派严加驳斥，就在于其时汉学派的主张已经威胁到宋学的地位与生存。方东树如此论及汉学的威胁：

> 举凡前人所有成说定论，尽翻窠白，荡然一改，悉还汉唐旧规，祧宋而去之，使永远万世，有宋不得为代，程朱不得为人，然后为快足于心。大抵以复古为名，而宇内学者，耳目心思为之一变。不根持论，任意讥弹，颠倒是非，欺诬往哲。当涂者，衬名以为招；承流者，怀利以相接；先进者，既往而不返；后起者，复习俗而追之。①

清代汉学之于宋学的威胁是颠覆性的，不仅涉及宋学派"为代"的问题，还涉及宋学家"为人"的问题，其影响所及，波及"宇内学者"。从这个角度看，方东树所撰《汉学商兑》批判的对象并非仅仅限于江藩及其著作，而是以批驳江藩为由展开对"国朝汉学"的全面批判。方东树在全书序例中所言"河滨之人，捧土以塞孟津，不自度其力之弗胜也"虽似谦辞，② 却正表明他对汉学的批判是基于学派的而非个人恩怨的立场。

虽说方东树在批驳对手时多主观臆断及肆意攻击之词而在一定程度上降低了《汉学商兑》的学术价值，但从学术批评的角度考察，《汉学商兑》"其针不砭汉学家处，却多切中其病"，故不失为"清代一极有价值之书"③。下面拟从写作形式、重点问题的选择及解决、反驳技巧等方面对《汉学商兑》的学术批判方式作一大致的探析。

其一，《汉学商兑》在写作形式上即摆出与汉学派针锋相对的态势。在汉学"正统派炙手可热之时，奋然与抗"，采取这种毫不妥协、近乎"革命"的学术批驳方式，④ 确有引发学界广泛关注，动摇对方根基的作用。

---

① 方东树：《汉学商兑》卷中之下，《汉学师承记》（外二种），生活·读书·新知三联书店 1998 年版，第 385 页。

② 方东树：《汉学商兑·序例》，《汉学师承记》（外二种），生活·读书·新知三联书店 1998 年版，第 236 页。

③ 梁启超：《清代学术概论》，《饮冰室合集》专集之 34，中华书局 1989 年影印本，第 50 页。

④ 同上。

　　方东树撰写《汉学商兑》的主要目的并不是阐述学术思想，而是意在学术论争。为达到驳倒对方，为己方张本的目的，方东树在写作形式上颇下了一番功夫。

　　在书名上，作为宗宋学者的方东树以"汉学商兑"为书名，突出了学术"商兑"目标，使读者从书名上即能感受到作者挑战汉学的意图。同时，将书名定为《汉学商兑》，也使该书的"商兑"目标扩展为整体意义上的汉学，而不是仅仅局限于对江藩《国朝汉学师承记》的回应。

　　在写作体例上，《汉学商兑》也与《国朝汉学师承记》颇为不同。江藩在写作《国朝汉学师承记》时采用列传体形式，全书选择清初至乾嘉时期的三十九位汉学家，各个立传，以此展现"汉世儒林家法之承授，国朝学者经学之渊源"①。《汉学商兑》则"仿朱子《杂学辨》例，摘录原文，各为辨正于下"②。朱子撰《杂学辨》是为驳斥当时诸儒杂于佛老之学，方东树仿朱子《杂学辨》作《汉学商兑》，既可借此回击汉学家关于理学堕于禅学的攻讦，也方便于摘录汉学家原文逐条进行有序批驳。

　　在全书的谋篇布局上，《汉学商兑》全书分为三卷，卷上"首溯其畔道罔说之源"；卷中"次辨其依附经义小学，似是而非者"；卷下"为总论，辨其诋诬唐宋儒先，而非事实者"③。上、中、下三卷其实就是三个批驳专题，所摘录汉学家原文及辨正分门别类归入各卷。如果说江藩《汉学师承记》的系统性体现在对清代汉学传承脉络的逐次梳理，方东树《汉学商兑》的系统性则体现在对清代汉学弊端的系统剖析与批判。

　　其二，起笔即渲染汉学派对宋儒的攻击，指责汉学派为挑起门户之争的肇始者，为后文批驳汉学并为宋学辩护做好了铺垫。

　　方东树在《汉学商兑》序例起笔就写汉学家对宋儒的攻讦："近世有为汉学考证者，著书为辟宋儒、攻朱子为本，首以言心、言性、言理为厉禁。海内名卿巨公，高才硕学，数十家递相祖述，膏唇拭舌，造作飞条，竞欲咀嚼。"此处不仅指明汉宋之争发端于汉学考证者对宋儒的攻击，还

----

　　① 阮元：《〈国朝汉学师承记〉序》，《汉学师承记》（外二种），生活·读书·新知三联书店1998年版，第3页。

　　② 方东树：《汉学商兑·凡例》，《汉学师承记》（外二种），生活·读书·新知三联书店1998年版，第237页。

　　③ 方东树：《汉学商兑》卷上，《汉学师承记》（外二种），生活·读书·新知三联书店1998年版，第238页。

将汉学家"妄加"给宋学的罪名总结为三端，"究其所以为之罪者，不过三端：一则以其讲学标榜，门户分争，为害于家国；一则以其言心、言性、言理，堕于空虚心学禅宗，为歧于圣道；一则以其高谈性命，束书不观，空疏不学，为荒于经术"①。序例列于文章之首，多为陈明写作缘由及写作宗旨，《汉学商兑》开篇即揭橥批驳对象，并梳理出汉学攻击宋学的三端罪名，为下文系统批驳汉学，并为宋学辩护做好了铺垫。

方东树在文章开篇即渲染汉学家对宋儒的攻讦，意在强调汉学诸家才是挑起门户之争的肇始者："历观（汉学）诸家之书，所以标宗旨、峻门户，上援通贤，下瞀流俗，众口一舌，不出于训诂、小学、名物、制度。弃本贵末，违戾诋诬，于圣人躬行求仁、修齐治平之教，一切抹杀。名为治经，实足乱经；名为卫道，实则畔道。"② 方东树还从学术史的角度对清代汉学家标举门户的过程作了梳理：

> 顾、黄诸君，虽崇尚实学，尚未专标汉帜。专标汉帜，则自惠氏始。惠氏虽标汉帜，尚未厉禁言"理"；厉禁言"理"则自戴氏始。自是宗旨祖述，邪诐大肆，遂举唐宋诸儒已定不易之案，至精不易之论，必欲一一尽翻之，以张其门户。江氏作《汉学师承记》，阮氏集《经解》，于诸家著述，凡不关小学，不纯用汉儒古训者，概不著录。……夫说经不衷诸义理，辨伪得真，以求圣人之意，徒以门户之私，与宋儒为难。③

方东树于此强调"专标汉帜，则自惠氏始"，表明他所批驳的并非整体上的汉学，而是针对惠栋特别是戴震以后的乾嘉汉学一派。他在文中还特别褒扬了郑玄、贾逵等汉学名家的学术公正立场："郑、贾诸儒，不禁学者'穷理'，又未尝蓄私意，别标宗旨，欲以一手掩天下目也。"④ 即便是对南宋黄震及明末清初的顾炎武等对理学颇多微词的汉学家，他也抱相对宽容的态度："黄氏、顾氏，犹目击时病，有救敝之意，言虽失当，心

---

① 方东树：《汉学商兑·序例》，《汉学师承记》（外二种），生活·读书·新知三联书店1998 年版，第 235 页。

② 同上。

③ 方东树：《汉学商兑》卷上，《汉学师承记》（外二种），生活·读书·新知三联书店1998 年版，第 259—260 页。

④ 方东树：《汉学商兑》卷中之上，《汉学师承记》（外二种），生活·读书·新知三联书店 1998 年版，第 295 页。

则可原。及妄者主之，则借以立门户，与程朱为难，援黄震以为重，又自矜能辟伪古文，而已与黄、顾之意全别。"① 对阎若璩的《四书释地》、江永的《乡党考图》等汉学家著作，他也予以肯定："如《四书释地》《乡党图考》，诚为朱子功臣。故凡为学，但平心求是，补正前贤，是前贤之所攸赖，而望于来世之有其人也。"②

方东树指责汉学家标举门户的真正目的是为宋学张本。方东树本是"姚门四子"，工于古文，他曾用这样一段颇为形象的文字来陈述要为宋学张本的原因："（汉学家）扬风纵燎，欲以佐斗为鏖战而决胜，灭此朝食，廓清独霸。而程、朱之门，独寂然不闻出以一应兵。夫习非胜是，听偏成惑，若守文持论，败绩失据，吾恐此道遂倾矣。"③ 方东树在这里将自己喻为一个为将"倾"之道而奋起应战的士兵，由此也可见其卫道、护道，为宋学张本的决心。方东树并不介意自己的态度会引来"为党"之嫌，他认为物以类聚、人以群分，见道之人自然应相互呼应："世又谓程、朱见道之明，不应为党。此亦不然。夫讲道刑仁，气类朋来，自然之理。五臣不同气，而与共欢为类乎？孔子不与颜、曾同气，而与阳货、季孙为类乎？"④

方东树为何对乾嘉汉学一派深恶痛绝呢？关键的一点就在于他认为汉学一派欲以汉学考证否定程朱义理，进而否定程朱"道统"，方东树将此总结为"超接'道统'"⑤。方东树曾以"敌"字来形容汉宋两派在道统问题上的对立，⑥ 可见他对汉学"超接'道统'"的反应是何等强烈。

其三，正面回击汉学家对宋学的诘难，全面梳理并批判清代汉学流弊。

《汉学商兑》开篇即将汉学家妄加给宋儒的"罪名"归结为标榜门

---

① 方东树：《汉学商兑》卷中之上，《汉学师承记》（外二种），生活·读书·新知三联书店 1998 年版，第 266 页。

② 方东树：《汉学商兑》卷中之下，《汉学师承记》（外二种），生活·读书·新知三联书店 1998 年版，第 380 页。

③ 方东树：《汉学商兑》卷下，《汉学师承记》（外二种），生活·读书·新知三联书店 1998 年版，第 385 页。

④ 同上书，第 394 页。

⑤ 方东树：《汉学商兑》卷中之下，《汉学师承记》（外二种），生活·读书·新知三联书店 1998 年版，第 334 页。关于方东树与江藩在"道统"问题上所展开的论争详见下节论述。

⑥ 方东树：《汉学商兑》卷中之下，《汉学师承记》（外二种），生活·读书·新知三联书店 1998 年版，第 373 页。

户，空疏不学，言心、言性、言理堕于心学禅宗三个方面。综观《汉学商兑》全书，基本上围绕这三个问题予以回击。在全书近结尾时，方东树重申这三桩"汉学家所执为宋儒之罪"，随后又以简洁性的文字再次一一作答。全书在这一问题上的首尾呼应，说明作者的写作重心在回击汉学家对宋学的诘难。从整体上考察，《汉学商兑》在相当程度上就是对汉学家攻讦的被动回应，文中不时出现的激烈甚至谩骂之词，其实正体现了处于学术弱势地位的宋学家的尴尬处境。

对于宋儒标榜门户罪名的回击，方东树采取的是以子之矛，攻子之盾的回击方式，你指责我标榜门户，我则反过来指斥你标宗旨、峻门户，关于这个问题前面已经论及，此处不再赘言。

"空疏"是汉学家攻讦宋儒的重要口实。方东树对此攻击的反驳很有意思，他多是直接引用程朱有关经世实用的语录予以反驳，很少从别的角度去证明宋学的实用。如在《汉学商兑》卷中之上，方东树为驳斥戴震有关宋学空疏的言论，先是引用朱熹之语以说明理学之"实"："朱子曰：'圣贤说'性'、'命'，皆是就事实上说。言'尽性'，便是尽得三纲、五常之道；言'养性'，便是养得此道，而不害至微之理、至著之事。'一以贯之'，非虚语也！'"① 在引用程朱经典之后，方东树随即展开对汉学家的反驳：

> 汉学家皆以高谈性命，为便于空疏，无补经术，争为实事求是之学，衍为笃论，万口一舌，牢不可破。以愚论之，实事求是，莫如程朱。以其理信，而足可推行，不误于民之兴行。然则虽虚理，而乃事实矣。汉学诸人，言言有据，字字有考，只向纸上与古人争训诂形声，传注驳杂，援据群籍证佐，数百千条。反之身已心行，推之民人家国，了无益处，徒使人狂惑失守，不得所用。然则虽实事求是，而乃虚之至者也。②

虽然方东树称程朱理学"虽虚理而乃实事"难以服人，但方东树以

---

① 方东树：《汉学商兑》卷中之上，《汉学师承记》（外二种），生活·读书·新知三联书店1998年版，第275页。

② 同上书，第276页。

一个"虚"字来概括汉学末流的特点，认为汉学于现实"了无益处"，"乃虚之至者"，也可谓抓住了汉学末流的弊端。

　　言心、言理是否为空言穷理是清代汉宋相争的一个焦点问题。汉学家多抨击程、朱"穷理"为空言，方东树认为"此说乃汉学宗旨第一义。千条万端，皆从此路差去"①。对于汉学家的质疑，方东树主要从三个方面作答。第一，承认程、朱之学强调"心"，而后声明程、朱所言之心与陆、王心学所言之心有根本区别。程、朱"所言人心、道心、正心者"，不是如陆、王心学"高谈性命、纵恣放佚"，而是强调"人事""伦常""致知穷理""道中庸、尽精微、崇礼"四实事。② 第二，"穷理"切于实用而非空言。"程朱教人'穷理'。皆先就自家身心，及伦物日用之地求之，为说甚详，何尝空言'穷理'"；"若不'穷理'，亦安知所求之是之所在？朱子固曰'在即物而穷理'，夫'即物穷理'，非即实事求是乎？"③ 第三，"心"与"理"其实密不可分，舍心何以见理？传理即传心也。④ 既然"心""理"不可分，则汉学家将"心"与"理"割裂开来予以否定自是谬误自见了："戴震禁言'理'，诋程朱不当别言有理具于心；黄震、顾亭林禁言心，以理流行于天地古今，特具于心，而不当以心为主，皆边见、邪见，非正知见也。"⑤ 方氏对汉学的指斥，基本上都是基于宋学立场或借用宋儒经典，一定程度上削弱了论辩的力度。在学术论争上，权威不一定就等同于真理，但在某一具体的历史时期，权威与正统常常取代真理成为裁判学术的标准，方东树视朱熹为当然的、不可动摇的权威与裁判汉宋争端的标准，自然难以服人。

　　清代汉学家常以宋儒言心、理近于堕禅攻讦宋学派。方东树认为，汉学家所以会产生宋学近于禅学的误解是因为禅学"所托心性，弥近理而大乱真"，故必须"严辨乎禅者"。为厘清宋学与禅学之间的界限，方东树一是从禅学兴起的时间角度论证"禅学之兴，与程、朱无涉"⑥；二是

---

　　① 方东树：《汉学商兑》卷中之上，《汉学师承记》（外二种），生活·读书·新知三联书店1998年版，第297页。

　　② 同上书，第270页。

　　③ 同上书，第297页。

　　④ 同上书，第267页。

　　⑤ 同上书，第269—270页。

　　⑥ 方东树：《汉学商兑》卷下，《汉学师承记》（外二种），生活·读书·新知三联书店1998年版，第389—390页。

认为宋学言心、言理与禅者所言的心、理完全相反：

> 惟圣人吾儒之学，无不用心，而禅家则专忌用心；惟圣人吾儒之学，无不穷理，而禅家则专忌穷理。其事正相反。汉学者，标训诂名物为宗，无以破程朱言理之正，则一借禅以诬之。不知程朱言人心、道心、精一、执中、致知、穷理，正是破禅。又不知己之禁不许言心、言理，乃是用罔，正与禅同病。①

由此看来，程、朱非堕狂禅，反是破禅。方东树还据此反问："不知古今能辨儒、禅之分，毫厘厉害之介者，莫如程、朱，岂虑守捉者反为盗贼邪？"② 方东树对禅学的评价其实并不低："窃尝谓，为学而能堕于禅，此虽为圣学之害，然大段已是上乘人物。若其余，则皆溺于货色，忿欲私曲邪佞者，众也！"③ 他还认为禅家远比汉学家高明：

> 故使天下学者，果人人皆能如禅家之刻苦用心，斩情断妄，其胜于俗儒之密对根尘，坚主情执，日夜汩没，终生交滚于贪、嗔、疑、淫、杀、盗、妄言、绮语、恶口、两舌、颠倒、梦想、恐怖、挂碍、烦恼、忧惑、老死不悟者，已多矣！④

方东树对禅学的肯定，并从禅学角度对汉学家的嘲讽，加之他对佛学"致广大、极高明、尊德性、敦厚、尽精微"的颂扬，⑤ 不经意间又坐实了宋学与禅学之间的密切关系。

为使自己的辩驳具有反击力，方东树还对清代汉学"流弊"作了全面的梳理。他所总结的汉学六大流弊常为后世研究者所引，这六大流弊分

---

① 方东树：《汉学商兑》卷中之上，《汉学师承记》（外二种），生活·读书·新知三联书店 1998 年版，第 272 页。

② 方东树：《汉学商兑》卷下，《汉学师承记》（外二种），生活·读书·新知三联书店 1998 年版，第 388 页。

③ 方东树：《汉学商兑》卷中之上，《汉学师承记》（外二种），生活·读书·新知三联书店 1998 年版，第 301 页。

④ 方东树：《汉学商兑》卷下，《汉学师承记》（外二种），生活·读书·新知三联书店 1998 年版，第 389 页。

⑤ 同上。

别为：第一，"力破'理'字，首以穷理为厉禁，此最悖道害教"；第二，"考之不实，谓程、朱空言穷理，启后学空疏之陋……"；第三，"则由于忌程朱理学之名，及《宋史》《道学》之传"；第四，"则畏程朱检身，动绳以理法，不若汉儒不修小节，不矜细行，得以宽便其私……"；第五，"则奈何不下腹中数卷书，及其新慧小辨，不知是为驳杂细碎，迂晦不安，乃大儒所弃余，而不屑有之者也"；第六，"则见世科举俗士，空疏者众，贪于难能可贵之名，欲以加少为多，临深为高也"①。对于以上六点，方东树并无过多论述，但从全书内容的整体安排看，方东树将清代汉学六大流弊的梳理总结置于《汉学商兑》卷下，有前面的论述作为铺垫，其结论的得出也算是水到渠成。

其四，试图借朝廷权威打压对手，并以政治标准取代学术标准，从政治标准的角度将汉、宋两家划分为邪说、正说，将学术纷争上升为"邪说害正"的政治问题。②

为彻底压制对手，方东树还在《汉学商兑》中引用乾隆皇帝指斥谢济世诋毁程朱的上谕，试图借文字狱威胁学术对立派。如此手段，确实让对手无还手之力。为说明问题，特将这段文字全引如下：

> 乾隆初，谢济世诋朱子《大学》、《中庸》章句，且谓明代尊崇朱子之书，以同乡同姓之故，因奏请废朱子《章句》，而用其自注《学》、《庸》颁行天下。六年九月二十五日，奉上谕："朕闻谢济世将伊所注经书，刊刻传播，多系自逞臆见，肆诋程、朱，其属狂妄！从来读书学道之人，贵乎躬行实践，不在语言文字之间，辨别异同。况古人著述既多，岂无一二可以指摘之处？以后人而议论前人，无论所见未必即当，即云当矣，试问于己之身心何有益哉？我圣祖将朱子升配'十哲'之列，最为尊崇，天下士子，莫不奉为准绳。而谢济世辈，倡为异说，互相标榜。恐无知之人，为其所惑，殊非一道同风之义，且足为人心学术之害。朕从不以语言文字罪人！但此事甚有关系，亦不可置之不问也。尔等可寄信与湖广总督孙嘉淦，将谢济世所

----

① 方东树：《汉学商兑》卷下，《汉学师承记》（外二种），生活·读书·新知三联书店1998年版，第385—386页。

② 方东树：《汉学商兑》卷中之上，《汉学师承记》（外二种），生活·读书·新知三联书店1998年版，第296页。

注经书中，有显与程、朱抵牾，或标榜他人之书，令其查明具奏，即行销毁，毋得存留。钦此！"煌煌圣训，诚天下学者所当服膺恭绎，罔敢违失者也。①

方东树所以要在文中转载乾隆这段上谕，是因为这段上谕从朝廷最高权威的角度确立了程朱之学不可触犯的尊崇地位，即便真有错失，也不容置疑、批评："夫宋儒训诂，岂必千虑无一失，然而王制也。今之为新说者，岂必千虑无一得？然而非王制也。先王所是著为令，士安得倡异说于王制外乎？"②所谓王制，即指"王"治理天下的规章制度，乾隆上谕已将程朱之学确定为"王制"的一部分，汉学家所言即便正确，也是悖于"王制"的异说。

有了朝廷上谕与王制作为后盾，方东树在指斥汉学时，都将自己置于正统、神圣、权威的地位，按方东树的话来说就是"正"的地位。③凡是与"正"作对者，自然是"邪"了，"攻程、朱者，必无君子，心术邪也"④，所谓正、邪的划分其实是以政治而非学术为标准的。正是从政治标准出发，方东树对汉宋两家的称谓都泾渭分明，我们来看看《汉学商兑》中有关汉宋学的称谓：对于宋儒之言，方东树多尊称为"圣人之道""圣人之言"⑤；对于汉学家之言，方东树多用"谬论""边见""邪见""大乱之道""异端邪说"等极具政治色彩的贬低之词。⑥

方东树在反驳汉学时，多武断之词，少理性分析，究其原因，就与理学本身在清朝的政治背景及正统学术地位有关。如在驳斥戴震有关理学"以意见杀人"的攻击时，方东树如此回答："程朱以己之意见不出于私，乃为合乎'天理'，其义至精、至正、至明！何谓'以意见杀人'？"既然

①　方东树：《汉学商兑》卷下，《汉学师承记》（外二种），生活·读书·新知三联书店1998 年版，第 402—403 页。

②　同上书，第 403 页。

③　方东树：《汉学商兑》卷中之上，《汉学师承记》（外二种），生活·读书·新知三联书店 1998 年版，第 272 页。

④　方东树：《汉学商兑》卷下，《汉学师承记》（外二种），生活·读书·新知三联书店1998 年版，第 400 页。

⑤　方东树：《汉学商兑》卷中之上，《汉学师承记》（外二种），生活·读书·新知三联书店 1998 年版，第 269 页。

⑥　同上书，第 266、270、278、280 页。

程朱理学"至精、至正、至明",那么与程、朱为难,就是"罔气乱道"①。如此义正辞严,其底气就在于官方赋予理学的正统学术地位。又如在驳斥戴震有关理学"以理杀人"的攻击时,方东树认为程朱非但与"杀人"无关还可以"明民":"治教政刑,以节其性。司徒之命,修道之教,学校之设,所以明民者,惟义理之用为急。"程朱所言之理不仅是学术的一家之言,还是教化民众、维护统治的工具。既然如此,反"理"就不仅是学术之争的简单问题了:"今谓不当以义理为教,而第惟民之欲是从,是率天下而乱也。"② 从政治角度回应学术争论,学术争论就不再是学术问题而成为政治问题了。

其五,清代宗宋学者虽与汉学家势若水火,但对于"汉学胜场"即作为治经方法的考据本身还是颇为忌惮的。在涉及汉学家所擅长的训诂、考证领域,方东树少有正面交锋,而是多采取回避、兼采、贬低的方式。面对无法自圆其说的问题时,则以"理"压制对手。

关于"汉学胜场"的提法见于方东树对《国朝经师经义目录》的批驳。江藩所著《汉朝师承记》附有《国朝经师经义目录》,该目录分易、书、诗、礼、春秋、论语、尔雅、乐八个部分,对清朝汉学家相关的经义著作进行了系统梳理。方东树则在《汉学商兑》卷下分易、书、诗、三礼、春秋、四书、小学、经义八个方面予以相应批驳,之后还特别补充:"以上皆据江藩《国朝经师经义著录》,所谓'专门汉学者'也。其实诸家所著,每经不下数十种,有刊行而不为江氏所采者,有刊行而江氏未见者,有刊行在江氏著录之后者,有仅传其目而竟未成书者。新名林立,卷帙盈千,充牣艺林。要其中实有超绝冠代,江河万古,自不可废。究之主张宗旨既偏,则邪说谬言,实亦不少。"③

方东树在系统批判清代汉学家经义著作的时候,并非全面否定。他对汉学家于三礼、小学方面的相关研究不仅未作否定,还多有褒扬,其原因他也分别讲得很清楚:于三礼研究方面,他认为"盖三礼专主制度、名物,此自汉学胜场,况又能不拘注疏旧法,兼收博取,实事求是,论学皆

① 方东树:《汉学商兑》卷中之上,《汉学师承记》(外二种),生活·读书·新知三联书店1998年版,第278页。
② 同上书,第279页。
③ 方东树:《汉学商兑》卷中之下,《汉学师承记》(外二种),生活·读书·新知三联书店1998年版,第383页。

能若此，固万世之眼目矣"①；于小学研究方面，他认为"小学、音韵，是汉学诸公绝业，所谓此自是其胜场，安可与争锋者。平心而论，实为唐、宋以来所未有"②。三礼、小学研究既然是汉学家的"胜场"，避其锋芒，也不失为一种辩驳策略。

方东树承认小学、音韵、制度、名物考核为"汉学胜场"，这意味着他对作为研究方法的汉学训诂、考证之法的承认甚至兼采，他曾说："愚谓天下自有公是公非，宋儒义理，实不能不用训诂、考证；而汉学训诂、考证，实不足尽得圣人之义理。"③ 既然宋儒义理"不能不用训诂、考证"，则涉及"宋儒义理"之学及"汉学训诂、考证"之学孰高孰低的比较问题了。

方东树曾有一段文字专门论及这个问题：

> 古今学问，大抵二端。一小学，一大学。训诂、名物、制度，只是小学内事。《大学》直从"明"、"新"说起，《中庸》从"性"、"道"说起。此程子之教所主，为其已成就向上，非初学之比。如颜子问仁、问为邦，此时自不待与之言小学事矣；子夏固谓草木有区别，是也。汉学家昧于小学、大学之分，混小学于大学，以为不当歧而二之，非也。故白首著书，毕生尽力，止以名物、训诂、典章、制度小学之事，成名立身，用以当大人之学之究竟，绝不复求明、新、至善之止，痛斥义理、性、道之教，不知本末也！④

方东树将古今学问分为小学、大学，就清代学术具体而言，即是汉学、宋学两端。既然将汉学列为古今两大学问中的一种，也就无彻底否定汉学之意。方东树所要否定的是以训诂、考证之法攻击宋儒义理的乾嘉汉学家。虽说无意否定汉学，方东树却是有意贬低汉学。不管是小学、大学之分，还是本、末之学的划分，甚至草木之别的比喻，都是从

---

　① 方东树：《汉学商兑》卷中之下，《汉学师承记》（外二种），生活·读书·新知三联书店1998年版，第379页。

　② 同上书，第383页。

　③ 方东树：《汉学商兑》卷下，《汉学师承记》（外二种），生活·读书·新知三联书店1998年版，第388页。

　④ 方东树：《汉学商兑》卷中之下，《汉学师承记》（外二种），生活·读书·新知三联书店1998年版，第320页。

层次高低的角度来划分汉宋学的，视汉学为较宋学层次低下的"初学""末学"，方东树还以形象的语言讽刺汉学家持"末"以傲：汉学家所长"仅在于形声、训诂、名物、制度之末。譬如良农舂谷，尽取精鑿以去，贫子不知，方持穅麸核以傲之"①。从本、末角度区别宋儒义理与汉学训诂、考证，那就意味着汉学家凭其考证末学永远无法企及理学的高度："自贾、马、服、郑、扬雄、蔡邕、许慎、孙炎、郭璞、张揖、刘熙诸人，可谓真能考核名物、制度、训诂、小学矣，而皆未闻其克通乎性与天道也。"②

方东树于此关于本、末学的划分虽意在贬低汉学，却又从研究方法的角度肯定了汉学。训诂、考证之学虽是末学，却是传统经学的基本功，是"入圣之阶"③。若因为与汉学家为敌而全面否定汉学，宋学就真成"无根之学"了。对于这一点，方东树还是很清楚的，他以朱熹为例来说明理学大师对训诂、考证之学的重视："朱子教人，固未尝废注疏。"④"固未尝"三个字很微妙地表现出宋学家对汉学的态度。方东树还特别强调朱子《四书集注》对义理的发明是以训诂、考证为基础的：

> 朱子《四书集注》，惟重发明义理，以训诂、名物、注疏已详，不复为解。故曰："邢昺《论语疏》，集汉、魏诸儒之说，其于章句、训诂、名物之际，详矣。学者读是书，其文义、名物之详，当求之注疏，有不可略者"。又曰："汉魏诸儒，正音读，通训诂，考制度，释名物，其功博矣。学者苟不先涉其流，则亦何以用力如此"。又曰："本之注疏，以通其训诂；参之《释文》，以正其音读，然后会之诸老先生之说，以发其精微"。据此，可知朱子非废训诂、名物不讲，如汉学诸人所訾谤也。⑤

---

① 方东树：《汉学商兑》卷中之上，《汉学师承记》（外二种），生活·读书·新知三联书店 1998 年版，第 274 页。
② 方东树：《汉学商兑》卷中之下，《汉学师承记》（外二种），生活·读书·新知三联书店 1998 年版，第 360 —361 页。
③ 同上书，第 323 页。
④ 方东树：《汉学商兑》卷下，《汉学师承记》（外二种），生活·读书·新知三联书店 1998 年版，第 385 页。
⑤ 方东树：《汉学商兑》卷中之下，《汉学师承记》（外二种），生活·读书·新知三联书店 1998 年版，第 380—381 页。

在辩驳中，为加强己方的说服力，方东树在《汉学商兑》中也频频使用考证法。《汉学商兑》卷中之上及卷中之下，更是多用考订、训诂之法以驳斥汉学"依附经义小学，似是而非者"①。考证本非宋学家长项，但方东树似乎对自己的考证颇为自信，他还从"实考"的角度嘲笑汉学家种种攻击宋学的议论"乍看似甚渊雅，义据通深。……若以实考之，乃不根之谈也"②。

方东树自然明白宋儒对义理的诸多阐发经不起考证的推敲。对于无法自圆其说的问题或宋儒之学不可辩驳的错漏之处，他自有解决之道。

第一，将程、朱摆到圣人的位置上，既为圣人，其对义理的阐发就自然处于不能怀疑的位置。方东树曾说："必若前圣所未言，后圣不许增一辞，则后来安得有六经？前书所未及，后书所有不可信，则此《论语》之言，亦今文《尧典》所未有。愚尝反复究思之，无论伪古文足信与否，《荀子》所引足重与否，只此二语（即人心惟危，道心惟微，笔者注），即出于巷说里谚，亦当平心审谛。"③"巷说里谚"只是谦辞，方东树真正要表达的意思是程、朱作为与孔、孟并列的圣人，其对义理的阐发也具有不容怀疑的权威地位。他还引用南宋经学名家何基之语强调治经者不可怀疑理学经典："治经当谨守精玩，不必多起疑论。"④

第二，考订圣贤之言，不必全借佐证，可"以其义理辞气得之"。朱熹将《礼记》中的《大学》《中庸》与《论语》《孟子》并列为四书，认为《大学》中的"经"的部分为"孔子所言而曾子述之"，"传"的部分为"曾子之意而门人记之"。汪中抨击《大学》非为曾子所作，而是为"七十子后学者所记，于孔氏为支流余裔"；戴震则从年代的角度质疑朱熹关于《大学》作者的定论。《大学》是宋学理论体系之纲，方东树以为汉学家对《大学》的考证与怀疑于宋学而言具有摧毁根基的威力："以此

---

①　方东树：《汉学商兑·凡例》，《汉学师承记》（外二种），生活·读书·新知三联书店1998年版，第238页。

②　方东树：《汉学商兑》卷中之下，《汉学师承记》（外二种），生活·读书·新知三联书店1998年版，第344页。

③　方东树：《汉学商兑》卷中之上，《汉学师承记》（外二种），生活·读书·新知三联书店1998年版，第266页。

④　同上。

辟《大学》，是拔本塞源，直倾巢穴之师。"① 面对汪中、戴震的考证、质疑，方东树如此回击，"然考订圣贤之言，亦以其义理辞气得之，非必全藉左证"②，他还反过来嘲讽汉学家固守训诂："义理有时实在语言文字之外者。故孟子曰：'以意逆志，不以文害辞，辞害意也。'汉学家专泥训诂，如高子说《诗》，所以多不可通。"③ 方东树试图从"义理辞气"的角度去解决"考订圣贤之言"的问题，显然经不住推敲。方东树随后的一段评论则是以"理"压人、强词夺理了："夫《大学》纵非孔子之言，曾子之意，但令学者守此为学，学必不误；本此为教，教必不歧。可以远绍唐虞、三代、司徒、痒序之教，包孕六经群圣之言而不悖焉，亦足矣！"④ 言外之意即是理学经典无须考证，毋庸置疑，只要照此标准"为学""为教"，自然"不误""不歧"，方东树这段话倒是道出了传统专制体制下学者的生存与发达之道。

对于有关宋学谬误的种种无可辩驳的考证，方东树有时也以"言各有当"一语化解："古人言各有当，随举自明，何不可通？"⑤ 方东树认为，同样的字词在不同的语境下有不同的含义，理解理学义理须"处上下文义"⑥，而汉学家每"执一以解之"，"其意主于破宋儒之说"⑦。其实，不管是"言各有当"与"义理辞气"的说法，还是在论辩中将理学置于不可考证质疑的圣学位置的态度，从本质上都是对汉学家质疑的回避，这也在相当程度上削弱了《汉学商兑》的学术水准与说服力。

方东树在写作《汉学商兑》时特别申明自己公正持平的学术批评立场，"推阐义理，必持平审正，不敢以目睫一孔边见，偏宕放激，取罪于

---

① 方东树：《汉学商兑》卷中之上，《汉学师承记》（外二种），生活·读书·新知三联书店 1998 年版，第 288 页。

② 同上书，第 289 页。

③ 方东树：《汉学商兑》卷中之下，《汉学师承记》（外二种），生活·读书·新知三联书店 1998 年版，第 321 页。

④ 方东树：《汉学商兑》卷中之上，《汉学师承记》（外二种），生活·读书·新知三联书店 1998 年版，第 292 页。

⑤ 同上书，第 306 页

⑥ 方东树：《汉学商兑》卷中之下，《汉学师承记》（外二种），生活·读书·新知三联书店 1998 年版，第 312 页。

⑦ 方东树：《汉学商兑》卷中之上，《汉学师承记》（外二种），生活·读书·新知三联书店 1998 年版，第 305 页。

世"①，但综观全书，持平审正没有做到，偏宕放激之语倒是不少。学术论争的主要目的就是批驳对方并为己方张本，要做到持平审正其实是一件很难把握的事情。

方东树所作《汉学商兑》显然没有做到"持平审正"，《汉学商兑》就以其对当时学术主流乾嘉汉学的"最激烈的反动"而闻名一时，乾嘉汉学也随之从发展的最高峰逐渐跌落下来。其实，推动乾嘉汉学的由盛转衰的真正原因是时代的变化而非方东树的批驳。嘉道年间，社会动荡不安，中国进入了一个前所未有的大变局中。面对岌岌可危的国势，一方面是乾嘉时期盛极一时的汉学因束手无策而渐受质疑，另一方面则是经世致用思潮的兴起促使知识分子纷纷调整学术路向。在这样的时代背景下，汉学开始衰败，理学开始走向复兴。社会变局才是清代后期学术流变的真正推手，《汉学商兑》对汉学的批判及对理学经世的强调可谓适逢其会。

方东树曾说自己写作《汉学商兑》是"就知识所逮，掇拾辨论，以启其端，俟世有真儒出而大正焉"②。《汉学商兑》的面世确实开启了清代后期学术变化之"端"，但方东树并未等来复兴理学的"真儒"，进入近代以后，西学的大规模传入与学术近代化成为中国学术的发展大势，传统经学研究逐渐式微，理学与桐城派在晚清的复兴最终也是昙花一现。

三　关于桐城派"汉宋兼收"的学术思想

综上所述，桐城派与汉学家有着诸多矛盾，两派之间的矛盾一度激烈到水火不容的程度。但客观考察，桐城派虽固守学术壁垒，却能在一定程度上跳出狭隘的门户观念，以相对理性的态度去看待义理、训诂、词章三者之间的关系。桐城派始祖方苞文介韩、欧，学继程、朱的主张就体现了

---

① 方东树：《汉学商兑》卷上，《汉学师承记》（外二种），生活·读书·新知三联书店1998 年版，第238 页。

② 方东树：《汉学商兑·序例》，《汉学师承记》（外二种），生活·读书·新知三联书店1998 年版，第236 页。

学术兼收的精神,① 这种精神为其后继者发扬光大,不管是姚鼐的"义理、文章、考证"三事说,还是曾国藩"义理""考据""词章""经济"四事兼容说,都一脉相承地承继了方苞的学术兼收思想,均是清代学术流变中有关"汉宋兼收"的典型主张。

在一定程度上持有兼收并蓄的学术包容主张正是桐城派学术生命力的一种体现,这也正是桐城派能在汉学如日中天的乾嘉时期仍能取得长足发展的一个重要原因。

(一)姚鼐的"义理、文章、考证"三事说

姚鼐学术兼收的思想的主要体现在他所提出的"义理、文章、考证"三事说。② 姚鼐在相关文章中关于"三事说"的表述很多,集中起来,其观点主要包含以下两方面。

其一,姚鼐将天下学问分为义理、文章、考证三途。

姚鼐的"义理、文章、考证"三事说其实分为两个层面,第一层面是将学问分为义理、文章、考证三途;第二层面才是义理、文章、考证三途合一即"相济"的问题。

姚鼐曾如此论及学问三分的问题:"天下学问之事,有义理、文章、考证三者之分,异趋而同为不可废。一途之中,歧分而为众家,遂至于百十家。"③ 其实,关于义理、考据、词章三分的问题,并非姚鼐的首创,北宋理学大家程颐就曾论及义理、考据、文章三分:"古之学者一,今之学者三,异端不与焉。一曰文章之学,二曰训诂之学,三曰儒者之学。欲趋道,舍儒者之学不可。"④ 作为汉学家的戴震也有相关的论述,戴震就曾说自己于义理、考核、文章均有所涉猎:"天下有义理之源,有考核之

---

① 如全祖望虽对方苞的经术贡献评价不高,他曾这样评价方苞,"世称公之文章,万口无异辞,而于经术已不过皮相之",但他又以为方苞的可贵之处就在兼收文章、经术:"古今宿儒有经术者,或未必兼文章;有文章者,或未必本经术;所以申、毛、服、郑之于迁、固,各有沟浍。唯是经术、文章之兼固难,而其用之足为斯世斯民之重,则难之尤难者,前侍郎桐城方公,庶几不愧于此。"〔全祖望:《前侍郎桐城方公(苞)神道碑铭》,载方苞著、刘季高标校《方苞集》下(附录三·诸家评论),上海古籍出版社 2008 年版,第 902—903 页〕

② 姚鼐:《复秦小岘书》,载姚鼐著、刘季高标校《惜抱轩诗文集》,上海古籍出版社 1992 年版,第 104 页。

③ 同上书,第 104 —105 页。

④ 程颢、程颐:《二程集》(上),中华书局 2004 年版,第 187 页。

源，有文章之源。吾于三者皆庶得其源。"①

其二，姚鼐认为"义理、文章、考证"三者应兼容"相济"而非"相害"，这是姚鼐"义理、文章、考证"三事说的思想核心。

姚鼐以"相济"来表述义理、文章、考证三者之间兼容并包之利。在《述庵文钞序》一文中，姚鼐曾如此阐述："鼐尝论学问之事，有三端焉：曰义理也，考证也，文章也。是三者苟善用之，则皆足以相济；苟不善用之，则或至于相害。"② 姚鼐以为，将"义理、文章、考证"三事合一、"尽收具美"是一种难得的境界，③ 具备这种才能的人并不多，其才是"天与之"。在姚鼐看来，青浦王昶（字兰泉）就是这样一位难得的才子。④ 让我们来看看姚鼐眼中这位三事合一的才子究竟达到了一种什么样的境界：

> 青浦王兰泉先生，其才天与之，三者皆具之才也。先生为文，有唐、宋大家之高韵逸气，而议论考核，甚辨而不烦，极博而不芜，精到而意不至于竭尽。此善用其天与以能兼之才而不以自喜之过而害其美者矣。⑤

不仅要有天与之才，还要善于把握分寸，方能达到三事合一的境界，看来姚鼐所夸赞的王昶先生绝非常才。

姚鼐夸赞王昶为"三者皆具之才"，其实姚鼐本人又何尝不是具有如此境界之才？姚鼐在文章、义理两者上的造诣自不待言，他在考证上也颇有造诣，有学者曾对姚鼐的考证方面的成就与水平做了较为全面的总结与评估：

---

① 段玉裁：《东原年谱》，载戴震撰，扬应芹、储奇伟主编《戴震全书》第 6 册，黄山书社 1995 年版，第 708 页。

② 姚鼐：《〈述菴文钞〉序》，载姚鼐著、刘季高标校《惜抱轩诗文集》，上海古籍出版社 1992 年版，第 61 页。

③ 姚鼐：《复秦小岘书》，载姚鼐著、刘季高标校《惜抱轩诗文集》，上海古籍出版社 1992 年版，第 105 页。

④ 王昶，字德甫，号述庵，学者又称兰泉先生，江苏青浦（今属上海）人。乾隆十九年（1754）进士，官至刑部右侍郎，著有《春融堂诗文集》六十八卷。王昶为学兼及各家，他不仅通晓朱熹的理论，还长于考证，辑有《金石萃编》。

⑤ 姚鼐：《述菴文钞序》，载姚鼐著、刘季高标校《惜抱轩诗文集》，上海古籍出版社 1992 年版，第 61 页。

惜抱轩文前后集，共三百一十篇，属于考证性质者，有四十一篇。另有《笔记》八卷、《法帖题跋》三卷，《九经说》十七卷，几乎全部是考证。其考证之文佳者，如《笔记》四《史部》一《史记》，证据确凿，断语下得干净利落，并未繁征博引，却解决了历史上的疑团，堪称考据文典范之作。又如《笔记》六《史部》三《地舆》考证金陵地名建置，如抽茧丝，牵引而出；如剥蕉卷，层出不穷，而语言温雅，笔带感情，几使人忘其为考证文。又如《笔记》八《杂记》，能举出反证，来破对方之偏见，出以平心静气，无假剑拔弩张。考据之功用，不出诸考据家之口，而出自古文家之口，说得丝丝入扣，自能令对造心服。①

当然，不管是姚鼐关于学术兼容冠冕堂皇的表述，还是其出色的考证成就，都无法完全掩饰姚鼐作为宋学家的学派立场。在学派相争、两立的学术现实之下，不可能存在完全超越学派藩篱的真正的学术兼收，作为理学家的姚鼐对学术兼收一定程度的号召已是难能可贵。

关于姚鼐所倡导的三事说，尚有以下两点需强调说明。

其一，姚鼐将"义理"列于三事首位，已经表明了宋学家崇尚义理的学术立场。

即便是主张汉宋兼容，也并不意味着汉、宋就能平分秋色。在姚鼐的学术天平上，程朱义理是永远居于第一位的，汉学即便可以与宋学兼容，但只能处于宋学之"助"的位置，绝不能有"跨越"宋学之举。姚鼐于此曾有明确表达，"（汉学家）博闻强识，以助宋君子之所遗则可也，以将跨越宋君子则不可也"②，"助"是姚鼐对汉学的功能定位，而"跨越"

---

① 刘季高：《〈惜抱轩诗文集〉前言》，载姚鼐著、刘季高标校《惜抱轩诗文集》，上海古籍出版社 1992 年版，第 3 页。

② 姚鼐：《复蒋松如书》，载姚鼐著、刘季高标校《惜抱轩诗文集》，上海古籍出版社 1992 年版，第 96 页。姚鼐之于义理、考据的各自地位与作用自有考量。曾国藩对此曾有如下评说："当乾隆中叶，海内魁儒畸士崇尚鸿博，繁称旁证，考核一字，累数千言不能休。别立帜志，名曰'汉学'。深挤有宋诸子义理之说，以为不足复存，其为文尤芜杂寡要。姚先生独排众议，以为义理、考据、词章，三者不可偏废，必义理为质，而后文有所附，考据有所归。"这段评论中的"质""归"两个字很是形象、准确地表达了姚鼐对于汉、宋学各自地位的评价与态度。（曾国藩：《欧阳生文集序》，《曾国藩全集》14，岳麓书社 2011 年版，第 205 页）王先谦也有类似评述：乾嘉中叶，"惜抱自守孤势，以义理、考据、词章三者不可一阙。义理为干，而后文有所附，考据有所归。故其为文源流兼赅，粹然一出于醇雅。"（王先谦：《〈续古文辞类纂〉序》，载姚鼐、王先谦编《正续〈古文辞类纂〉》，浙江古籍出版社 1998 年版，第 276 页）

则是姚鼐对汉学家是否违规所画出的红线标准。

其二，姚鼐在倡导"义理、文章、考证"三事说时，还特别强调"文章"之于"义理""考证"的重要性，这又显示出作为文章家的姚鼐及桐城派的特有的学术立场。

姚鼐不仅是理学家，还是文章家。正是这一特有的学术立场使姚鼐在倡导"义理、文章、考证"三事说时也不忘强调"文章"的重要性。姚鼐曾说："世有言义理之过者，其辞芜杂俚近，如语录而不文；为考证之过者，至繁碎缴绕，而语不可了当，以为文之至美，而反以为病者，何哉？其故由于自喜之太过，而智昧于所当择也。"① 姚鼐以为，不管是言义理者，还是为考证者，都不可太"过"，其"过"往往通过文表现出来，言义理过者表现为芜杂俚近，言考据过者则表现为繁碎缴绕。对"文"的重要性的强调所反映的正是作为文章家的姚鼐的学术态度与立场。

当然，即便姚鼐的"义理、文章、考证"三事说中还暗含着学派的高下之分，但在汉宋学互为沟壑的时代能够倡导学术的兼容并包，已经显示出倡导者的学术视野与胸怀。桐城后人陈用光就对姚鼐的"义理、文章、考证"三事说评价甚高："奄有三者之长，独辟一家之竟。"②

姚鼐所提出"义理、文章、考证"三事说，既有包容各家的学术胸怀，其实也是对乾嘉时期古文家所面对的学术困境的一种现实回应。姚鼐的学生秦瀛在论及此点时曾说："近数十年来，学者多尚考据，古文之学更衰。夫古文中未尝无考据，然考据自考据，古文自古文。治古文而欲废考据，非也。以考据为古文，亦非也。"③ 秦氏的这段叙述一则反映了乾嘉时期考据一派在学术界的巨大影响；二则反映出古文一派在当时相对于考据学的衰势；三则反映出当时"治古文"者欲融"考据"入"古文"的尝试。在考据一派势头强劲的学术现实面前，姚鼐倡导义理、文章、考

---

① 姚鼐：《〈述菴文钞〉序》，载姚鼐著、刘季高标校《惜抱轩诗文集》，上海古籍出版社1992年版，第61页。

② 陈用光：《寄姚先生书》，《太乙舟文集》卷5，道光二十三年（1843）重刻本。陈用光，字硕士，一字实思，新城人。嘉庆辛酉进士，官礼部左侍郎。师事鲁九皋、姚鼐，"皆受古文法，从鼐最久，师说尤为笃信，其为文必扶植理道，缘经术为义法"。（刘声木撰、徐天祥点校《桐城文学渊源·撰述考》，黄山书社1989年版，第160页）

③ 秦瀛：《答陈上舍纯书》，《小岘山人文集》卷2，民国二十二年（1933）癸酉环溪草堂铅印本。

证三事合一何尝不是对这种学术格局的一种主动适应。

（二）嘉道年间姚门弟子的学术兼收思想

在鸦片战争前后，虽有方东树与江藩之间的学术论争，但从总体上看，方东树、姚莹、梅曾亮、管同、刘开等姚门弟子基本上都继承了其师姚鼐汉宋兼收的主张，其中以姚莹最有代表性，姚莹就将其师姚鼐的学术思想概括为"博究精深，兼综众妙"①。

关于嘉道年间姚门弟子对学术兼收的倡导，有以下几点值得注意。

其一，如果说姚鼐所以倡导汉宋兼容有迫于乾嘉汉学学术强势的因素，到了嘉道时期，姚鼐弟子继承其师汉宋兼收的思想，更多的则是出于社会现实危机的压力了。

鸦片战争的突然来临，在国家危亡的现实危机面前，学派之间的学术纷争不再是知识分子关注的首要问题了，汉宋学综合会通成为晚清学术的一个重要特征。在这样一种社会急剧变迁及学术风向转换的大背景下，姚门弟子继承其师学术兼容的主张，也是顺应了学术发展的大势。

其二，姚门弟子所以继续倡导学术兼收，社会危机的现实压力是其中一种因素，对学术发展内在规律的深刻体认也是一种因素。

综观学术史上的学术相争，相争各方各执己见，纷争双方看似激烈，其实都难置对手于死地。汉宋学长期相争不息的历史就使姚门弟子们逐渐意识到，任何一方想彻底压倒对方都是不可能的。既然难以压倒对方，还不如兼收并蓄、共同发展。姚莹对此就有很深刻的体认，"夫以经学之驳杂、破碎如此，诚非拘拘一先生所能息群言而厌众志也"，既然谁也不能说服对方，不能"息群言""厌众志"，还"莫如尽取其书，悉心折中而兼采之，以泯是非而明经义"②。

其三，不可高估姚门弟子在学术兼收与学术包容上的宽容度。

姚门弟子在嘉道年间倡导学术兼收，虽然意在化解学术上的门户之争，但也不能因此而高估他们在学术兼收与学术包容上的宽容度。在现实中，他们一边提倡学术兼容，一边又坚守学术门户。即便是提倡学术兼容

---

① 姚莹：《桐城先辈》，载施培毅、徐寿凯点校《康輶纪行、东槎纪行》，黄山书社1990年版，第229页。

② 姚莹：《钱白渠七经概叙》，《中复堂全集·东溟文集》卷2，同治六年（1867）刊本。

甚力的姚莹也概莫能外，他甚至不能容忍别人将姚鼐与汉学家阎若璩、惠栋相提并论。① 面对来自汉学阵营的挑战，姚门弟子也不惜挺身迎战，方东树写作《汉学商兑》一书回击江藩《国朝汉学师承记》，并在书中对汉学家大加抨击、谩骂就是明证。

（三）曾国藩的学术兼收思想

真正走出学派的门户之见，在理论与实践上都对学术兼收有所突破的是在咸同时期中兴桐城的曾国藩。

曾国藩所以能在学术兼收上真正跨出步伐，一是与他的身份、地位有关。曾国藩不仅是一个古文家、理学家，更是一个政治家、军事统帅。对于他而言，会聚各类各派人才为自己服务显然是比严分学术畛域更为重要的事情。二是与他的学术视野有关。在看待学派之分时，曾国藩能跳出学派局限，从古今学术发展的大视野去看待义理、考据、词章三家之分。② 既然任何一种学术流派都是一定历史发展阶段中的产物，自然也就没有什么高下贵贱之分。

曾国藩的学术兼收思想主要体现为以下三个方面。

一是主张词章与义理的兼容应达到"兼至交尽"的境界。③ 桐城派关于义法或文、道合一的主张在相当程度上就包含着义理、词章兼容的主

---

① 姚莹在《与张阮林论家学书》中有这样一段文字："足下（指张阮林，笔者注）又云，先生（指姚鼐，笔者注）之学，可差肩于阎、惠诸君，窃以为骇。夫阎君断断驳辩，以摘发前人自喜，惠君凿凿训诂，以搜求古义专门，二君精博均不可及，然其于圣人之道也，曾未忘其藩篱，乃与宋儒为难，欲以寸莛破巨钟。若先曾祖则以考博佐其义理，于程朱之学，见之真而守之笃，固与二君大异。"［姚莹：《与张阮林论家学书》，《中复堂全集·东溟文集》卷3，同治六年（1867）刊本］

② 曾国藩在论述古文发展时，曾有这样一段文字："窃闻古之文，初无所谓法也……若其不俟摹拟，人心各具自然之文，约有二端：曰理，曰情。……自群经而外，百家著述，率有偏胜。以理胜者，多阐幽造极之语，而其弊或激宕失中；以情胜者，多悱恻感人之言，而其弊常丰缛而寡实。自东汉至隋……此皆习于情韵者类出。宋兴既久，欧、苏、曾、王之徒……此皆习于义理者类出。乾隆以来，鸿生硕彦稍厌旧闻，别启途轨，远搜汉儒之学，因有所谓考据之文……此又习俗趋向之一变已。"［曾国藩：《〈湖南文征〉序》，《曾国藩全集》（14），岳麓书社2011年版，第218—219页］曾国藩此处所写虽以古文为中心，但他从古今学术发展的大视野将古文的发展分为情韵之文、义理之文、考据之文，以为三者都无非是历史发展的几个阶段而已。曾国藩于此从历史发展的角度去分析历代文章之分、学术之别，其实就已经跳出了门派之争的狭隘之见。

③ 曾国藩：《与刘霞仙书》，《曾文正公全集·书札》卷6，传忠书局光绪二年（1876）印本。

张。以中兴桐城派为己任的曾国藩在这一关键问题上一以贯之地继承并发展了桐城派的学术主张。值得注意的是，曾国藩正是在这一问题上对桐城派始祖方苞颇有微词：

> 自孔、孟以后，惟濂溪《通书》、横渠《正蒙》，道与文可谓兼至交尽。其次如昌黎《原道》、子固《学记》、朱子《大学序》，寥寥数篇而已，此外则道与文竟不能不离而为二。鄙意欲发明义理，则当法《经说理窟》及各语录、札记（原注：《读书录》、《居业录》、《困知记》、《思辨录》之属）。欲学为文，则当扫荡一副旧习，赤地立新，将前此所业，荡然若丧其所有，乃始别有一番文境。望溪所以不得入古文之阃奥者，正为两下兼顾，以致无可怡悦。①

道与文"兼至交尽"是一种很难达到的境界，能达到这一境界的古人可谓凤毛麟角。在曾国藩看来，方苞在这一点上做得也不好，文、道未能很好地兼顾，反而使文章"无可怡悦"②。曾国藩此处虽对方苞文章稍有不满，却并非要否定桐城派的"义法"说，而是试图找出使古文真正达到文、道"兼至交尽"的更好的途径。

在曾国藩看来，"情"就是一条通往文、道合一的佳径：

> 凡作文诗，有情极真挚，不得不一倾吐之时。然必须平时积理既富，不假思索，左右逢源。其所言之理，足以达其胸中至真至正之情。作文时无镌刻字句之苦，文成后无郁塞不吐之情，皆平日读书积理之功也。若平日酝酿不深，则虽有真情欲吐，而理不足以适之，不得不临时寻思义理。义理非一时所可取办，则不得不求工于字句。至

---

① 曾国藩：《与刘霞仙书》，《曾文正公全集·书札》卷6，传忠书局光绪二年（1876）印本。

② 曾国藩的弟子吴汝纶也认为文、道交融是一件难事。当然，文章、义理、考证三事兼容是较文、道交融更难的一件事情："说道说经，不易成佳文。道贵正，而文者必以奇胜。经则义理之流畅，训诂之繁琐，考证之该博，皆于文体有妨。故善为文者，尤慎于此。"〔吴汝纶：《与姚仲实》，载施培毅、徐寿凯校点《吴汝纶全集》（三），黄山书社2002年版，第52页〕吴汝纶还曾将文、道结合的水平分为三个层次："凡吾圣贤之教，上者道胜而文至，其次道稍卑矣，而文犹足以久；独文之不足，斯其道不能以徒存。"〔吴汝纶：《〈天演论〉序》，载施培毅、徐寿凯校点《吴汝纶全集》（一），黄山书社2002年版，第148页〕

于雕饰字句，则巧言取悦，作伪日拙，所谓修辞立诚者，荡然失其本旨矣！以后真情激发之时，则必视胸中义理何如，如取如携，倾而出之可也。①

曾国藩此处所言之"情"是"积理既富"之后而生发出的一种"至真至正之情"。平日通过读书积理之功，将"理"内化于胸中。一旦"真情激发"，"理"随"情"出，自能达到"修辞立诚""文道合一"的境界。

二是主张训诂与文章的兼容，即他所谓"以精确之训诂，作古茂之文章"②。需要指出的是，他在这里所强调的训诂与文章的结合更多的是指一种作文之法，将训诂视为作文时的一种重要手段，即"精于小学训诂，不妄下一字也"③。他曾如此表达自己的学术理想："私窥有志，欲以戴、钱、段、王之训诂，发为班、张、左、郭之文章。"④

三是强调"义理""考据""词章""经济"四事兼容。关于这一点将在第三章有关曾国藩理学经世思想的三大特征一节中详述，此处不再赘言。

（四）近代中国传统学术的转型与汉宋之争的消融

在甲午战争以前，中国学术的整体格局都是以儒学为中心，其间虽有汉宋学之间的长期对立、冲突，但这种对立、冲突无非都是儒学内部不同学术派别之间的纷争而已。从本质上讲，汉学、宋学在维护儒学地位这一点上并无多少冲突，两者之间的分歧更多地体现在研究儒学的方法及侧重点的不同上。近代以来，特别是在甲午战争以后，不管是"救世""应变"的时代要求，还是西学的大规模传入，都使中国学术开始由传统儒

---

① 曾国藩：道光二十二年十一月十七日（1842 年 12 月 18 日）日记，《曾国藩全集》(16)，岳麓书社 2011 年版，第 130 页。

② 曾国藩：《曾国藩家书》，中央民族大学出版社 1999 年版，第 1580 页。

③ 同上书，第 1554 页。

④ 同上书，第 1580 页。曾国藩在家书中还对戴震等汉学家有过如下评断："余尝怪国朝大儒如武东原、钱辛楣、段懋堂、王怀祖诸老，其小学训诂实能超越近古，直逼汉唐，而文章不能追寻古人深处，达于本而阂于末，知其一而昧其二，颇所不解。"（曾国藩：《曾国藩家书》，中央民族大学出版社 1999 年版，第 1580 页）曾国藩在此将训诂称为"本"，而将"文"称为"末"，其中深意颇值得玩味。

学向现代学术逐渐转型，在这一转型过程中，西学日益成为知识分子关注的中心话题，儒学内部的汉、宋之争逐渐为中、西学术之争所替代。

桐城派学人王先谦在戊戌维新变法前夕就已经意识到了传统学术格局的悄然变化，他在《岳麓书院院长王先谦月课改章手谕》中曾经如此写道："中国学人往往因私成蔽，言词章者谓考据害性灵，讲训诂者轻文人为浅陋，理学兴则朱陆争，朴学兴则汉宋争，地球通则中学与西学又争。"① 王先谦在这段文字中，先是以"私"来归结中国传统学术各派别的相轻、相争的原因，然后陈述儒学内部各派之间的纷争，最后话锋转到"地球通则中学与西学又争"。地球未通时，中国偏于一隅，不知天下之大，学术上囿于儒学内部各派之间的纷争；晚清以降，地球一通，学术格局一变为中学与西学之间的纷争。看来王先谦已经认识到：面对不断传入的西学，迎接挑战的将是作为整体的中学。在已经悄然来临的中、西学之争面前，什么"朱陆争""汉宋争"都得退位。

光绪二十九年（1903），桐城派末代大家吴汝纶返乡创办桐城学堂，他为桐城学堂题写的校门楹联为"后百十年人才奋兴胚胎于此，合东西国学问精粹陶冶而成"，横批为"勉成国器"。吴汝纶于此似乎已经预测到中国学术与中国社会的未来发展走向："后百十年"中国学术的大趋势将是"东西国学问"的兼容会通，只有兼通中西的人才方为"国器"。从近百年中国学术发展的主线看，"合东西国学问精粹陶冶"即中西学术相争相融的学术发展轨迹确是清晰可见，烜赫一时的汉、宋学之争早已退出学术舞台，渐成供后世学者研究的"学术化石"。

---

① 王先谦：《岳麓书院院长王先谦月课改章手谕》，《湘学新报》第 9 册，光绪二十三年六月十一日（1897 年 7 月 10 日）。

第三章　桐城派与晚清理学经世思潮

传统中国的经世致用思想讲求实事、实功、实效。其主要内容主要涉及漕、河、盐、农、边疆诸大政，对这些传统社会面临的主要社会问题的观察、思考、研究，是传统中国知识分子参与社会政治，实现政治抱负的重要方式。经世致用思想在国泰民安时一般表现为以经世济民为主要目的，在国家危亡时则以救弊补天、挽救危亡为主要目的。

综观中国历史，每当国家面临生死存亡之时，往往会伴随经世致用思潮的勃兴。[①] 在这样的时刻，学术必须对现实政治问题做出回答，不然就有被抛弃的风险。嘉道年间，面对近代中国"三千余年一大变局"[②]，在考证、训诂上长袖善舞的汉学家显得束手无策，而素有经世传统的理学一派反而能跟上近代中国经世致用的浪潮，[③] 这是理学在近代中国能一度走向复兴而汉学却日渐衰落的重要因素。

不管是嘉道时期的姚门弟子，还是道咸时期的以曾国藩为首的桐城——湘乡派，均能以各自的方式对当时的社会现实问题做出一定的回答，从而汇入近代中国经世致用的时代浪潮中，这也是桐城派能在近代中国能一度走向中兴的缘由。

---

① 邓实在论及道咸之际经世思潮的兴起时曾说："道咸之世，外侮踵至，朝廷方殷外务，无暇致密文网，诸儒复得侈言经世。"（邓实：《国学今论》，载桑兵等编《国学的历史》，国家图书馆出版社 2010 年版，第 43 页）

② 李鸿章：《筹议制造轮船未可裁撤折》同治十一年五月十五日（1872 年 6 月 20 日），载顾廷龙、戴逸主编《李鸿章全集》（奏议五），安徽教育出版社 2008 年版，第 107 页。

③ 理学所具有的经世倾向从清代理学家、桐城派——湘乡派重要成员之一的刘蓉的一段话中得以清晰体现。刘蓉以为："夫天下无理外之事，斯无事外之理，善穷理者未有不征事也"。（刘蓉：《养晦堂文集》卷三，光绪三年思贤讲舍刻本）刘蓉认为"理"与"事"密不可分，由此可见包括桐城派在内的清代理学人士对经世致用的重视。

一　晚清的社会变局与理学经世思潮的勃兴：
桐城派的低谷与转机

传统中国知识分子都有强烈的入世、济世情怀，故经世致用思想也就成为中国传统儒家知识分子的一大思想特征。所谓"通经致用"的说法已经将传统学术与经世之间的关系表现得十分清晰，"通经"只是手段，"致用"才是目的。

与专注于考证的汉学相较，理学自身所具有的经世倾向与传统，使包括桐城派文士在内的理学一派更易在晚清经世思潮兴起时汇入时代的浪潮中。嘉道年间经世致用思潮的勃兴在推动晚清理学复兴的同时，也使发展低谷中的桐城派获得了新的生机，并最终促成了咸同时期的"桐城中兴"。

（一）桐城派的发展低谷

在鸦片战争前的相当长的一个时期内，桐城派其实处于发展的低谷。① 桐城派所以在这一时期处于发展低谷，一是因为自姚鼐去世后，桐城派后辈乏有可与方苞、刘大櫆、姚鼐比肩的大师级人物。姚鼐的著名弟子如姚莹、方东树、刘开、梅曾亮、管同等人在古文及学术上的影响都有限，加之姚鼐的弟子们多官职低微，② 相当程度上也限制了桐城派的影响与发展。二是与清代学术的流变有关。桐城派与理学关系紧密，两者的关

---

① 桐城派的发展可以大致分为四个时期：第一个时期为桐城派的初创期，大致在康熙至乾隆年间，这一时期的桐城派虽为开创期，但因有方苞、刘大櫆、姚鼐三位文章领袖，故学派甫一开创，即气势宏大；第二时期为桐城派发展的低谷期，大致在嘉道年间，主要代表人物为姚莹、梅曾亮、方东树、刘开等姚门弟子；第三时期大致在咸同年间，主要代表为曾国藩，这一时期又被称为桐城派的中兴期；第四时期大致在光宣年间及民初，为桐城发展末期，主要代表人物有吴汝纶。桐城派发展第二阶段所以常被视为桐城派发展的低谷期，与前、后相比较有关，第一阶段有方、刘、姚三领袖领衔，第三阶段有曾国藩主导的"桐城中兴"，一前一后的鲜明对比，自然将第二阶段的"低谷"状态凸显出来。

② 方东树曾 15 次应乡试，50 岁后不再应试；刘开也科场困顿，仅以秀才终；管同 45 岁时才中举，一生孤贫；姚鼐弟子中功名较著者有梅曾亮、姚莹两人。梅曾亮 36 岁中进士，曾在京居闲官 20 年。梅曾亮居京时以古文名世，"京师治古文者，皆从梅氏问法"。［赵尔巽等撰：《清史稿》（44），中华书局 1977 年版，第 13426 页］但他无意仕进，后辞官返乡。姚莹 25 岁中进士，曾任台湾道及广西、湖南按察使。姚莹相较姚门弟子诸人，官职为高，但姚莹为文少剪裁、锤炼，时有琐碎、粗糙之病，局限了他在当时文坛上的地位与影响。

系可谓一荣俱荣、一损俱损。乾嘉时期理学一度陷入窘境自然会对桐城派的发展产生直接影响，这也是桐城派在此一时期一度陷入发展低谷的重要原因。

从桐城派自身的发展轨迹看，其发展低谷时期是在嘉道年间，即大致在鸦片战争前后，但从清代学术发展的轨迹尤其是从乾嘉时期的学术状况看，桐城派在姚鼐时期的发展情况其实也不容乐观。不管是从乾嘉时期汉学一家独大的状况，还是从姚鼐时桐城派孤掌难鸣的窘境，都可看出桐城派的发展低谷其实在姚鼐所处的乾嘉时期就已显端倪。① 姚鼐去世后，缺乏大师支撑的桐城派自然跌入发展的低谷之中。故要讨论桐城派的发展低谷形成的真正原因，当自姚鼐所处的乾嘉时期切入，去深入追问乾嘉时期理学何以面临发展窘境，姚鼐何以在《四库全书》馆中孤掌难鸣的内在原因。

（二）帝王的好恶与学术的命运

王国维在论及清代学术流变时曾说："我朝三百年间，学术三变：国初一变也，乾嘉一变也，道咸以降一变也。"② 王国维此处所言的国初的学术之变与明末清初的改朝易代有关；道咸之变与内忧外患有关；而乾嘉之变在相当程度上则与乾隆皇帝对理学的态度转变有关。

---

①　姚鼐（1731—1815）的一生大致生活在乾隆（1736—1795）、嘉庆（1795—1820）年间。姚鼐本人为"桐城三祖"之一，为桐城派古文理论的集大成者。从桐城派自有的发展轨迹来看，姚鼐与前面的方苞、刘大櫆一道构成桐城派发展的最初的一个高峰，但从姚鼐本人所处的乾嘉时期的整体学术环境及状况看，对当时姚鼐及桐城派的处境及发展状况其实不能过高估计。曾国藩就认为姚鼐时的桐城派并不成气候："桐城姚姬传先生鼐，善为古文辞。……当时孤立无助，传之五六十年，近世学子稍稍诵其文，承用其说。"［曾国藩：《〈欧阳生文集〉序》，《曾国藩全集》（14），岳麓书社 2011 年版，第 204—205 页］联系考据一派在乾嘉时期的大兴，曾国藩所论有一定的道理。其实，即便桐城派发展到姚鼐时期已颇具气象，也不可予以过高估计，对此，姚鼐本人也有清醒认识，在《赠钱献之序》一文中，姚鼐在回顾了儒学的发展历史之后说："明末至今日，学者颇厌功令所载为习闻，又恶陋儒不考古而蔽于近，于是专求古人名物制度训诂书数，以博为量，以窥隙攻难为功。其甚者，欲尽舍程朱，而宗汉之士，枝之猎而去其根，细之搜而遗其巨，夫宁非蔽与？"（姚鼐：《赠钱献之序》，载姚鼐著、刘季高标校《惜抱轩诗文集》，上海古籍出版社 1992 年版，第 111 页）姚鼐这段文字表现的就是乾嘉时期汉盛宋衰的情形，宋学尚是如此，依附于理学的桐城派的状况自然不会太理想。看来姚鼐本人对理学及桐城派在当时的具体处境还是看得很清楚的。

②　王国维：《沈乙庵先生七十寿序》，《王国维全集》（第 8 卷），浙江教育出版社 2009 年版，第 618 页。

笔者在第一章中已经论及康熙帝、乾隆帝对理学的尊崇。康熙帝、乾隆帝对理学的尊崇决定了理学在清朝的官方学术地位，以阐释、传播程朱义理为己任的桐城派自一初创即站稳足跟并与清王朝相始终，其深层次的缘由也在此。但有意思的是，清代汉学的大兴也正始于在乾隆时期。

在传统中国社会，帝王的好恶对学术的发展具有决定性的作用，一种学术的兴衰及命运的变迁往往就在帝王的转念之间。乾嘉时期汉学大兴，影响所至，几乎达到"家家许郑、人人贾马"的地步。① 与汉学大兴形成鲜明对照的自然就是乾嘉时期理学的式微。关于乾嘉时期汉学大兴、理学式微的原因，从不同角度展开阐释的相关研究成果很多，② 笔者认为其中最为关键的原因还是与乾隆帝对理学家态度发生改变，转而支持汉学有相当关系。

清初统治者所以青睐程朱理学，归结起来无非就是这样几个因素。一是因为程朱理学所讲的"三纲五常"以维护皇权为核心，自其产生以来就深得统治者的青睐。二是因为程朱理学对道统、治统的强调有利于清朝政权确立其统治的合理性。但程朱理学对道德的极端强调，在标显理学崇高性的同时，也为理学自身埋下了危机。理学家在标榜道德时不得不面对的一个难题就是：宣讲理学之士必是道德高尚之人，理学名臣更必须是道德楷模，而在现实生活中，崇高道德的具体践行尤其是长期的践行对于人性而言是极大的挑战。个体的某个人或某几个人也许可以通过克制、修炼成为道德楷模，但道德楷模树立易，长期维持则难，无数的道德楷模最终都为私利、权欲所俘获，成为被大众耻笑的对象。对于理学家群体而言，要求所有的成员都做到言行一致，践行道德几乎就是一件不可能完成的事情。理学家在为自己树立起道德丰碑的同时也为自己埋下了陷阱。在传统社会中，试图以道德标榜自己的个人抑或群体最后的结局多半会与假道

---

① 梁启超曾如此描述乾嘉时期汉学的兴盛状况："乾嘉以来，家家许郑，人人贾马，东汉学烂然如日中天矣。"（梁启超：《清代学术概论》，《饮冰室合集》专集之34，中华书局1989年影印本，第53页）

② 关于乾嘉时期汉学大兴的原因，学界已有的观点主要有以下几种：一是清初严酷的"文字狱"，使知识分子唯有埋头于考证、训诂以避文祸；二是知识分子试图借汉学考据对抗清朝的官方学术即程朱义理之学，以学术的曲折方式表达对清政府的不满；三是清代学术发展的自有规律，汉学家阎若璩、胡渭在学理上对宋明理学所展开的考证、质疑在相当程度上动摇了理学的基石；四是与四库全书的编撰及四库馆的设立有关；五是与乾嘉时期清朝政府的文化控制政策的调整有关。相关研究成果可参看武道房《从宋学到汉学：清代康、雍、乾学术风气的潜移》，《学术月刊》2008年第10期等。

学、伪君子画上等号。①

乾隆即位后，一承祖辈传统，崇尚理学，但崇尚理学的乾隆最终发现所谓理学名臣与道德楷模相去甚远，他们中的不少人都是欺世盗名、标榜门户、内心充满私利权欲之徒。② 此处与其说是乾隆的发现，不如说是理学家们内在欲望的自我暴露。人性中蠢蠢欲动的私欲总会不时显现出来，在这样的情形下，越是冠冕堂皇的修饰语越发显得欲盖弥彰。

一旦意识到理学名臣假道学的真面目，乾隆自此开始疏远标榜理学的廷臣，同时有意扶植以考据见长的汉学。乾隆皇帝对理学家的态度转变直接决定了乾嘉时期汉强宋弱的学术格局，这种学术格局自然也会对清代理学及桐城派的发展产生相当影响。

乾隆对理想家的不满乃至警惕主要集中在以下两个方面。

其一，对理学家之"伪"的认识与不满。

乾隆曾说："讲学之人，有诚有伪，诚者不可多得，而伪者托于道德性命之学，欺世盗名，渐启标榜门户之害。"③ 由此可见，在乾隆看来，理"学"本身没有问题，而是"讲学"之人出了问题。故笔者于此也强调的是乾隆对理学家的不满而不是对理学的不满。乾隆此言中的"伪"字与"托"字将问题的实质剖析得入木三分、淋漓尽致。乾隆的睿智之处是在看清了部分理学家之"伪"，局限是在没有去深究假道学摩肩接踵、层出不穷的内在缘由。当然，有些问题是不能深究的，一旦深究起来，追根溯源，恐怕连乾隆的帝位及清王朝存在的理论根基都会被动摇了。

其二，对理学家标榜门户的不满与警惕。

乾隆帝晚年在谈及理学家标榜门户的危害时曾说：

> 历代名臣莫如皋、趁、樱、契、伊、望、萧、曹、房、杜、王、魏、韩、范、富、欧，是皆非讲学者也，而其致君泽民实迹，古今争诵

---

① 参见龚书铎主编《清代理学史》（中卷），广东教育出版社 2007 年版。

② 其实，早在康熙年间，康熙帝就已经注意到假道学的问题并曾批评过部分理学名臣言行不一的情况。康熙二十二年（1683），康熙在与张书玉论及理学起源时就曾说："朕见言行不相符者甚多，终日讲理学，而所行之事全与其言悖谬，岂可谓之理学？"（《康熙起居注》，中华书局 1984 年版，第 1089 页）鉴于假道学的泛滥，康熙三十三年（1694 年），康熙帝曾亲自出题"理学真伪论"以试八十九名翰林院学士。（毛奇龄：《陆公神道碑铭》，《西河集》卷 108，文渊阁四库全书本）

③ 《高宗纯皇帝实录》卷 128，《清实录》第 10 册，中华书局 1985 年版，第 876 页。

之。即宋之周、程、张、朱，其阐珠洒心传，固不为无功，然其致君泽民之实迹，如向之所举，若而人者，安能并肩齐趋乎？而蜀洛之门户，朱、陆之冰炭，已启相攻之渐。盖讲学必有标榜，有标榜必有门户，尾大不掉，必致国破家亡，汉宋明其殷鉴也。夫至国破家亡，黎民受其涂炭者不可胜数，而方以死节殉难者多为有光于古，收讲学之效。则是效也，徒成其为害，真所谓"国家将亡，必有妖孽"而已。①

乾隆于此将理学家标榜门户的危害上升到"尾大不掉""国破家亡"的高度。文中他还以"妖孽"来指斥标榜门户的理学家，可见他对理学家标榜门户之风的厌恶与警惕。

需要再次强调的是，乾隆的批判目标仅仅指向部分"欺世盗名""标榜门户"的理学名臣，他丝毫没有否定甚至质疑理学的意思。维护理学本身的尊严与学术地位涉及政权的稳定与地位，涉及清朝的"道统"与"治统"，在理学神圣性这一关键问题上，乾隆皇帝没有丝毫含糊。

疏远理学名臣而又维护理学的神圣性，这其实是乾隆在发现理学家之"伪"后一个颇为智慧的选择。如果继续倚重理学"伪"臣，这些"欺世盗名""标榜门户"之徒最终有可能伤及理学的权威乃至清政府的权威，这显然不是乾隆所期待的结果。疏远理学名臣，同时缩减理学家的权力空间，也就大大降低了理学"伪"家因权力膨胀、道德沦丧而伤及理学乃至朝廷尊严的风险。

精于统治术的乾隆在意识到部分理学名臣道德沦丧及其可能产生的风险后，他不仅开始疏远理学名臣，还从制度入手收窄理学之士的入仕之路，并有意扶植汉学家以与宋学一派相抗衡。

其一，改革科举，从考试制度上收窄理学人士入仕的路径。

乾隆在位期间，对科举考试多有改革。乾隆十年（1745），科举殿试时务策增加经、史内容。② 乾隆四十七年（1782），改革科举考试程式，③

---

① 戴逸编：《清高宗御制文集》，商务印书馆 2006 年版，第 18 页。

② 明清两朝的殿试考题仅有时务策一道，每策包括三题至五题。策试问题一般与吏治、人才选拔、纲纪法度等现实问题有关。自乾隆十年（1745）起，策试开始增加经、史内容，且比重不断增加。

③ 在乾隆四十七年（1782）前，科举考试首场试朱熹注"四书"文，第二场试朱熹、程颐等宋儒所注"五经"文。经过乾隆四十七年（1782）的科举程式改革，科举首场即试"五经"文，"四书"文被推至科举第二场。

考试标准全部采用汉代经注,不再采用宋人经说。这在利于汉学人士进入到清朝政权的同时,也就相应限制了理学人士入仕的门径与比例。钱大昕在论及这次科举程式改革的影响时曾说:"将使士皆通经学古,淹长者无不收录,浅陋者不得幸售,远近闻风,争自奋励。"① 科举制度作为传统中国社会教育、考试制度的风向标,其考试内容、标准的调整会对学术格局发生巨大影响,影响所及,士子们纷纷调整治学方向,由谈性说理转向通经学古。

其二,设"《四库全书》馆",通过扶植汉学派以打压理学一派。

乾隆三十八年(1773),乾隆皇帝诏令设"《四库全书》馆",开始《四库全书》的编纂。这是一项浩大的文化工程,前后历时九年,参与编撰并正式列名的学者达三千六百多人。历史文化典籍的整理、校订自然为汉学家所长,故"《四库全书》馆"一时成为汉学家的"大本营"。《四库全书》作为钦定官编丛书,其编纂相当程度代表着朝廷的文化态度,直接推动了汉学在乾嘉时期的发展。

不管是乾隆年间科举入仕制度的调整,还是"《四库全书》馆"的设立,都直接引发了"乾嘉学派"的大兴。② 与之相对,则是理学一派渐入低谷。姚莹曾如此论及乾嘉时期汉强宋弱的学术格局:"当朝大老,皆以考博为事,无复有潜心理学者。至有称诵宋、元、明以来儒者,则相与诽笑。"③ 清末学者皮锡瑞(1850—1908)也如此概括:"乾隆以后,许、郑之学大明,治宋学者已鲜。说经者皆主实证,不空谈义理。"④

其实,理学家在乾隆皇帝时期所以相对失宠,除了部分理学名臣道德败坏的因素外,还应有"理论掌控权"的因素:当程朱义理上升到清政府的意识形态后,其政治功用就主要指向统一思想,维护清政府的统治地位。这种政治功能要求理学必须具有稳定性与神圣性的特征。理论的稳定性与政权的稳定有关;理论的神圣性则与政权至高无上的神圣地位有关。这两种特性都决定了当理学上升为清廷的意识形态后,其理论的掌控权与

① 钱大昕:《山东乡试录序》,《潜研堂文集》卷23,光绪十四年(1889)印本。
② 参见李帆《科举考试与清代中期的理学》,《长白学刊》2006年第5期。
③ 姚莹:《复黄又园书》,《中复堂全集·东溟文外集》卷1,同治六年(1867)刊本。
④ 皮锡瑞:《经学历史》,中华书局1963年版,第341页。

阐释权都应该把握在清廷最高统治者的手里而不是在理学家手中。① 从这个角度分析，也许可以更好地理解乾隆对理学名臣态度的转变。

乾隆疏远理学名臣并从制度上收窄理学人士的上升、仕进之路，也就在相当程度上削弱甚至是剥夺了理学家们对意识形态的掌控与阐释权。当然，这一切并不影响理学本身的地位，诚如笔者上文所强调，乾隆皇帝疏远的仅仅是理学家而非理学，理学既然已经被钦定为清廷的意识形态，早就高居于庙堂之上，不可动摇。

理学名臣被疏远了，理学人士入仕的途径变窄了，也不影响理学人士继续传播、传承、研究理学。只不过，在这种特殊学术环境下，理学家群体所要做的工作不是学术发展、学术创新，而是根据朝廷、皇帝的需要或旨意亦步亦趋地对理学作出再阐释而已，这也是理学一派在清朝毫无创新的根本原因。

理学家的命运与桐城派的命运息息相关，当乾嘉时期的理学人士被"相与讪笑"的时候，依附于理学的桐城派在乾嘉时期的处境自然不会乐观，桐城派在这一时期处于发展低谷就是证明。

（三）晚清理学复兴与桐城派的新机

重大的社会危机常常是改变学术发展方向的重要推手。鸦片战争的爆发不仅改变了中国社会的发展方向，也使清代的学术格局发生了根本性的变化。综观清代学术史的整体发展轨迹，可以发现这样一个规律：当社会整体平稳发展的时候，知识分子多皓首穷经，致力于纯粹的学术研究，这以乾嘉时期的汉学家最为典型，学者埋头于故纸堆不问时事也是统治者乐于看到的状况；而当社会面临重大危机的时候，经世致用往往成为知识界普遍流行的一种学术思潮，在这种情形下，学问能否解决现实问题就成为判断其是否"有用"的重要标准。在此标准下，长于训诂、考证的乾嘉汉学因对鸦片战争前后的现实危机无所裨益而渐为时代所弃，而素有经世

---

① 乾隆对理学家的贬斥当有权力把控上的考虑。程颐在论及宰相时曾说："天下治乱系宰相，君德成就责经筵。"乾隆帝在《书程颐论经筵札子》中据此批判："且使为宰相者，居然以天下之治乱为己任，而目无其君，此尤大不可也。"（《清朝文字狱档》下册，上海书店1986年版，第597页）乾隆在这里表现出明显的权力警惕，其对象显然指向理学家。清代以理学为官方哲学，理学家自然也就在一定程度上掌握了舆论权力，乾隆帝对理学家权力欲膨胀可能性的防备也不无道理。

传统的理学一派则迅速融入鸦片战争前后的经世致用思潮中而逐渐走向复兴。关于这一点，台湾学者王汎森总结得颇为精当：在晚清社会大变局的背景下，"对照现实的变局，汉学的无用性愈发明显，而宋学虽不一定是理想的选择，但当时复兴宋学的人大多还试着把学问与现实产生关联，而且产生过相当的效果"①。

钱穆也曾从社会变局及经世致用思潮兴起的角度对道咸时期理学的复兴做过这样的论述："此际也，建州政权已腐败不可收拾，而西力东渐，海氛日恶，学者怵于内忧外患，经籍考据不足安定其心神，而经世致用之志复切，乃相率竞及于理学家言，几乎若将为有清一代理学之复兴，而考其所得，则较之民遗与乾嘉皆见逊色。"② 钱穆所论虽也将咸同时期的理学复兴与经世致用思潮联系起来，但他又认为不可高估晚清理学复兴的程度。从学术发展的角度看，晚清理学只不过借社会危机而复兴，在学术上创新无多，自难与清初顾炎武、黄宗羲、王夫之诸人的学术思想相比，也难与乾嘉时汉学相比，晚清理学的复兴却显示了近代学术的一大发展趋势，即学术与政治、学术与现实联系得更趋紧密。

由于晚清理学的复兴与经世致用思潮的勃兴有着直接的联系，故晚清时期的理学复兴一般也就多被学者们视为或等同于理学经世思想的复兴。桐城派作为清代理学的中坚，晚清理学的复兴自然也为处于发展低谷中的桐城派带来了新的生机。

桐城派所以能伴随理学经世思潮的复兴而出现新机并逐渐走向复兴，当有以下两个因素：一是与桐城派作为清代理学重要代言人的身份有着最密切的关系。在整个清代，理学与桐城派的命运休戚与共，理学复兴的背后必然包含着桐城派的复兴。二是与桐城派的经世传统有关。从上所述，理学所以能在晚清走向复兴，其主因就是晚清经世致用思潮的勃兴。桐城派素有的经世传统，这一传统使其能在晚清经世致用思潮勃兴的初期即能迅速跟上时代步伐。

桐城派有经世传统。桐城始祖方苞年轻时即有经世之志，据方苞的好友戴名世称，年轻的方苞就"叹时俗之波靡，伤文章之萎蕤，颇思有所

---

① 王汎森：《方东树与汉学的衰退》，载王汎森《中国近代思想与学术的系谱》，河北教育出版社 2001 年版，第 24—26 页。
② 钱穆：《清儒学案序》，《中国学术思想史论丛》（八），安徽教育出版社 2004 年版，第 359 页。

维挽救正于其间"①。方苞的文章也多关注社会现实、"国计民瘼"②。桐城派学人戴钧衡在评价方苞的文章的内容时曾说：

> 今观（方苞）《兴人才》《定经制诸疏》《与鄂张两相国书》，煌煌大文，求之古之名臣，不可多得，余亦关系国家大计。先生忠爱之忱，明体达用之学，舍是莫见。《书诸公遗事》《阴阳消长所系》，不惟足传懿节而已。余亦随事立言，类有裨于伦理、风化、学术。③

吴孟复先生也曾对方苞文章中所包含的经世内容做了全面概括：

> 方苞之论经制，论地丁银两，论常平仓谷、漕运、荒政，皆有关财赋也；泽望之争，苗疆之议，塞外屯田，台湾建城，皆有关于边阃也……议开海口，论治浑河，议黄淮，议圩田，论禁烟酒，皆吏事也。④

细查方苞文集，其专门论及经世的文章有《贵州苗疆议》《塞外屯田议》《台湾建城议》《江南闽广积贮议》《浑河改归故道议》《黄淮议》等，⑤及《与鄂张两相国论制驭西边书》《与鄂少保论治河书》《与鄂相国论荐贤书》等。⑥其他有关经世的文章尚多，此处不再一一枚举。

---

① 戴名世：《方灵皋稿序》，载戴名世撰、王树民编校《戴名世集》，中华书局1986年版，第54页。

② 《邵钞奏议序》，《方苞集》（附录三），载方苞著、刘季高标校《方苞集》下，上海古籍出版社2008年版，第910页。

③ 戴钧衡：《〈望溪先生集外文〉跋》，《方苞集》附录三，载方苞著、刘季高点校《方苞集》下，上海古籍出版社2008年版，第920页。

④ 吴孟复：《〈方望溪先生遗集〉序》，载方苞撰，徐天祥、陈蕾点校《方望溪遗集》，黄山书社1990年版，第1—2页。

⑤ 以上所举诸文详见方苞著、刘季高点校《方苞集》下，上海古籍出版社2008年版，第583—595页。

⑥ 以上所举诸文详见方苞著、刘季高点校《方苞集》下，上海古籍出版社2008年版，第637—650页。姚莹在评价《与鄂张两相国论制驭西边书》一文时曾说："望溪宗伯与鄂张两相国书论制准夷事，忧国忠友之情，则皆可谓至矣。"（姚莹：《跋与鄂张两相国书稿》，转引自方苞著、刘季高点校《方苞集》下，上海古籍出版社2008年版，第904页）关于方苞此文，姚鼐也曾撰文评价，详见姚鼐《跋方望溪先生与鄂张两相国书稿后》，载姚鼐著、刘季高标校《惜抱轩诗文集》，上海古籍出版社1992年版，第274页。

方苞的经世思想为桐城派后学所继承，姚鼐就认为文章不仅要"当理"，还要"切事"："窃叹以为古今所贵乎有文章者，在乎当理切事，而不在乎华辞。"① 他还强调文章不仅要表现"忠义之气，高亮之节，道德之养"，还应体现"经济天下之才"②。

从方苞到姚鼐的经世思想可以看出经世致用是桐城派文士素有的人文精神，这种精神也为姚鼐的弟子所继承。在鸦片战争前后的社会大变局中，姚门弟子及再传弟子们就多关注时事，将桐城文章理学与经世、治世联系起来，表现出强烈的理学经世思想。如姚鼐的著名弟子方东树虽以批驳汉学著名，但他也强调"道德""文章""政事"均须统一到"通于事物"的基础上，③ 他还曾著《化民正俗对》《病榻罪言》等文，分别论及禁烟之道与御敌之策；姚莹则"志在经世，其文渊源家学，铺陈治术，晓畅民俗，洞极人情得失，论天下事慷慨有大志"④，他还特别强调写文章须"关世道而不害人心"，才"可观可诵"⑤；又如李宗传，为嘉庆戊辰举人，师事从父李仙枝、姚鼐，受古文法，"尤急经世之务，漕河、盐策、边隘、道里无不洞悉其本末"⑥；再如杨士达，为道光乙未举人，师事梅曾亮，他"讲求经济之学，凡兵农、盐漕、边防、弭盗诸政教之大者，莫不洞澈原委"⑦。即便是"静虚澹淡"⑧ 的梅曾亮也主张"文章之事，莫大乎因时"⑨。其他例子尚多，此处不再枚举。桐城派学人在近代转型关口的主动求变，使自乾嘉以来处于发展低谷中的桐城派逐渐跟上了晚清的经世致用大潮。

关于桐城派在晚清理学经世思潮中的发展情况与影响，⑩ 大致可以分

---

① 姚鼐：《稼门集序》，载姚鼐著、刘季高标校《惜抱轩诗文集》，上海古籍出版社1992年版，第274页。

② 姚鼐：《荷塘诗集序》，载姚鼐著、刘季高标校《惜抱轩诗文集》，上海古籍出版社1992年版，第50页。

③ 方东树：《与罗月川太守书》，《仪卫轩文集》卷7，同治七年（1868）刻本。

④ 刘声木撰、徐天祥点校：《桐城文学渊源·撰述考》，黄山书社1989年版，第160页。

⑤ 姚莹：《与陆次山论文书》，《中复堂全集·东溟文后集》卷8，同治六年（1867）刊本。

⑥ 刘声木撰、徐天祥点校：《桐城文学渊源·撰述考》，黄山书社1989年版，第164—165页。

⑦ 刘声木撰、徐天祥点校：《桐城文学渊源·撰述考》，黄山书社1989年版，第259页。

⑧ 梅曾亮：《〈太乙舟山房文集〉叙》，《柏枧山房文集》卷5，咸丰六年（1856）刊本。

⑨ 梅曾亮：《答朱丹木书》，《柏枧山房文集》卷2，咸丰六年（1856）刊本。

⑩ 关于桐城派与晚清时期经世思潮，可参看拙文《桐城派与嘉道时期的经世致用思潮》，《江淮论坛》2003年第5期。

为以下两个阶段进行考察。

第一个阶段大致在鸦片战争前后。这一时期的代表人物如姚莹、梅曾亮、管同、刘开等姚门弟子在时代巨变的关口已经感知到时代变化，他们在学术与实践上均在一定程度上开始跟上刚刚兴起的经世致用浪潮。① 从这个角度看，这一时期的桐城派虽然尚处于发展低谷，但已经暗含发展的新机，为洋务运动时期的"桐城中兴"做好了铺垫。

第二个阶段则为"桐城中兴"时期。"桐城中兴"发生与延续的时间大致与晚清洋务运动时间同步。从时间起点看，大致起于咸丰八年（1858）曾国藩作《〈欧阳生文集〉序》，这一时期桐城派的主要代表人物以洋务人士为主，其经世内容自然也多与洋务有关。曾国藩去世后，有其弟子如吴汝纶、薛福成等人继承其衣钵。甲午战争以后，洋务运动受挫，"桐城中兴"亦就偃旗息鼓了。

综观桐城派在晚清理学经世思潮中的两个发展阶段，有以下三点值得特别关注：一是晚清桐城派人士强调道德重建，试图通过对程朱道德的强调来强化理学的崇高地位，并希望由此实现社会秩序的重建；二是作为文章家的桐城派文士将笔触指向现实需要，大量创作介绍中外史地及西方文化相关的著述，汇入了晚清史学经世的浪潮中；② 三是为数众多的晚清桐城派人士通过参与现实政治特别是洋务活动的方式来实现自己的学术经世之志。

由桐城派在这一时期的发展特征其实也可看出中国近代学术发展的动向。一是在近代中国面临重大危机的时刻，包括宋学派在内的传统学派虽仍在传统经世致用的路径上寻找救亡图存之道，但他们对西方文化的初步介绍对近代中国思想文化及学术的近代转型起到了筚路蓝缕之效。二是在内忧外患的现实压力下，包括诸多桐城派文士在内的近代中国知识分子开始直接投身具体的社会实践活动中，他们或从军、从政；或投身教育事

①　虽然桐城派的发展在鸦片战争前后已经暗含新机，但由于这一时期的桐城派在整体上处于发展低谷，故也不可高估姚门弟子在经世思潮中的地位与影响，马积高就认为："无论是方东树还是梅曾亮姚莹，他们的才、学、识都不及与他们基本同时的龚自珍、魏源。（管同、刘开早死，不论）故即使是他们中之较杰出者如姚莹，也不足以代表道咸间新经世致用之学的潮流，方（东树）、梅、姚（莹）的弟子也不足语此。"（马积高：《理学与桐城派》，《中国文学研究》1993年第2期）

②　关于晚清桐城派人士强调道德重建及其以古文之笔撰史地著述的情况，笔者将在下文以专节阐述。

业，不再以纯粹的文人自居，这在以曾国藩为首的桐城——湘乡派身上体现得尤为典型。近代中国知识分子的这种选择并未改变传统中国学术不独立的窘况，在相当程度上还使学术服从现实需要的倾向愈加明显，学术与政治的关联更加密切。

需要强调的是，近代中国学术虽与政治联系密切，学术仍为"政论之手段"①，但近代中国学术服从于政治的目的多在为危亡中的中国寻找新的出路，这与传统中国学术多为专制政权的奴仆的状况已经有了很大的不同。

二　道德重建：晚清桐城派经世的一种尝试

儒家经典《孟子》有载："穷则独善其身，达则兼济天下。"② 可见"善"即"道德"不仅是个体儒家知识分子修养品德即"修己"的目标，也是儒家兼济天下，构建社会伦理、政治秩序即"治人"的重要手段及最终目标。在儒家这里，"修己"与"治人"其实是合二为一的，由"修己"出发并延伸至社会即可"治人"，而这一目标实现的支点则在"道德"上面。③

在中国传统社会，每当面临重大的社会危机，儒家知识分子中的保守一派往往会将危机的根源归结为道德的崩溃，其拯救之道自然是重建道德。其实，就儒学内部而言，不管是保守派倾向于强调道德重建，还是改革派倾向于强调有限度的政治变革，两者虽路向有所不同，但在挽救社会危局这一点上，两者是殊途同归的。

儒学发展到两宋时，衍为理学，即宋学。④ 宋学特别强调道德信仰、砥砺志行。元、明、清三代，即便在乾嘉时期汉学兴盛之时，宋学相当程

---

① 王国维：《教育小言十三则》，《王国维文集》第 3 卷，燕山出版社 1997 年版，第 84 页。

② 《孟子·尽心上》，载万丽华、蓝旭译注《孟子》，中华书局 2006 年版，第 291—292 页。

③ 关于"道德"在构建社会秩序中的重要性，《礼记·大学》有详细论述："古之欲明明德于天下者，先治其国。欲治其国者，先齐其家。欲齐其家者，先修其身。欲修其身者，先正其心。欲正其心者，先诚其意。欲诚其意者，先致其知。致知在格物。格物而后知至，知至而后意诚，意诚而后心正，心正而后身修，身修而后家齐，家齐而后国治，国治而后天下平。自天子以至于庶人，一是皆以修身为本。其本乱而末治者否矣。其所厚者薄，而其所薄者厚，未之有也。此谓知本，此谓知之至也。"

④ 程朱理学即是北宋理学家程颢、程颐和南宋理学家朱熹思想的合称。

度上也是为整个社会提供道德信仰支撑的精神源泉，是维持整个社会"世道人心"、纲常名教及社会秩序的重要支撑。姚莹就曾说："先儒洛闽以来，义理之学尤为维持世道人心之大，不可诬也。"① 维持世道人心是桐城派学人及桐城派古文的重要任务，其始祖方苞为文就"非阐道翼教有关人伦风化不苟作"②；姚莹也特别强调古文的道德教化功能："夫文者，将以明天地之心，阐事物之理，君臣待之以定，父子赖之以亲，夫妇、朋友赖之以叙其情而正其义，此文之昭如日月者。"③ 桐城派作为一人数众多的学派以维持世道人心自任，对于"纲常名教"在有清一朝"赖以不坠"功莫大焉。④

在包括桐城派在内的宋学一派看来，道德特别是程朱道德是社会的基石。当清王朝面临危机时，在宋学一派看来就是道德沦陷、人心不古的结果。要拯救社会危机，必须自重建道德始。不管是国泰民安时对道德的重视，还是社会面临危机时对道德重建的呼吁，对于包括桐城派在内的宋学一派而言都是其经世济世的重要任务。

尊崇理学、重视道德之于桐城派来说是一以贯之的问题，要阐述清这一问题，有必要从桐城派三祖开始回顾。

（一）桐城派始祖对程朱理学的尊崇及对程朱道德的强调

对理学的尊崇及对程朱道德的强调之于桐城派而言其实是合二为一的问题。⑤ 在讨论桐城三祖对程朱道德的强调这一问题的时候，有必要附带简略论及桐城三祖对理学尊崇的问题。

---

① 姚莹：《朝议大夫刑部郎中加四品衔从祖惜抱先生行状》，《中复堂全集·东溟文集》卷6，同治六年（1867）刊本。

② 《诸家评论》，载方苞著、刘季高点校《方苞集》下（附录三），上海古籍出版社2008年版，第903页。

③ 姚莹：《复杨君论诗文书》，《中复堂全集·东溟文集·外集》卷2，同治六年（1867）刊本。

④ 刘声木：《〈桐城文学渊源考〉补遗序》，载刘声木撰、徐天祥点校《桐城文学渊源·撰述考》，黄山书社1989年版，第4页。

⑤ 此处所论道德所以特别强调是程朱道德，缘于清代理学及桐城派对程朱之道的提倡与尊崇。程朱理学在理论上试图从探求性命之原建立起宇宙的本体论和认识论，在实践方面，则提出主敬、主静、存诚、致良知等道德修养的具体途径。程朱理学在道德实践层面的最终展开是通过遵守道德规范即三纲五常来实现的。（参见马积高《清代学术思想的变迁与文学》，湖南出版社1996年版，第76页）

其一，桐城派始祖对程朱理学的尊崇。

桐城派始祖方苞"学行继程、朱之后，文章介韩、欧之间"的行身祈向及以"义"为先的"义法"文章理论都充分说明程朱义理之学之于桐城派学人的特殊意义①：程朱义理不仅是桐城派文章理论的核心，还是桐城派学人的行身祈向。从写文章到做学问、做人，传统学者的人生三事，桐城派学人无不以程朱之学马首是瞻。

方苞就对宋五子顶礼膜拜，他尝言："宋五子之前，其穷理之学未有如五子者。五子之后，推其绪而广之，乃稍有所得，其背而驰者，皆妄凿墙垣而植蓬篙，学之蛀也。"②方苞将宋五子的"穷理之学"置于前无古人、后无来者的崇高地位，也就表明了自己对宋五子之学笃信与坚守的态度。既然是笃信与坚守，也就不存在质疑与创新的问题。③虽然在学术创新这一点上，包括桐城派在内的清代宋学一派颇受时人及后世学者所诟病，但这正是清代理学一派的生存之道。在中国传统社会中，不同学术派别的生存之道多有不同之处：有的借创新而发展，有的则凭坚守而处尊位。对于桐城派而言，它的存在、地位等大都源自对理学的坚守，坚守与维护就是它的价值与地位所在。从这个角度观察桐城派，就更容易理解桐城派的学术立场与态度了。

其二，桐城派始祖对程朱道德的强调。

程朱理学以伦理道德为思想核心，故其又常常被视为一种思想信仰与道德学说。桐城派作为清代理学的坚定维护者，伦理道德自然也就成为其学派学说的一个核心。遍览桐城三祖的文集，他们关于道德的说辞与强调几乎是无处不在。归结起来，当有如下几点。

首先，他们认为程、朱不仅得儒学精髓，还是言行合一的道德楷模。

①　"学行继程、朱之后，文章介韩、欧之间"其实包含人生观与创作观两个方面，故方苞据此提出的"义法"说就不仅仅是一种文章理论那样简单，它还具有人生观、道德观等诸多方面的指导意义。（参见许福吉《义法与经世——方苞及其文学研究》，学林出版社2001年版，第269页）

②　徐世昌等编：《清儒学案》（三），中华书局2008年版，第2001页。

③　但凡一种学术理论演变为被普遍尊崇的对象后，往往就具有简单化、概念化的发展趋向。其中的缘由很简单：简单化、概念化的理论更易为一般的受众所接受。马积高就认为："清代理学基本上是一种在理论上贫乏的实用性的理学，桐城派主要作家所尊奉的理学更是在理论和实践上都简化了的理学，其理论上的简化几乎达到与传统儒学没多少区别的程度。"（马积高：《理学与桐城派》，《中国文学研究》1993年第2期）

姚鼐论及此点时曾说："自秦、汉以来，诸儒说经者多矣，其合与离固非一途。逮宋程、朱出，实于古人精深之旨，所得为多。……而其生平修己立德，又实足以践行其所言，而为后世之所向慕。故元、明以来，皆以其学取士。"① 言词之间，姚鼐俨然视程、朱为"修己立德"、言行一致的道德楷模。古人已逝，可以随意装扮，而活着的人要长久维持道德楷模的形象却不是一件容易的事情。包括桐城派在内的清代理学一派抬出程、朱作为道德楷模的同时，也自然使自己处于道德的高地，当然，这也为自身的未来发展埋下了隐患。

其次，他们将道德视为程、朱之学的中心。方苞在《学案序》中说："昔先王以道明民，范其耳目百体，以养所受之中，故精之可至于命，而粗亦不失为寡过；又使人渐而致之，积久而通焉，故入德也易而造道深。程、朱之学所祖述者，盖此也。"② 方苞于此不仅认为道德是程、朱之学的中心，还认为提倡道德的功用主要在教化，所谓"以道明民"就是此意。其实，从教化的角度将程朱之学称为帝王御民之学也不为过。道德是专制统治者维系其统治秩序常用的武器，乾隆就多次强调道德的重要性："士人以品行为先，学问以经义为重。故士只自立也，先道德而后文章；国家之取士也，黜浮华而崇实学。"③ 虽说对品行、道德的强调无可厚非，但道德第一，品行为先的择士标准却将一切具有批判精神的知识分子排除在体制之外，学术的创新与发展被窒息、禁锢。对道德的绝对强调在强化理学正统地位的同时，也极大地阻碍了清代理学的发展。④

再次，他们认为程、朱所倡言的道德具有永恒性。姚鼐就认为："天地无终穷也，人生其间，视之犹须臾耳。虽国家存亡，终始数百年，其逾于须臾无几也。而道德仁义、忠孝名节，凡人所以为人者，则贯天地而无终敝，故不得以彼暂夺此之常。"⑤ 在姚鼐看来，道德仁义、忠孝名节就

---

① 姚鼐：《复蒋松如书》，载姚鼐著、刘季高标校《惜抱轩诗文集》，上海古籍出版社1992年版，第95页。

② 方苞：《学案序》，载方苞著、刘季高校点《方苞集》上，上海古籍出版社2008年版，第89页。

③ 《高宗纯皇帝实录》卷79，《清实录》第10册，中华书局1985年版，第243—244页。

④ 龚书铎先生就认为：清代宋学一派，"学理无创新，重在道德规范"。（龚书铎：《清代理学的特点》，《史学集刊》2005年第3期）

⑤ 姚鼐：《方正学祠重修建记》，载姚鼐著、刘季高标校《惜抱轩诗文集》，上海古籍出版社1992年版，第234—235页。

是与日月同辉，与天地共长的永恒存在的真理。

最后，他们还将道德的维系与社会秩序的稳定联系起来，如果道德崩溃，则会危及社会秩序。姚鼐认为道德下滑的原因有两个方面：一方面与理学内部人士对利禄的一味追求有关，"利禄之途一开，为其学（指程朱理学，笔者注）者以为进趋富贵而已"①，为学既然只求功利，自然少有人再去深求义理，最终的结果就是"风俗日颓"②；另一方面则与汉学家的诽谤、歪曲有关，有感于当时汉学家"诽鄙程与朱，制行或异旃"的现状，姚鼐禁不住发出了"世有宋大儒，江海容百川，道学一旦废，乾坤其毁焉"的感叹。③姚鼐在痛心之余，要起而"卫道"之意跃然而出。

其实，对道德的自觉维护就是对道德极端强调的一种现实表现方式。对于桐城派学人来说，桐城文章、理学义理就是维护、强调道德的最佳工具。时人在评点方苞的学问时曾说：方苞"经说，不惟经义开明，可以荡涤人心之邪秽，维持风俗"④。姚鼐也曾明确表达过自己的志向："明道义，维风俗以诏世者，君子之志。而辞足以尽其志者，君子之文也。"⑤人生志向在明道义、维风俗，写文章也志在于此，可见维护道德于姚鼐而言就是最重要的人生任务。⑥

（二）姚门弟子对程朱道德的强调与学术主导地位的争夺

从以上所论，可以看出姚鼐将"道学"的存废与"乾坤"的命运直

---

① 姚鼐：《复蒋松如书》，载姚鼐著、刘季高标校《惜抱轩诗文集》，上海古籍出版社1992年版，第95页。

② 姚鼐对此有较为全面的论述："数十年来，士不说学，衣冠之徒，诵习圣人之文辞，衷乃泛然不求其义。……闻耆耇长者考论经义，欲掩耳而走者皆是也。风俗日颓，欣耻益非其所，而放僻靡不为。……鼐少时见乡前辈儒生，相见犹论学问，退ред未尝不勤，非如今之相师为喻也。所谓'饱食终日，无所用心'者欤！"（姚鼐：《复曹云路书》，载姚鼐著、刘季高标校《惜抱轩诗文集》，上海古籍出版社1992年版，第87页）

③ 姚鼐《述怀》，载姚鼐著、刘季高标校《惜抱轩诗文集》，上海古籍出版社1992年版，第454页。"异旃"即"与理学家道德规范相异"之意。

④ 《诸家评论》，载方苞著、刘季高校点《方苞集》下（附录三），上海古籍出版社2008年版，第901—902页。

⑤ 姚鼐：《复汪进士辉祖书》，载姚鼐著、刘季高标校《惜抱轩诗文集》，上海古籍出版社1992年版，第89页。

⑥ 《清史稿·文苑二》中收有《姚鼐传》，其中称姚鼐"论文根极于道德而探源于经训"。（赵尔巽等撰：《清史稿》（44），中华书局1977年版，第13395页）此评价不仅抓住了姚鼐论文的之"根"，也抓住了姚鼐人生志向之"根"，即"道德"。

接联系起来，"道"兴则"乾坤"兴，"道"亡则"乾坤"废。姚鼐所说的"道学"的中心就是"道德仁义、忠孝名节""礼义廉耻"①。姚鼐的思想为他的弟子们继承。当然，在新的历史条件下，姚门弟子对程朱道德的强调与其师相较既有继承也有所发展。

其一，当社会面临危机时，素有经世传统、强调程朱道德的姚门弟子在分析晚清社会危机的根源时，将危机的根源归结到不重经世、道德滑坡两个方面。

一般来说，每一学派都是基于自身的学术立场来分析社会危机的原因。姚门弟子也不例外，他们在分析嘉道年间的社会危机时，就基于桐城派的学术立场，从经世与道德两个角度去透视危机的根源。当然，他们从这两个角度分析社会危机时，也不忘将危机的产生与学术对手联系起来。刘开就将嘉道时期社会危机产生的原因直指汉学一派"不通治术""立身之有亏"②，他以为自乾嘉以来，士子沉溺于汉学考证，"语以忠信廉洁之事，则惊愕而不欲闻，询以家国天下治安之计，则茫无一得"③。汉学家既无"忠信廉洁"的品德，也无"家国天下治安"之计，是引发"天下之祸"的祸首。④ 姚莹也将嘉道时期社会危机的爆发与汉学家们对宋学、道德的漠视联系起来：

> 自四库馆启之后，当朝大老皆以考博为事，无复有潜心理学者，至有称宋元明以来儒者，则相与诽笑。是以风俗人心日坏，不知礼义廉耻为何事，至于外夷交侵，辄皆望风而靡，无耻之徒，争以悦媚夷人为事而不顾，国家之大辱，岂非毁讪宋儒诸公之过哉！⑤

---

① 姚鼐：《方正学祠重修建记》，载姚鼐著、刘季高标校《惜抱轩诗文集》，上海古籍出版社1992年版，第234—235页。

② 刘开：《学论上》，《刘孟涂文集》卷2，扫叶山房文集1915年印本。

③ 同上。

④ 梅曾亮弟子孙鼎臣也认为："天下之祸，始于士大夫学术之变，杨、墨炽而诸侯横，老、庄兴而氏戎成。今之言汉学者，战国之杨、墨也，晋、宋之老、庄也。"（孙鼎臣：《畚塘刍论·论治一》，《苍筤文集》，咸丰刊本）这是桐城派学人关于乾嘉汉学兴起引发"天下之祸"的最直接的说法。孙鼎臣（1819—1859），字子余，号芝房，湖南善化人，道光二十五年（1845）进士。

⑤ 姚莹：《复黄又园书》，《中复堂全集·东溟文外集》卷1，同治六年（1867）刊本。

姚莹这段话有两点值得注意，一是将四库馆开视为清代汉学兴起、理学衰弱之始，并直接引发整个社会道德风尚的大滑坡，批驳目标直指汉学派。二是将道德崩溃视为鸦片战争失败的主要因素。姚莹于此还认为，由于道德崩溃，部分国人不知礼义廉耻、忠孝名节为何物，面对入侵之"外夷"，不仅"望风披靡"，还以诌媚"夷人"为能事。姚莹从道德角度对近代部分国人面对外敌名节有亏的拙劣表现的揭示，在今天看来也仍有相当见地。

其二，既然将道德滑坡视为引发包括"外夷交侵"在内的社会危机爆发的主因，姚门弟子将道德重建视为社会秩序重建乃至救亡图存的重要手段就在情理之中了。

怎么重建道德信仰呢？姚门弟子找到的武器就是他们所擅长的桐城古文。① 在他们看来，桐城派古文简洁易懂，因文见道，自是传播程朱之道，重建道德信仰的利器。② 近世学者刘声木就如此总结梅曾亮弟子孙衣言的文学成就，"欲因文见道"，"以维系世道人心"③。这个评价涉及手段、目的两个方面，其实也可将其视为对晚清桐城派学术特征的总概括。

仔细分析，在桐城派学人对道德的强调中已经暗含了一个判断，即桐城文章与桐城派学人皆是道德楷模。这种判断是桐城派学人对自身学问及修养的一种自我期许，方苞"学行继程、朱之后，文章介韩、欧之间"的行身祈向中就包含这种期许。姚鼐就讲得更直接了，他对桐城文章最高境界的期许是"艺与道合、天与人一"④，天地自然之道是儒家的道义精神，自然也是桐城文章的最高境界；他对桐城派学人的期待则是成为"忠义之气、高亮之节、道德之养、经济天下之才"⑤。桐城派学人对自我的道德要求与期许使其在晚清这个道德崩溃的特定时代具有一定的潜在号召

---

① 林纾在《春觉斋论文》中"道德发为文章"一语的总结就显得颇为精当。（林纾：《春觉斋论文》，人民文学出版社 1998 年版，第 88 页）

② 钱穆曾说，"谈到清代的散文，多半只是桐城、阳湖两大派势力"，"桐城派主张文章的每一辞句，都得含有道德味在内，都得慎细考虑，从严检讨。这样的写作态度，可算得是很严肃"。（钱穆：《中国文学讲演集》，香港人生出版社印行，第 41 页）钱穆于此所论虽重在桐城派的写作态度，但他以"道德味"一词来概括桐城派文章的特点，很是贴切。

③ 刘声木撰、徐天祥点校：《桐城文学渊源·撰述考》，黄山书社 1989 年版，第 254 页。

④ 姚鼐：《敦拙堂诗集序》，载姚鼐著、刘季高标校《惜抱轩诗文集》，上海古籍出版社 1992 年版，第 49 页。

⑤ 姚鼐：《荷塘诗集序》，载姚鼐著、刘季高标校《惜抱轩诗文集》，上海古籍出版社 1992 年版，第 50 页。

力。中兴桐城的曾国藩在太平天国之"乱"中举出道德的大旗，以"礼义人伦"相号召，① 不仅与以道德自诩的桐城派一脉相承，也正好切合了那个时代对道德重建的迫切需要。某种理论或主张也许具有片面性，但当它正好为某个特定的时代所需要时，也就在那个时代被认为是正确的甚至是神圣的。时代的需求常常是一个学派存亡的最为关键的因素，桐城派的创立在此，中兴在此，所以衰亡也在此。

其三，姚门弟子从道德角度对汉学展开批判不仅意在重建社会秩序，还意在学术主导地位的争夺。

从乾嘉时期汉、宋学交锋的过程及结果来看，宋学一派几乎是完全败北。面对汉学一派的学术批判，乾嘉时期的宋学一派几无还手之力，而嘉道时期社会危机的爆发、整个社会道德的滑坡、汉学家在经世上的欠缺都给了宋学家一个反戈一击的机会。当然，晚清桐城派学人在反击时多半不是从学术角度出发，而是从理学家们最擅长的道德角度展开的。

桐城派从道德角度展开对汉学的批判，中心的问题就是要说明汉学兴起引发道德败坏，孙鼎臣曾从学术角度对此问题进行了梳理：乾嘉时期，

> （汉学家）分别门户，造立名字，挟汉学以攻宋儒。而又有一二巨公，凭借权势，阴鼓天下而从之。士大夫于是靡然向风，争趋汉学，其言皆六艺之言也，其学则孔、孟之学也，所托者尊，所当者破，猖狂妄行，莫之敢非，天下学术，由是大变，宋儒之书，能举其名者少矣。至于缙绅之徒，相诟病以道学。人心风俗，流失陷溺于如此，尚可言哉！②

在孙鼎臣看来，乾嘉时期的学术变化与道德陷溺并向而行，并最终引发"天下大祸"③。孙鼎臣的这种批判方式可谓一箭双雕，既将汉学陷于危亡祸首的境地，又从兴起道德的角度将理学派置于重建道德及社会秩序的有利位置，其争夺学术主导权的意图溢于言表。

在中国近代学术还未转型，整个学术界仍然以汉、宋学为主体的传统

---

① 曾国藩：《讨粤匪檄》，《曾国藩全集》（14），岳麓书社 2001 年版，第 140 页。
② 孙鼎臣：《畚塘刍论·论治一》，《苍筤文集》，咸丰刊本。
③ 同上。

学术格局下，汉学失势的背后必然意味着宋学势力的上升，这是不言自明的道理。当方东树等姚门弟子大讲特讲"必欲兴起人心风俗，莫如崇讲朱子之学为切"的时候，[①] 我们不仅可以看到桐城派学人对社会道德重建的急迫之情，可以看出他们对"朱子之学"学术地位重现辉煌的期待。

笔者于此侧重从道德角度论及姚门弟子与汉学家之间的学派纷争，这种纷争与这一时期姚门弟子所倡导的学术兼容其实并无太多抵牾。正如汉学大家戴震在严分汉宋的同时也大谈自己于"义理之源""考核之源""文章之源""皆有所得"一样，[②] 纷争不排除宽容，兼容背后往往又潜藏纷争。更多的时候，问题的关键是在纷争与兼容的程度多少而已。学术流派之间的纷争与兼容从来就是传统中国学术发展中并行不悖的两大主题。

三　以古文之笔撰史地著述：桐城派文士实现经世之志的又一方式

史地研究与著述是中国传统知识分子经世的一种重要方式。面临迫在眉睫的社会危机，晚清知识分子将他们的经世热情更多地投射到与现实有关的史地研究及著述中，一些中国近代史学研究者也将此称为晚清史学经世思潮。[③] 史学经世思潮与理学经世思潮的发生大致叠合，这也是晚清学术发展的一个重要特征。这种叠合其实包含两个层面的意思：一是时间上的叠合，在近代中国面临危机的时刻，理学经世思潮与史学经世思潮的大致同时发生，其发生根源都来自中国传统知识分子的强烈的忧患意识与经世精神；二是指内容上的叠合，部分理学家在嘉道年间开始致力于史地研究及相关著述，希望以此实现其经世之志，从而在相当程度上汇入晚清史学经世的浪潮中。

作为在晚清经世致用思潮中颇为活跃的一个古文学派，桐城派的诸多文士也将目光转向史地尤其是边疆史地的研究。以古文之笔撰史地著述，可谓桐城派文士在新的时代背景下实现经世之志的特殊方式。值得注意的

---

① 方东树：《重刻白鹿洞书院学规序》，《仪卫轩文集》卷5，同治七年（1868）刻本。

② 段玉裁：《东原年谱》，载《戴震全书》第6册，黄山书社1995年版，第708页。

③ 参见暴鸿昌《清代史学经世致用思潮的演变》，《中国社会科学院研究生院学报》1991年第1期；邹国义《论近代经世致用史学思潮的兴起》，《史林》2003年第6期等。

是，洋务时期的桐城派由于湘军统帅、洋务领袖曾国藩的加盟，发展成为具有浓厚政治色彩的桐城——湘乡派。作为洋务的倡导与实践者，他们中的部分人的眼光开始投向西方，并尝试借助古文笔法向国人介绍西方历史、地理、风俗、学术乃至政治制度诸方面的西方文化。这些以桐城派古文为语言载体的史地著述不仅为当时的国人打开了一扇了解真实的西方世界的窗户，也对近代中国的学术转型乃至社会转型产生了一定的催化作用。

（一）姚门弟子的历史变易观及对经世之文的理解

在社会面临大变局的时刻，姚门弟子充满忧患意识的历史变易观及其对现实的强烈关注使其汇入了晚清史学经世的浪潮中。

姚门弟子主要活动在社会危机日显的嘉道时期，在历史转折的大关口，姚门弟子以文人特有的敏感感触到了社会危机。刘开就如此表述他对时局的担忧："穷居观物变，霜路零庭槐。抚言思在昔，长叹亦何补？梁木久已摧。"① 姚莹则将天下分为"开创之天下""承平之天下""艰难之天下"，其潜台词显然是暗指清王朝已经进入"艰难之天下"②。管同的分析尤为深刻："国家承平百七十年矣，长史之于民，不富不教，而听其饥寒，使其冤抑。天下幸无事，无敢先动，一旦有变，则或乘以起，而议者皆曰：必定无事。彼无他，恐触忌讳而已。天下以忌讳而酿成今日之祸，而犹为是言。"③ 从史学角度看，刘开、姚莹、管同的文字中所体现的正是传统的历史变易观。管同的文字更是将引发"变"的矛头直指清朝最高统治者的"忌讳"之处。每到中国历史发生转折的重要关口，知识分子的忧患意识与历史变易观都是推动中国传统社会进步、更新的一种重要思想力量。龚自珍、魏源等经世史家在论及历史发展时都强调变易，历史变易观蕴含着革新与进步，此不仅成为晚清政治文化变革的先声，也成为推动中国传统学术变革的一种内在动力。

面临"艰难之天下"，学者显然不能再囿于学派局限，不能再无视现实的迫切需要。刘开就从经世的角度对当时汉学家、宋学家、文章家学不

---

① 刘开：《杂感》，《刘孟涂文集·诗前集》卷 1，扫叶山房文集 1915 年印本。
② 姚莹：《复管异之书》，《中复堂全集·东溟文后集》卷 6，同治六年（1867）刊本。
③ 管同：《与方制军书》，《因寄轩初集》，道光癸巳新镌本。

致用的学风都提出了批评：

> 高者狂而不知所裁，卑者靡而不克振立。治义理则近于鄙俚，而不免语录之习；治考证则邻于琐碎，而不权是非之宜；治文章则各执一偏，非囿于形模，即裂乎规矩。凡所谓经世之略，可以备天下之用者，皆置而不讲。①

在这段文字中，是否"经世"显然是刘开学术批评标准。这个标准是现实的而非学术的，在国家面临危亡的时刻，学者采取非学术的标准来评价学术也是一件可以理解的事情。

具体到桐城派而言，最直接的"经世"方式就是将桐城文章与现实需要结合起来。综合姚门弟子当时的一些言论，可以看出他们对"经世"之文的一些理解与要求：一是文章写作当以"足以救乎时"②、"兴亡治乱之要最"③ 为目标；二是文章内容须以"经世"为中心，否则则是"无用之言"④。

不管是"经世"还是"救时"，都强调文章必须面对现实。梅曾亮就特别强调桐城文章须关注现实："文章之事，莫大乎因时。立吾言于此，虽其事之微，物之甚小，而一时朝野之风俗好尚，皆可因吾言而见之。使为文于唐贞元、元和时，读者不知为贞元、之和人，不可也；为文于宋嘉祐、元祐时，读者不知为嘉祐、元祐人，不可也。"⑤ 梅曾亮这段文字的言外之意就是作为当下的学人应以手中之笔记载当下的"朝野之风俗好尚"。梅曾亮所思所言，正反映出晚清学人的史学视野及学术视野从关注古代、传统向关注近当代的变动趋势，⑥ 这既是晚清史学经世思潮的一个重要特征，也是晚清学术思想的一个重要特征，反映出中国传统学术将向近代转型的学术大趋势。

---

① 刘开：《拟古诗序》，《刘孟涂文集》卷 7，扫叶山房文集 1915 年印本。
② 方东树：《辨道论》，《仪卫轩文集》卷 1，同治七年（1868）刊本。
③ 梅曾亮：《复姚春木》，《柏枧山房文集》卷 2，咸丰六年（1856）刊本。
④ 方东树：《复罗月川太守书》，《仪卫轩文集》卷 7，同治七年（1868）刊本。
⑤ 梅曾亮：《答朱丹木书》，《柏枧山房文集》卷 2，咸丰六年（1856）刊本。
⑥ 本文所谓近当代史，是指晚清时期所对应的近代及同时代历史。

（二）姚莹写就的经世巨著：《康輶纪行》

在清代严酷的文字狱文化威压下，史地著述是知识分子针砭时政、经世致用最常采用的方式。鸦片战争爆发后，面对来自西方的威胁与边疆的危机，经世思想家们从面向现实、讲求功利、注重实效的经世思想出发，开始关注夷务与边疆史地问题的研究。在这样的背景下，研究西方坚船利炮、世界史地及边疆史地的著作相继涌现，这就使传统的经世之学在新的历史背景下注入了学习西学的新内容，也使晚清知识分子的关注范畴由古代而及当下、由传统而及现代、由中学而及西学。林则徐早在广东组织禁烟时，就编成《四洲志》《华事夷言》《滑达尔各国律例》等介绍西方的史地著述。其时涌现的相关史地著述还有魏源的《海国图志》、梁廷枏的《海国四说》、徐继畬的《瀛寰志略》、王韬的《普法战纪》、黄遵宪的《日本国志》、何秋涛的《朔方备乘》、姚莹的《康輶纪行》等。

"姚门四杰"之一的姚莹写就的经世著作《康輶纪行》不仅奠定了姚莹也奠定了桐城派在晚清史学经世思潮中的重要地位。

姚莹"志在经世"①，为学"不好经生章句，务通大意，见诸施行。文章善持论，指陈时事厉害，慷慨深切"②。他在《康輶纪行》自叙中称自己在嘉庆年间就开始了解海外"夷情"③。鸦片战争时，姚莹正值台湾道台任内，他积极组织台湾军民抗英，并根据英军俘虏的审问记录编成《世界地理图说》一书。在台湾期间，他还写成《东槎纪行》五卷。《东槎纪行》也为一部经世之作，重在对台湾史地的考察。吴德旋在评价该书时曾说："其中言兵事诸篇，切实详备，凿凿可见之施行。"④ 鸦片战争后，姚莹写就的经世著作《康輶纪行》更是使他与魏源、龚自珍等同时

---

① 《姚先生莹》，《惜抱学案》上，徐世昌等编《清儒学案》（四），中华书局 2008 年版，第 2500 页。
② 《姚莹传》，载赵尔巽撰《清史稿》（38），中华书局 1977 年版，第 11671 页。
③ 姚莹：《自叙》，载姚莹著，施培毅、徐寿凯点校《康輶纪行、东槎纪略》，黄山书社 1990 年版，第 2 页。
④ 吴德旋：《〈东槎纪略〉序》，载姚莹著，施培毅、徐寿凯点校《康輶纪行、东槎纪略》，黄山书社 1990 年版，第 527 页。

代的经世史家站到了同样的历史高度。①

《康輶纪行》是姚莹两次奉使西藏喀木（今昌都地区，旧名康，笔者注）所写的日记，是一部杂记性的史地著作。关于该书的写作经过、书名由来及写作目的，姚莹曾有叙及：

> 《康輶纪行》者，道光甲辰、乙巳、丙午间，莹至蜀中，一再奉使乍雅及察木多抚谕蕃僧而作也。乾隆中考定，察木多又名喀木，其地名康，非《新唐书》"南依葱岭，九姓分王"之康国也。使车止此，故名吾书，纪其实焉。外蕃异域之事，学者罕习，心窃疑之。虽历代外夷，史皆有志，而今昔不同，要当随时咨访，以求抚驭之宜，非徒广见闻而已。今理藩院职掌者，特臣属朝贡之国耳。天下有道，守在四夷，岂可茫然存而不论乎？莹自嘉庆中每闻外夷桀骜，窃深忧愤，颇留心兹事，尝考其大略，著论于《识小录》矣。然仅详西北陆路，其西南海外，有未详也。及乎备兵台湾，有事英夷，钦奉上询英地情事，当时第据夷酋颠林所言，绘陈图说，而俄罗斯距英地远近，莫能明焉，深以为恨，及更勤求访问。适友人魏默深贻以所著《海国图志》，大获我心。故乍雅之役，欣然奉使，就藏人访西事，既得闻所未闻，且于英人近我西藏之地，与夫五印度、俄罗斯之详，益有征焉。②

从姚莹所述，该书的写作受魏源《海国图志》启发，是一本开眼看世界、志在抵御列强侵略的经世之著。书中所写所记，皆是作者实地见闻，"或得之佛寺碉堡，或得之雪桥冰岭"③，非文人墨客书室杜撰之作。按姚莹自叙，该书的内容约有六端："一、乍雅使事始末；二、喇嘛及诸异教徒源流；三、外夷山川形势风土；四、入藏诸路道里远近；五、泛论古今学术事实；六、沿途感触杂撰诗文。"④

---

① 姚莹提倡"经济之学"对当时的学界特别是对桐城派的发展有一定的影响，方宗诚曾说："桐城之文，自植之先生（方东树）后，学者多务为穷理之学。自石甫先生（姚莹）后，学者多务为经济之学。"［方宗诚：《柏堂文集·桐城文录序》，光绪六年（1880）刻本］

② 姚莹：《自叙》，载姚莹著，施培毅、徐寿凯点校《康輶纪行、东槎纪略》，黄山书社1990年版，第1页。

③ 同上。

④ 同上。

作为桐城古文名家，姚莹所写《康輶纪行》中的诸多杂论均写得"文情并茂，议论风生，绝少矫揉造作之弊"①。

值得注意的是，姚莹在《康輶纪行》卷十三中，收有《文贵沉郁顿挫》一文，该文通过对"沉郁顿挫"的详细阐述表达了作者对"文章"的看法：

> 古人文章妙处，全是沉、郁、顿、挫四字。沉者，如物落水，必须到底，方著痛痒。此沉之妙也，否则仍是一浮字。郁者，如物蟠结胸中，展转萦遏，不能宣畅；又如忧深念切，而进退维艰，左右窒碍，塞厄不通，已是无可如何，又不能自已，于是一言数传，一意数回。此郁之妙也，否则仍是一率字。顿者，如物流行无滞，极其爽快，忽然停住不行，使人心神驰向，如望如疑，如有丧失，如有怨慕。此顿之妙也，否则仍是一直字。挫者，如锯解木，虽是一来一挫，而齿凿巉巉，数百森列，每一往来，其数百齿，必一一历过，是一来凡数百来，一往凡数百往也；又如歌者，一字故曼其声，高下低徊，抑扬百转。此挫之妙也，否则仍是一平字。文章能去其浮率平直之病，而有沉、郁、顿、挫之妙，然后可以不朽，《楚辞》《史记》、李杜诗、韩文是也。嗟呼！此数公者，非有其仁孝忠义之怀，浩然充塞两间之气，上下古今穷情尽态之识，博览考究山川人物典章之学，而又身历困穷险阻惊奇之境，其文章亦乌能若是也哉！今不求数公之所以为人，而惟求数公之所以为文，此所以数公之后罕有及数公者也。②

"沉郁顿挫"最早见于杜甫《进雕赋表》。③ 杜甫作为忧时忧民的现实主义作家，"沉郁顿挫"四字是他对自己创作风格的总结。杜甫所以形成这样的创作风格，自然与他所处的时代有关，在这种风格的背后，是国

---

① 姚莹著，施培毅、徐寿凯点校：《康輶纪行、东槎纪略》，黄山书社1990年版，第3页。

② 姚莹：《康輶纪行·文贵沉郁顿挫》，载姚莹著，施培毅、徐寿凯点校《康輶纪行、东槎纪略》，黄山书社1990年版，第411页。

③ 杜甫在《进雕赋表》中写道："则臣之述作，虽不能鼓吹《六经》，先鸣数子；至于沉郁顿挫，随时敏捷，扬雄、枚皋之徒，庶可企及也。"［（清）仇兆鳌注，秦亮点校：《杜甫全集》（3），珠海出版社1996年版，第1779—1780页］

运的衰落、苍生的疾苦、个人的坎坷遭遇。姚莹在此对"沉郁顿挫"四字的一一阐释，某种程度上也是他对《康輶纪行》行文风格的自我总结。这种现实主义的创作风格其实是对桐城派古文之法的一种新发展甚至是超越。

桐城派古文讲求"雅洁""清澄无滓"①、"宽博朴雅"②。所以要求文风"雅洁"，究其本质，与帝王对"雅乐"的需要有相通之处。雅文、雅乐既可教化规范民众，也可衬托国泰民安。当近代中国社会面临大变局时，强敌环伺、国家危亡、民众疾苦，种种的因素都迫使近代中国的知识分子不得不关注现实，不得不在一定程度上转向现实主义。到了姚莹所生活的时代，"雅洁"的文字不仅与危机四伏的现实显得有些脱节，也与大转折时代知识分子的愤懑心境易趣。姚莹创作《康輶纪行》，以"沉郁顿挫"的文字"博览考究"边疆情形，就是这一时代大变局对作家创作风格影响的一种具体体现。每一个人都生活在具体的时代之中，当时代发生剧变时，生活在其中的人也会随之而变化，文风的转换只不过是其中的一种变化而已。这种变化在最初也许不很明显，但随着时间的推移，其变化的积累到了一个临界点的时候即会引发文风、学风乃至整个社会发生颠覆性的转换甚至革命。

值得注意的是，姚莹在该书中已经开始对中西方文化展开初步的对比研究。姚莹关于中西文化的对比研究有两大点值得关注。

其一，姚莹有关中西文化初步的对比研究是建立在自己的亲见亲闻上。

姚莹在《康輶纪行》中有关中西方文化的初步对比研究并非建立在对西方文化道听途说的基础上，而是建立在自己的亲见亲闻上。《康輶纪行》中收有《外夷讲图书》一文，姚莹在其中这样写道："余尝至英夷之舟中，见其酋室内列架书籍，殆数百册，问之，所言亦与回人相似，而尤详于记载及各国山川风土，每册必有图。其酋虽武人，而犹以书行，且白夷泛海，习天文算法者甚众，似童而习之者。盖专为泛海观星，以推所至

---

①　方苞：《〈古文约选〉序例》，载方苞著、刘季高校点《方苞集》下，上海古籍出版社2008年版，第614页。

②　梅曾亮：《〈太乙舟山房文集〉叙》，《柏枧山房文集》卷5，咸丰六年（1856）刊本。

之地道里方向远近，必习知此，乃敢泛海舶纵所之也。"① 这段文字是姚莹在《康輶纪行》中关于自己与"外夷"接触的直接记载。姚莹在任台湾兵备道期间组织军民对抗英军的经历不仅使姚莹有机会与西方文化直接接触，也使他在接触西方文化之初就开始思考如何从具体层面迎接西方文化、军事挑战的问题。在那个对西方世界认识严重不足甚至歪曲的时代，这种直接的、真实的接触与思考使姚莹在《康輶纪行》中有关中西方文化的对比及结论就具有了相当宝贵的价值。

其二，姚莹与西方文化的直接接触使他对中西学术、文化的对比在一定程度上跳出了传统中国知识分子狭隘的夷夏观。

面对面的接触、直接的文化对比与冲击，使姚莹真正意识到了"吾儒"的缺陷。在《康輶纪行》中的《外夷讲图书》一文，他就如此批评中国知识分子的盲目自信："吾儒读书自负，问以中国记载，或且茫然，至于天文算数，几成绝学，对彼夷人，能无泚然愧乎？"② 在《外夷留心中国文字》一文中，他又严厉批评中国儒家知识分子不讲实学、坐井观天、茫昧自安的保守思想："平居大言，谓一事不知为耻，乃勤于小而忘其大，不亦舛哉！观英吉利、普鲁社、耶马尼之留心中国文字，日本、安南、缅甸、暹罗之讲求记载，是彼外夷者，方孜孜勤求世务，而中华反茫昧自安，无怪为彼所讪笑、轻玩，致启戎心也。"③ 两相对比，姚莹深感不安，认为若继续"坐井观天，视四裔如魑魅，暗昧无知，怀柔乏术，坐致其侵凌，曾不知所忧虑，可乎！甚矣，拘迂之见，误天下国家也"④。姚莹在这里所作的中西方对比，从大处讲，涉及中西方文化的全面对比；从小处讲，姚莹其实更侧重对中西方学术研究方法的对比，西方重"实学"，而中国则几乎不讲"实学"。不讲"实学"，不"勤求世务"正是近代以来中国落后挨打的重要原因。

姚莹在《康輶纪行》中有关中西文化、学术的对比明显表现出对西方文化、西方"实学"的赞赏甚至欣羡的态度。作为一个坚守理学的中

---

①   姚莹：《外夷讲图书》，载姚莹著，施培毅、徐寿凯点校《康輶纪行、东槎纪略》，黄山书社 1990 年版，第 127 页。

②   同上。

③   姚莹：《外夷留心中国文字》，载姚莹著，施培毅、徐寿凯点校《康輶纪行、东槎纪略》，黄山书社 1990 年版，第 358 页。

④   同上。

国传统知识分子，姚莹于此表现出的文化态度在相当程度上预示了包含传统学术在内的中国传统文化在近代中国的悲剧性命运。不知姚莹在感叹中西方学术、文化的差距时，是否感知到了中国传统文化、学术及桐城派的未来命运？姚莹也许没有想到，他对中西方学术、文化的对比，已经悄然打开了包括桐城派在内的中国传统文化、学术在近代中国的衰亡之门。尽管如此，姚莹关于中西方学术、文化的对比及思考，仍是桐城派学人在新的历史条件下适应时代需要的一种尝试与努力。客观而言，这种努力使桐城派跟上了时代发展的节奏。

从姚莹在初步接触西方文化后对中西方文化的对比及态度，再联系新文化运动中新文化旗手们对"旧文化""旧学术"彻底的批判态度，可见两者之间在文化态度上实有相通之处。新文化运动中对中国传统"旧文化""旧学术""旧道德"的批判，对西方"新文化""新学术""新道德"的呼唤并非突兀而生，这种批判与呼唤在晚清初年的中国知识分子那里早已见端倪。

桐城派名士姚莹早在新文化运动前半个多世纪就开始了对"旧文化""旧学术"的反思，没有料到桐城派在新文化运动中竟然被列为"旧文化"的典型，其中既可看出历史发展的无常，也可看出近代中国知识分子对"新"的特别渴望。当然，这个"新"所包含的主要内容当然是西方的而非传统中国的。近代中国人所以渴求"新"，就在于西方文化之"新"与中国文化之"旧"的巨大反差，当这种反差以国家强弱的形态真实地展现在国人面前时，"旧文化""旧学术"就面临被抛弃的危机了。由此看来，决定近代中国知识分子文化选择的不是文化、学术的传统与价值，而是国家、民族生存的现实需要。"新文化""新学术""新道德"能让国家强新生，仅此一点就决定了"旧文化""旧学术""旧道德"在近代中国的最终命运。

（三）桐城—湘乡派有关西学绍介的史地著述

洋务思潮是经世致用思潮在新的时代背景下的直接延继。求实、务实的经世精神推动着经世思想家将"师夷长技"的思想付诸实践，使晚清学习西方的思潮不断走向深入。在这一思潮的影响下，有关西方的史地著作大量涌现，成为中国近代学术特别是近代史学的一大特征。晚清桐城派与洋务思潮关涉甚深，桐城派的诸多学人在洋务时期所撰述的与西方文化相关的史地著述，为近代国人展现出一幅有关西方文化的崭新图景，开拓了近代国人的文化及学术视野。

桐城派发展至咸同时期，由于洋务领袖曾国藩的加盟，一度出现了"桐城中兴"的盛况。众多士子聚集到曾国藩的麾下，形成了一个以"曾门四子"（黎庶昌、吴汝纶、张裕钊、薛福成）及郭嵩焘、王先谦等为代表的具有浓厚政治色彩的文学派别，即桐城派—湘乡派。① 桐城—湘乡派成员不仅在桐城派古文上各有建树，而且多为名重一时的封疆大吏、洋务派官僚。② 作为洋务派领袖的曾国藩自不待言，其他如吴汝纶（1840—1903）、薛福成（1838—1894）、黎庶昌（1837—1898）、郭嵩焘（1818—1891）等或居曾国藩幕府、李鸿章幕府中担当幕僚，或充驻外使节，任地方官职，均以积极鼓吹、办理洋务名世。作为洋务派的桐城派学人兼有文人与政客的双重身份，这种身份使他们跳出了散文的局限，将笔触更多地伸向广阔的现实与西洋之学。

洋务时期的桐城—湘乡派人士如薛福成、郭嵩焘等人留下的著述，多为奏章、书牍、政论文章、日记。③ 其中，他们所著的使西日记及使西游记，在文体上近于介绍西方见闻的考察报告，其内容也涉及西学的众多方面，举凡"化学、重学、声学、植物学、测量学，所包者广"④。薛福成、郭嵩焘等人所撰写的旅欧日记更是开辟了近代中国知识分子记述西洋风土

---

① 有学者不认同曾国藩中兴桐城的说法。吴孟复认为："'桐城'自'桐城'，'湘乡'自'湘乡'。"（详见吴孟复《桐城文派述论》，安徽教育出版社2001，第150页）柳春蕊认为，"曾国藩开创的'湘乡派'有别于'桐城派'，是独立于桐城派的另一系统"，"以前文学史和文论史论及曾国藩时，都认为是曾国藩扩大桐城派堂庞，中兴了桐城派，这一论断过于泛化，针对性不强"，"曾国藩论文宗'奇偶'之气，而非'义法'，这是一个重要分水岭，让我们看到曾国藩开启的'湘乡派'是独立于桐城派的另一系统，是建立在湖南固有文学传统基础之上"。［柳春蕊：《咸同时期湖南士人的古文与事功》，《南开大学学报》（哲学社会科学版）2007年第5期］

② 马其昶在述及此点时曾说："当曾文正公开阁延士，宾僚极一时之选。朝廷置封疆大吏，率取材曾门。"（马其昶：《〈濂亭集〉序》，《抱润轩文集》卷3，宣统元年安徽官纸印刷局石印本）曾国藩幕府中的"宾僚"多为桐城—湘乡派学人。薛福成在《叙曾文正公幕府宾僚》一文对此有较为清晰的说明。［详见薛福成《叙曾文正公幕府宾僚》，《庸庵文编》，载沈云龙主编《近代中国史料丛刊》第95辑，（台北）文海出版社1973年版］

③ 关于薛福成、郭嵩焘等人的文章，桐城派内部文士如吴汝纶、张裕钊等人对其评价并不高。如吴汝纶就认为："郭、薛长于议论，经涉殊域矣，而颇杂公牍·笔记体裁，无笃雅可诵之作。"［吴汝纶：《与黎莼斋》，载施培毅、徐寿凯校点《吴汝纶全集》（三），黄山书社2002年版，第100页］

④ 薛福成：《出使英法意比四国日记》，载丁凤麟等编《薛福成选集》，上海人民出版社1987年版，第615页。

人情的新天地。这些著述主要有王先谦所著的《日本源流考》、黎庶昌所著的《西洋杂志》、郭嵩焘所著的《使西纪程》、薛福成所著的《出使四国日记》《续瀛环志略》等。① 从内容上看，这些著述更多地涉及对西方各国近当代国情的记录，反映了近代中国先进分子对于西方文化的认识程度，是研究近代中国人认知西方文化历程的珍贵史料。

　　王先谦（1842—1917）曾主讲岳麓书院，② 编有《续古文辞类纂》。他所编写的《日本源流考》作于中日甲午战争之后，为反思战败之作。该书为编年体，记载日本开国至明治二十六年（1893）的历史，该书虽参考了日本有关史籍，但在史料上主要是依据中国史籍中相关日本的记载。作者认为近代日本的成功主要与学习西方技艺有关：近代日本"捐弃故技，师法泰西。曾不数年，屹然为东方强国"③，但作者又同时认为日本之强盛不在维新变法，而在尊王、重农、兴商，其"世王"制度才是日本强盛的根本原因。作者由此引出结论：中国之自强不在变法，而在保持纲常伦理。书中还用一定篇幅辑录明代戚继光、俞大猷等人的抗倭资料，反映出作者的爱国之心。王先谦还历四年之功编成《五洲地理志略》，书中荟萃了古今中外的史地图籍，对欧美各主要国家的地理概貌作了较详细的介绍。

　　作为"曾门四子"之一的黎庶昌曾任驻英、法、德、西使馆参赞五年，他根据自己的见闻，写成《西洋杂志》。该书以古文形式详细介绍了西欧各国的政教得失、科学技术、文化教育、风土人情等，由于其内容是对当时西欧各国国情的实况记载，具有珍贵的史料价值，被誉为"西洋风俗图"。1881 年至 1889 年，黎庶昌曾两次出任清王朝驻日本国大臣，任职期间，他搜求流传至日本而国内已失传的唐、宋、元古籍共 26 种，汇刻为 200 卷《古逸丛书》，被誉为近代中国丛书之冠。

　　郭嵩焘于 1854—1856 年佐曾国藩幕，为桐城—湘乡派的重要成员。

---

　　① 当然，薛福成、郭嵩焘等人撰写使西日记不仅仅是个人兴趣所在，还与当时朝廷指派的任务有关。据薛福成载，其时清廷规定：出国使节"凡有关系交涉事件，及各国风土人情，该使臣皆当详细记载，随事咨报……自当用心竭力，以期有益于国"。（薛福成：《出使英法义比四国日记》，岳麓书社 1985 年版，第 26 页）

　　② 王先谦，字益吾，号葵园，湖南长沙人，同治乙丑进士，官国子监祭酒，力主思贤、城南、岳麓书院等讲席。王先谦"私淑桐城文学，其为文一以姚鼐宗旨为归"。（刘声木撰、徐天祥点校《桐城文学渊源·撰述考》，黄山书社 1989 年版，第 333 页）

　　③ 王先谦：《〈日本源流考〉序》，《王先谦诗文集》，岳麓书社 2008 年版，第 118 页。

光绪二年（1876），郭嵩焘赴英任驻英公使，两年后又兼任驻法使臣。赴英途中，他以日记体形式写成记载沿途见闻的《使西纪程》。作者在书中一是客观记述了途经各国的地理位置、风土人情、宗教信仰及政治制度等；二是对这些见闻作出了评价。该书的最大特点就是超越了洋务派官僚的局限，盛赞西方的民主政治制度，故郭嵩焘又常被视为早期维新变法思想的代表人物。

薛福成曾任出使英、法、意、比大臣，在驻欧使节四年任内，他对欧洲的政治、经济、军事、教育、法律等制度进行了详细的观察与研究，并将自己的见闻及思考编成《出使四国日记》，为近代中国人观察西方的重要史料。

综观洋务时期桐城—湘乡派人士有关西学绍介的史地著述，具有这样几个特点。

其一，作为洋务思潮的倡导者与实践者，"中体西用"的文化观深刻地渗透到桐城—湘乡派学人的历史观中，并成为他们取舍、剪裁西方历史、文化及学术的重要标准。

桐城—湘乡派作为洋务思想的宣传者与实践者，"中体西用"是其文化观的最大特色。"取西人器数之学，以卫尧舜禹汤文武周孔之道，俾西人不敢蔑视中华"①，薛福成的这句名言是对桐城—湘乡派"中体西用"文化观最形象的说明。"尧舜禹汤文武周孔之道"即为"中体"，也即桐城派所言之"义理"，而"西方器数之学"则为"西用"。当他们面对西方社会的种种文化现象时，"中体西用"就成为何取何舍的重要标准，即取"西用"而舍"西体"。在《西洋杂志》中，黎庶昌虽然用了较大篇幅去介绍西方各国的国情及历史文化，但其主要内容还是局限在器物文化层面，虽偶也涉及西方政治制度，但也被他纳入"中体"的范围中："西人立法施度，往往与儒暗合，世徒见其迹之强也，不思其法为儒所包，而反谓儒为不足用，是乌足语道哉！"② 西方的政治制度既然"为儒所包"，儒家之道即"中体"就更是不可动摇了。理论决定思想高度与学术视野，政治思想上的局限性决定了桐城—湘乡派学人对西方历史文化包括西方近

①　薛福成：《筹洋刍议·变法》，载丁凤麟等编《薛福成选集》，上海人民出版社1987年版，第22页。

②　黎庶昌：《儒学本论序》，《拙尊园丛稿》卷5，光绪乙未（1895）金陵状元阁印本。

当代史的"全面介绍"其实是有局限的介绍。论及晚清桐城派的中体西用观，还有必要论及王先谦的文化态度。王先谦认为中学是形而上的求道之学，而西学则只是形而下的工艺之学。在《与俞中丞》一文中，他提出：西学源自古代中国，汉代以后"中国缺焉弗讲而已"，西学在近代传入中国，是"天将使中国圣教行于西土，西土艺术还之中国，亦宇宙自然之气运也"。王先谦所言归纳起来其实就是晚清流行一时的西学中源论。西学中源说在坚守"中体"的同时，还认为西学是源自古代中国，从本质上看，西学中源论其实就是"中体西用"说更为保守的一种表现形式。"西学中源"的文化观直接影响了王先谦对日本及西方诸国历史文化介绍与阐释的角度。在《日本源流考》中，王先谦对日本源流演变的材料进行有意识的裁剪、阐释，从而得出日本强盛虽与学习西方技艺有关，其根本原因却为日本"世王"制度的结论。从某种程度上看，历史既是社会发展本身所创造的历史，也是可以为人所剪裁编辑的历史，站在"中体西用""西学中源"的角度所筛选、梳理出的西方历史、文化自然也就成了"中体西用""西学中源"论的注脚。近代中国在学习西方的道路上所以屡屡走偏，不仅与近代国人对西方的认识程度有关，也与近代中国知识分子先入为主、模式化的历史观、文化观有关。

其二，如果说历史变易观在"姚门弟子"那里仅仅表现为变革朝政、学习西方的愿望与主张，到桐城—湘乡派诸人这里则具体化为对西方的学习。

晚清中国所面临的的巨大社会危机使传统知识分子复古、循环的历史变易观逐渐发生转变，这种转变在时间上表现为逐渐由古代转向近当代；在空间上表现为由中国逐渐转向西方；在观念上表现为由守旧逐渐转向主张变革；在文化态度上表现为由文化自信逐渐转向文化谦卑。促成这些转变的根本原因还是近代中国所面临的"非常之变"，要应对这个"非常之变"，就必须变易改革，必须学习西方，不然就有亡国灭种的危险，正如王先谦所言："非常之变，盖非常礼所能制驭。虽古圣处今日，其法不能不变也。"① 随着危机的不断加深与西学的不断传入，在洋务思潮中，历史变易观的演化进一步具体化为对学习西方文化特别是在器物文化层面的

---

① 王先谦：《工商论》，载王先谦撰、梅季校点《王先谦诗文集》，岳麓书社2008年版，第12页。

呼吁与实践，这在作为洋务思潮宣传者与实践者的桐城—湘乡派这里表现得尤为明显。黎庶昌不仅提倡"因时适变"①，他还由《易》"物穷则变，变则通，通则久"的历史变易观推论出："使孔子而生今世也者，其于火车、汽船、电报、机器之属，亦必择善而从矣!"②"向令孟子居今日而治洋务，吾知并西人茶会、音乐、蹈舞而亦不非之，特不崇效之耳。"③ 西人的"音乐、蹈舞"与西方思想文化已颇为密切，若这些都"不非之"，那么对西方的"火车、汽船、电报、机器之属"，甚至对经济、教育、人情风貌的介绍甚至学习又有什么可非议的呢? 在学习西学问题上，洋务时期的知识分子与嘉道时期的知识分子已经有了很大的不同，这个不同一是表现为他们对于西方的了解已非道听途说，他们已经踏上西方的土地开始真实的观察与思考;二是表现为他们的历史变易观开始具体化为对西方物质文化的广泛学习。他们对西方历史文化真实且相对全面的介绍，突破了中国传统史学以本国历史为中心的局限，促进了传统史学向近现代史学的转换，加快了中国传统学术近代转型的步伐。

虽说桐城—湘乡派的历史变易观较之嘉道时期的经世派跨越了一大步，但他们的变易步伐也只局限在学习西方物质文化层面的范围内，政治制度层面的改革似乎与他们的距离还很远。郭嵩焘、薛福成似乎是个例外，他们由于其思想的敏锐性及出使西国的经历，较早窥出洋务思想的弊端。他们赞赏西方的政治制度，成为早期维新思潮中的代表人物，但仔细研究后会发现:他们的笔下虽然时时闪现出早期维新变法思想的光芒，但他们执意于桐城"义理":薛福成始终坚持"桐城诸老所讲义法，虽百世也不能移"的立场;④ 郭嵩焘也始终推尊桐城派"义法"说，强调文章要以儒道为宗旨，"上原于道德，下周于民俗"⑤。两人虽然倾慕西方的政治制度，但他们又认为西方的"一切政教均有可观，独三纲之训，究逊于

---

① 黎庶昌:《〈续古文辞类纂〉序》,《拙尊园丛稿》卷2,光绪乙未（1895）金陵状元阁印本。
② 黎庶昌:《儒学本论序》,《拙尊园丛稿》卷5,光绪乙未（1895）金陵状元阁印本。
③ 同上。
④ 薛福成:《〈寄龛文存〉序》,载丁凤麟等编《薛福成选集》,上海人民出版社1987年版,第239页。
⑤ 郭嵩焘:《谭荔仙〈四照堂诗集〉序》,《郭嵩焘诗文集》,岳麓书社1984年版,第71页。

中国"①。如果在学习西方"政教"时仍坚持"君为臣纲",那么君权则是不可妄动的权威,议会制的采用无非是用来辅佐弥补君权制的不足而已,正如郭嵩焘所言,西方议会制只可用来为朝廷"裨益大局"②。即使如此,他们对西方"政教"的介绍,仍极大地开阔了近代中国人的眼界,为洋务思潮向维新思潮的跳跃铺下了最初的基石。

其三,黎庶昌、郭嵩焘、薛福成等桐城—湘乡派人士的使西经历,使他们得以从不同侧面接触当时国人闻所未闻的西方历史文化。如何记载、介绍这种闻所未闻的文化,对于晚清学人来说是一个新课题,桐城—湘乡派借助古文笔法及大量的新造名词栩栩如生地向国人介绍西方新事物,不仅为国人打开了一扇了解西方文化的窗户,也对以古文介绍西方近当代历史及西方历史文化作了有益的尝试。

桐城—湘乡派人士有关西方各国文化的著述在内容上可谓无所不包的"全面介绍",这较为典型地反映了刚刚踏出国门的近代中国知识分子对西方社会及历史文化的一种认知状态。他们以一种急切的心理将其所见、所闻、所思全部记录下来,试图在这种全面的观察中去寻求救国强国的道路。虽说晚清知识分子对西方各国历史文化特别是西方近当代史的关注是"以史为鉴"的传统史学思想在新的历史背景下的一种表现形式,但究其根本原因还是在救亡图存的现实压力,这种压力迫使近代中国人不断加深学习西学的程度。可以这样认为:较早走出国门并对真实的西方国情及历史文化展开全面介绍的晚清知识分子才真正开启了近代中国学习西方的历程,真实的西方是什么却都不知道,何谈学习?

当走出国门的桐城—湘乡派人士以游记、随笔、采风录、见闻记的形式全面记录西方历史文化、政教风俗、生活方式的时候,他们在具体写作上还面临着的一个问题:有关西方文化的诸多新事物、新名词不仅在语言形式上突破了桐城派古文对语言"雅洁""清澄无滓"的要求,③ 在内容上也会对桐城派古文"义理"提出挑战。面对这些问题及挑战,薛福成

---

① 薛福成:《出使四国日记》,载丁凤麟等编《薛福成选集》,上海人民出版社1987年版,578页。

② 郭嵩焘:《办理洋务横被构陷折》,载郭嵩焘撰、杨坚校补《郭嵩焘奏稿》,岳麓书社1983年版,第388页。

③ 方苞:《〈古文约选〉序例》,载方苞著、刘季高校点《方苞集》下,上海古籍出版社2008年版,第614页。

认为：“方今西洋诸国情状，贾、陆、苏三公与文正所不及睹也。福成即睹四贤所未睹之事矣，则凡所当言者，皆四贤所未及言……古人虽往，论事者不得因其事为古人所未谂，遂谓奋笔纂辞，可不师古人也。”① 综观这一时期走出国门的桐城派学人如黎庶昌、薛福成、郭嵩焘等有关西方文化的作品，不管在语言形式还是在内容上都极大地突破了桐城派古文“气清体洁”的“家法”②，下面试举几例予以说明。

如黎庶昌在《西洋杂志》中曾如此记载西方的芭蕾舞演出：

> 女子数十百人，皆着一种粉白裈袜，俨若肉色，紧贴腿足，若赤露其两腿然。腰间用各色轻纱十数层，缝为短衣紧束之。结对而舞，则纱皆飏起，此又极变换之致矣。③

黎庶昌在这里所记载的芭蕾舞就是当时中国闻所未闻的一种新事物。芭蕾舞女演员穿粉白裈袜，若赤露其两腿，这类表演要在理学家眼里，恐怕就是失节纵欲、突破男女之防的大事了。但黎庶昌在这里则以简洁的语言描绘其纱裙飏起、舞姿变换，给人以无限的美感与遐想，④ 丝毫没有嘲讽、贬斥的意味。

又如郭嵩焘在《伦敦与巴黎日记》中曾具体记载英国议院辩论情形：

> 其议政院坐位竟亦分列左右，右为新政府党，左为旧政府党；而列入新党者常多，亦权势所趋故也。其主议院者，谓之斯毕格，坐正

---

① 薛福成：《出使四国奏疏》，载丁凤麟等编《薛福成选集》，上海人民出版社1987年版，第518页。

② 吴汝纶：《与姚仲实》，载施培毅、徐寿凯校点《吴汝纶全集》（三），黄山书社2002年版，第51页。

③ 黎庶昌：《跳舞会》，载黎庶昌《西洋杂志》，社会科学文献出版社2007年版，第29页。

④ 关于《西洋杂志》的语言风格，有学者如此评价：“黎庶昌在《西洋杂志》中用其所擅长的桐城派古文笔法描写异域事物。叙述文字简明平实，并无夸丽浮饰之词，文风从容淡定。尤其擅用白描手法，寥寥数语，神韵毕现，历历如绘，给人以身临其境之感。籍由这些综合表现手法，黎庶昌为当时的国人构建了异国的形象。”（王继红：《校注后记》，载黎庶昌《西洋杂志》，社会科学文献出版社2007年版，第218页）这段评价也适用于对当时使西的其他桐城—湘乡派学人所著相关作品的评价。从总体上看，洋务时期桐城—湘乡派学人的使西作品在语言风格上基本是“桐城派古文笔法”，但在新名词的采用及所载内容上都对桐城派古文“义法”有诸多突破。

中堂皇。始就坐，斯毕格赞称静坐止言谈，即有应称起立者，论所诘事。答者俟其语毕，起立申辩。其右要紧事件，斯毕格起传其名，令早自陈说。凡有言皆起立，其余皆坐，语毕退就坐，乃继起应之，无敢儳言者。下议院，洋语曰好斯曷恪门斯；上议院，洋语曰好斯曷甫乐尔知。①

"斯毕格"即英国议院议长，为英语 Speaker 的音译；"好斯曷恪门斯"即英国下议院，为英语 House Commons 的音译；"好斯曷甫乐尔知"即英国上议院，为英语 House of Lords 的音译。桐城派古文讲求语言"雅洁"，不用俚语俗词，② 而郭嵩焘在这里用桐城派古文闻所未闻的"音译"新名词向国人展示出西方议院辩论时的真实场景，使国人对西方的政治体制有了具体层面的真实了解。郭嵩焘在这里所采用的音译法为近代中国学者介绍西方文化常用的一种翻译手法，如新文化运动中的"民主"与"科学"的两大口号在当时常常被称为"德先生"与"赛先生"，所谓"德先生"与"赛先生"其实就是 Democracy 与 Science 的音译。

桐城—湘乡派对近当代史的关注不仅表现为对西学的关注，还表现为对清朝历史的关注，他们于清朝相关历史的梳理及研究上用力颇深，并在编年体清史著述、清朝人物传记整理等方面取得了颇多成就。

在编年体清史著述方面主要有王先谦与潘颐福纂辑的《东华续录》。此书编纂时体例仿蒋良骐所编《东华录》，《东华录》为努尔哈赤天命朝至雍正朝共六朝的编年体史料长编，王先谦嫌其过于简略，特详加增订、加修，由努尔哈赤天命年号一直延展至同治十帝共十一个年号，合称《十一朝东华录》。《东华续录》与《清实录》《东华录》相互补充，互见详略，至今仍是研究清代历史的基本史料。该书取材广泛，"凡登载谕旨，恭辑圣训、方略；编次日月，稽合本纪、实录。制度沿革纂会典，军务奏折取方略、兼载御制诗文，旁稽大臣列传"③。编者在编辑时还加进

---

① 郭嵩焘著，钟叔河、杨坚整理：《伦敦与巴黎日记》，岳麓书社 1984 年版，第 159—160 页。

② 方苞：《归震川文集后》，载方苞著、刘季高点校《方苞集》上，上海古籍出版社 2008 年版，第 117 页。

③ 王先谦：《〈东华续录〉跋》，载王先谦撰、梅季校点《王先谦诗文集》，岳麓书社 2008 年版，第 30 页。

不少夹注、按语,以进一步对正文中相关的典章制度、官员职务升迁作进一步说明,同时根据正文附录了相关史料。

在清朝人物传记资料整理方面主要的有钱仪吉所纂《碑传集》、缪荃孙所纂《续碑传集》、李元度所编《国朝先正事略》。

钱仪吉私淑姚鼐,"其风指与姚鼐相近,论文亦颇法姚鼐"①,其所纂《碑传集》为采集各种传记资料而成。全书分 25 类,收录 2000 余人,引用著作 560 多种。全书虽为资料汇编,编者却以按语形式表达了编者的观点。钱仪吉编纂是书意在经世,他在《碑传集》后序中曾说:"辑诸家碑蒐罗旧闻,谓其有裨于实用也。"《碑传集》颇有影响,是书编成后,陆续出现了刘承干纂《碑传集拾遗》、缪荃孙纂《续碑传集》、闵尔昌纂《碑传集补》、汪兆镛纂《碑传集三编》等人物资料汇编。

缪荃孙为桐城派私淑弟子,②曾任清史馆总纂,其所编《续碑传集》接续钱仪吉《碑传集》,共收录道光至光绪四朝间人物 1911 人,分为宰辅、部院大臣、内阁九卿、翰詹、科道、曹属、督抚、河臣、监司、守令、校官、佐贰杂职、武臣、忠节、藩臣、客将、儒学、文学、孝友、义行、艺术、烈女二十二类,与《碑传集》的分类相比较,新增客将一类,《碑传集》中的理学、经学合并为儒学一类,宗室、功臣两类则被删除,其他则大致相同。

李元度为桐城派私淑弟子,"笃好方苞、姚鼐文"③,其所编《国朝先正事略》是对从清初到咸丰时期名人的分类资料汇编,其中正传 500 人,附传 608 人,分名臣、名儒、经学、文苑、遗逸、循吏、孝义等类。该书虽为资料长编,却与单纯资料长编有所不同,"各事迹皆采自私家传志、郡邑志乘,间及说部,仍正以《国史列传》,有合十数篇为一篇者,其间穿穴联剟,颇费匠心"。该书收载的相关史料甚为翔实,编者曾言:"以事实所关,宁详毋略,宁密毋疏。昔全谢山表章前哲,动辄数千言,意在

---

① 刘声木撰、徐天祥点校:《桐城文学渊源·撰述考》,黄山书社 1989 年版,第 179 页。钱仪吉,字蔼人,号定庐,浙江嘉兴人,嘉庆丙辰进士,官刑科掌印给事中。

② 缪荃孙,字筱珊,号艺风,江阴人,光绪丁丑进士。"论文奉桐城文家为古文正宗,其古文亦沿用桐城义法。"(刘声木撰、徐天祥点校:《桐城文学渊源·撰述考》,黄山书社 1989 年版,第 333 页)

③ 李元度,字笏庭,好次青,湖南岳阳平江人,道光癸卯举人,官贵州布政使,"笃好方苞、姚鼐文","与曾国藩、刘蓉等以文字相切摩,其为文,才识宏裕,语皆心得,多发前人所未发"。(刘声木撰、徐天祥点校:《桐城文学渊源·撰述考》,黄山书社 1989 年版,第 330 页)

使后只秉笔者据为底本。"①

综观以上数书，均具有明显的桐城派的学派特征，这种学派特征一是体现为对本学派的维护及对异己学派的排斥。如李元度所编《国朝先正事略》在对人物的筛选时就带有明显的学术偏向，今文经学家一般不入传，龚自珍未选入，魏源未列入"经学"集而是列入"文苑"集，仅仅作为《邓显鹤传》中的附传。二是体现为对桐城派之"义"即纲常名教的维护。李元度编纂《国朝先正事略》的主旨就是要"使读者油然生忠孝之心"②；王先谦纂辑《续东华录》的"区区之意"也是"欲得家置一编，循览绅绎，于以体圣训而遵正直荡平之路"③。

对于传统中国知识分子来说，文、史、哲三家并无多大沟壑。在近代中国面临巨大危机的时代关口，当桐城派学人将笔触指向现实，指向近当代史及西方历史文化的时候，他们也就以文学家、理学家的身份汇入了晚清史学经世的浪潮中。

晚清桐城派以古文笔法对西方各国历史文化的介绍虽未摆脱桐城派古文"义理"的桎梏，却易为那个时代的国人所接受，体现出晚清那个特殊时代的中国知识分子介绍、接受西学的独有特征。历史的发展总是一步步向前，近代中国知识分子对西方历史文化的介绍、接受与理解也是一步步循序展开。虽说后起的新文体之于西方历史文化的介绍对读者"别有一番魔力"，但若没有晚清桐城派等传统学人以古文形式介绍西方历史文化的筚路蓝缕之功，很难想象新文体史家能在清末民初掀起全国性的文化波澜，也很难想象中国学术能在相对不长的时间内完成从传统向近代的转型。

四　曾国藩"中兴桐城"及其理学经世思想的特征

嘉道以来社会危机的不断加深及知识分子对学术经世的日渐重视，都有利于强调经世致用的理学一派的发展，理学经世思潮在嘉道以后的不断走强就证明了这一点。在这一大的时代背景及学术背景之下，素有经世传

① 李元度：《国朝先正事略·凡例》，岳麓书社 2008 年版，第 5 页。
② 同上。
③ 王先谦：《〈东华录〉跋》，载王先谦撰、梅季校点《王先谦诗文集》，岳麓书社 2008 年版，第 30 页。

统的桐城派一定会迎来一次发展的高峰。咸同时期，随着湘军统帅、洋务领袖、理学大师、古文大家曾国藩的加盟，使桐城派迎来"桐城中兴"的又一发展黄金期。①

（一）曾国藩"中兴桐城"对于桐城派发展的重要意义②

曾国藩"中兴桐城"之于桐城派的发展具有一定的特殊性，其特殊性就在于曾国藩是湖南湘乡人而非安徽桐城人。在曾国藩之前，桐城派的三代领袖即方苞、刘大櫆、姚鼐均为桐城人，这也是桐城派被称为"桐城派"的一个重要原因。湖南湘乡人曾国藩加盟桐城派并成为其领袖既未改变桐城派的学派性质，也未改变其发展方向，一是因为桐城派虽是以地域命名的学派，但其地域性的文化特征并不强烈，尤其是在其发展、传播过程中，通过桐城派学人广泛的书院教学，桐城派早就超越了地域的限制发展而成为一个具有全国性学术视野及影响的学派；③ 二是因为曾国藩在兴起桐城时特别申明，"国藩之初解文章，由姚先生启之"④，这也就是向世人宣称自己所承接的是自方苞、刘大櫆、姚鼐一线的桐城派传续。从以上两个角度来看，曾国藩接桐城派传续，中兴桐城，就是桐城派整个发展过程中的一个有机组成部分。

咸丰八年（1858），曾国藩作《〈欧阳生文集〉序》。在这篇文章中，曾国藩以叙写他人学术取向的方式，曲折表达了自己欲"曲折以求合桐城之辙"⑤，这被视为曾国藩加盟、中兴桐城之始。一年之后，即咸丰九

---

①　曾国藩何以要兴起桐城派是学术界颇为关注的一个问题，相关的研究成果很多。相关的研究成果可参看拙文《曾国藩兴桐城与倡洋务之间的联系》，《贵州社会科学》2002 年第 3 期；郭延礼《曾国藩与桐城派的"中兴"》，《社会科学辑刊》1988 年第 6 期等。

②　所谓曾国藩"中兴桐城"的说法，是目前学界关于这一问题的普遍认同的表述方式。除此之外，也有别的表述方式。如近人清冷居士在《重印姚氏〈古文辞类纂〉王氏〈续古文辞类纂〉序》中如此表述："（桐城派）流风振于湖南，而湘乡曾国藩最为雄杰。"（清冷居士：《重印姚氏〈古文辞类纂〉王氏〈续古文辞类纂〉序》，载姚鼐、王先谦编《正续〈古文辞类纂〉》，浙江古籍出版社 1998 年版，第 4 页）"振"与"中兴"所表达的意思基本一致。但清冷居士于此以"雄杰"概括曾国藩的文风，又意在指明桐城派在曾国藩手中所发生的新变化。有学者就此变化认为："曾国藩'中兴'了'桐城派'，其实非是。曾国藩正是在'桐城派'最主要的一点上，改变了'桐城派'的精神面貌。"（吴孟复：《桐城文派述论》，安徽教育出版社 2001 年版，第 150 页）

③　参见拙文《戴名世与桐城派关系辨析》，《安徽史学》2008 年第 5 期。

④　曾国藩：《圣哲画像记》，《曾国藩全集》（14），岳麓书社 2011 年版，第 152—153 页。

⑤　曾国藩：《〈欧阳生文集〉序》，《曾国藩全集》（14），岳麓书社 2011 年版，第 205 页。

年（1859），曾国藩又作《圣哲画像记》。在此文中，曾国藩不仅将桐城派古文大家姚鼐列为三十二圣哲，还公开宣称"国藩之初解文章，由姚先生启之"①，这是曾国藩加盟桐城派的最明确表达。

曾国藩加盟并中兴桐城派之于桐城派的发展具有相当重要的意义，其最重要的意义就是使嘉道时期的桐城派一举走出低谷。

嘉道时期的姚门弟子虽然也敏感地感知到了时代的变化并在一定程度上跟上了经世致用思想的步伐，但由于学术大师级人物的欠缺，这一时期的桐城派并未完全走出发展的低谷。关于这一点，其时的桐城派学人也有所认识，方东树就在《复罗月川太守书》中坦言切盼有"得一二大人君子在位者，为人望所瞩，庶几足以震荡海内，开阖风气"②。曾国藩的加盟可谓其时桐城派求之不得的机遇，桐城派借此走出了嘉道以来的发展低谷。

其实，在曾国藩加盟桐城派的前夕，桐城派所面临的已经不是发展低谷而是生死存亡的问题了。在席卷南中国的太平天国之"乱"中，安徽一度成为太平天国的统治区域，"桐城沦为异域"③。太平军敌视儒家文化，④ 以安徽桐城为学派中心的桐城派的命运也就可想而知了。作为湘军统帅的曾国藩加盟桐城派，对处于生死存亡之际的桐城派自然具有延续其学派生命，使桐城派"遗绪赖以不坠"的重大意义。⑤

曾国藩之于晚清学术发展的意义不仅在于"中兴桐城"，还在于进一步推动了咸同时期的宋学复兴。关于这一点，梁启超曾如此阐述："乾、嘉以来，汉学家门户之见极深，'宋学'二字，几为大雅所不道，而汉学家支离破碎，实渐已惹起人心厌倦。罗罗山（泽南）、曾涤生（国藩）在道、咸之交，独以宋学相砥砺，其后卒以书生犯大难成功名。他们共事的人，多属平时讲学的门生或朋友。自此以后，学人轻蔑宋学的观念一变。换个方面说，对于汉学的评价逐渐低落，'反汉学'

———————————

①　曾国藩：《圣哲画像记》，《曾国藩全集》（14），岳麓书社2011年版，第152—153页。

②　方东树：《复罗月川太守书》，《仪卫轩文集》卷7，同治七年（1868）刻本。

③　曾国藩：《〈欧阳生文集〉序》，《曾国藩文集·诗文》，岳麓书社1985年版，第205页。

④　关于这一点，曾国藩在《讨粤匪檄》中有夸张式的陈述。详见曾国藩《讨粤匪檄》，《曾国藩全集》（14），岳麓书社2011年版，第140页。

⑤　王先谦：《〈续古文辞类纂〉序》，载姚鼐、王先谦编《正续〈古文辞类纂〉》，浙江古籍出版社1998年版，第276页。

的思想常在酝酿中。"① 时代变了，国人所面临的问题也变了，随着现实需要的转换，反映到学术上，就是学术评价标准的转换及学术思潮的转向。在咸同时期，人们最为关切不是考证辑佚，而是需要战乱的平息。理学家曾国藩"以书生犯大难"，不仅成就了个人的功名，也使当时"学人轻蔑宋学的观念一变"②。由此看来，近代中国学术的发展走向与转换具有相当的实用色彩，这种实用色彩也多半是缘于现实特别是内忧外患的巨大压力。

（二）曾国藩理学经世思想的三大特征

　　与姚莹、梅曾亮等姚门弟子相较，曾国藩的人生经历及学术思想均比较复杂，故此处特别强调从兴起桐城的角度去分析曾国藩的理学经世思想，而不是从整体上去宏观考察曾国藩的理学经世思想。③ 从曾国藩兴起桐城派的角度，也即将曾国藩视为桐城派成员的这个角度出发，曾国藩的理学经世思想有如下三大特征。

　　其一，从曾国藩兴起桐城的最直接原因来看，兴起桐城是曾国藩在应对"洪杨之乱"时护道、卫道的一种手段，而护道、卫道正是曾国藩理学经世思想的最重要特征。④

　　曾国藩所以加盟桐城派，中兴桐城派显然有着借此举振兴宋学义理之

---

　　① 梁启超：《中国近三百年学术史》，《饮冰室合集》专集之75，中华书局1989年影印本，第26页。

　　② 同上。

　　③ 姚莹等姚门弟子的学术身份很简单，终其一生来看就是桐城派学人，而曾国藩的身份则不是如此单纯，仅从学术上看，他在兴起桐城派之前，就已经以理学名世。故曾国藩首先是一个理学家，然后才是一个古文家。如果将曾国藩视为一个桐城派古文家时，在研究其理学经世思想时，在研究范围上就应有所限制。在研究人物的学术思想时，要注意这种阶段性的特征，既不能将阶段性的思想与总体性思想等同起来，也不能以总体性的思想去替代阶段性的思想。从这个视角出发，笔者于此尽量从桐城派的角度研究曾国藩的理学经世思想，不作过多展开。关于曾国藩理学经世的相关研究成果可参看张昭军《曾国藩理学思想探析》，《北京师范大学学报》（社会科学版）2004年5月；韩立君：《试论曾国藩的理学经世思想》，《辽宁师范大学学报》1999年1月等。

　　④ 此处所言的"道"有多种含义，如果从学术的角度分析，其含义就是作为宋学理论核心的程朱之道，从这个角度来说，卫道、护道所针对的对立面是汉学一派；如果从道德的角度分析，其含义则是指程朱所倡导的伦理道德，从这个角度来说，卫道、护道所针对的对立面是太平天国对儒教的毁弃。其实，卫道、护道也是整个晚清时期理学经世思潮的一个重要特征。在学术上，理学经世学家们倡言程朱之学，力求重建理学一派的学术主导地位；在道德上，理学经世家们大力弘扬程朱伦理道德，以图用程朱道德统摄整个社会。

说，弘扬程朱之道的卫道目的，① 这在曾国藩所作的《〈欧阳生文集〉序》一文中体现得很是清楚。在这篇文章中，曾国藩从两个方面论及自己要接桐城派传续的缘由：一是宋学义理之说为汉学一派所遮蔽，而桐城派在乾嘉汉学独盛时犹独排众议，兢兢于义理传承；二是自洪杨之乱，桐城沦陷，桐城派学人也多陷于战火，学派薪火难继。桐城派以传承程朱之"道"为己任，当其处于学派存亡之际时，自当挽以援手。细读此文，自会明白曾国藩中兴桐城绝非意在兴起一个学派，而是意在借此兴起程朱之"道"，其卫道、护道之心昭然若揭。由于此文之于曾国藩兴起桐城的重要性，现部分引摘如下。

> 当乾隆中叶，国内魁儒畸士崇尚鸿博，繁称旁证，考核一字，累数千言不能休。别立帜志，名曰"汉学"。深摈有宋诸子义理之说，以为不足复存，其为文尤芜杂寡要。姚先生独排众议，以为义理、考证、词章三者不可偏废。必义理为质，而后文有所附，考据有所归。一编以内，惟此尤兢兢。当时孤立无助，传之五六十年。近世学子稍稍诵其文，承用其说。道之兴废，亦各有时，其命也欤哉？自洪、杨倡乱，东南荼毒，钟山石城，昔时姚先生撰杖都讲之所，今为犬羊窟宅，深固而不可拔。桐城沦为异域，既克而复失。戴钧衡全家殉难，身亦欧血死矣！
>
> 余来建昌，闻新城、南丰兵燹之余，百物荡尽，田荒不治，蓬蒿没人，一二文士转徙无所。而广西用兵九载，群盗犹汹汹，骤不可爬梳，龙君翰臣又物故。独吾乡少安，二三君子尚得优游文学，曲折以求合桐城之辙。而舒焘前卒，欧阳生亦以瘵死。老者牵于人事，或遭乱不得竟其学；少者或中道夭殂。四方多故，求如姚先生之聪明早达，太平寿考，从容以跻于古之作者，卒不成得。然则业之成否，又得谓之非命也耶？②

从所引《〈欧阳生文集〉序》上述文字，会发现太平天国之"乱"是曾国藩决意兴起桐城派的一个重要背景。在曾国藩看来，在太平天国控制下的

---

① 当然，曾国藩早年居京时喜爱古文，与桐城派人士如梅曾亮诸人往来密切，双方在思想上相互"冥合"，这是曾国藩中兴桐城派的重要的学术及思想基础。曾国藩与桐城派人士在学术及思想上的契合主要表现为共宗理学及共主汉宋调和。详见拙文《曾国藩与桐城"中兴"》，《湖南人文科技学院学报》2012 年第 6 期。

② 曾国藩：《〈欧阳生文集〉序》，《曾国藩全集》(14)，岳麓书社 1994 年版，第 205 页。

桐城已经成为"犬羊窟宅",沦为"异域",桐城与桐城派的遭遇就是洪杨之乱以来"名教"被毁的一个典型,拯救桐城派就是拯救儒家之道。① 如果说曾国藩创办湘军的一个目的是"赫然奋怒,以卫吾道"②,那么曾国藩兴桐城就是其卫道、护道中的一个重要组成部分。

卫道、护道不仅是曾国藩理学经世思想的重要体现,其实也是当时理学经世之士的普遍共识。正如笔者在本章开篇所强调:每到国家面临危难的时刻,中国传统知识分子素有的经世思想就会被激发出来。理学一派由于对事功、经世的特别重视,故理学之士更易汇入晚清经世致用的社会浪潮中。太平天国运动爆发时,清王朝面临着内忧、外患两大危机,其时的理学之士多激于国难,"思以一身奠安天下",以"负天下之重"③。这也是作为理学家的曾国藩在当时登高一呼而一呼百应的一个重要原因。为说明这个问题,此处试以罗泽南为例予以说明。

罗泽南(1807—1856),湖南双峰人。罗泽南强调理学经世,"能以学问道德发为事功"④,罗泽南与曾国藩在学术上声气相求,两人在道、咸之交"以宋学相砥砺"⑤。作为湘军名将的罗泽南不仅与曾国藩同为晚清理学的代表人物,还在文学上颇多建树,有研究者认为罗泽南之文是

---

① 如果对比阅读曾国藩所作的《讨粤匪檄》,就能更清楚地说明这一点。《讨粤匪檄》中有这样一段文字:"自唐虞三代以来,历世圣人,扶持名教,敦叙人伦,君臣父子,上下尊卑,秩然如冠履之不可倒置。粤匪窃外夷之绪,崇天主之教,自其伪君伪相,下速兵卒贱役,皆以兄弟称之,谓惟天可称父,此外凡民之父,皆兄弟也;凡民之母,皆姊妹也。农不能自耕以纳赋,而谓田皆天王之田;商不能自贾以取息,而谓货皆天王之货;士不能诵孔子之经,而别有所谓耶稣之说,《新约》之书;举中国数千年礼义人伦,《诗》、《书》典则,一旦扫地荡尽。此岂独我大清之变,乃开辟以来名教之奇变,我孔子、孟子之所痛哭于九原!凡读书识字者,又乌可袖手安坐,不思一为之所也!自古生有功德,没则为神。王道治明,神道治幽,虽乱臣贼子,穷凶极丑,亦往往敬畏神祇。李自成至曲阜,不犯圣庙;张献忠至梓潼,亦祭文昌。粤匪焚郴州之学宫,毁宣圣之木主,十哲两庑,狼藉满地。嗣是所过郡县,先毁庙宇。即忠臣义士,如关帝、岳王之凛凛,亦皆污其宫室,残其身首。以至佛寺、道院、城隍、社坛,无庙不焚,无像不灭。斯又鬼神所共愤怒,欲一雪此憾于冥冥之中者也!"[曾国藩:《讨粤匪檄》,《曾国藩全集》(14),岳麓书社2011年版,第140页]这段文字极力渲染太平天国对于中国传统礼仪人伦及文化的破坏,而桐城及桐城派的遭遇显然是一个被破坏的典型。兴起桐城派自然有对抗太平天国、重建"名教"的代表意义。

② 曾国藩:《讨粤匪檄》,《曾国藩全集》(14),岳麓书社2011年版,第140页。

③ 郭嵩焘:《郭嵩焘诗文集》,岳麓书社1984年版,第38页。

④ 郭嵩焘:《郭嵩焘日记》第3卷,湖南人民出版社1981年版,第906页。

⑤ 梁启超:《中国近三百年学术史》,《饮冰室合集》专集之75,中华书局1989年影印本,第26页。

"桐城派之嗣响湘乡文派的典范之作"①。关于罗泽南的一生，其好友郭嵩焘曾有如下评论：

> 公以武功立名天下，卒殉国难。其视天下之事，梦然而如伤，其思以一身奠安天下，泰然而自任。而其深究夫治乱之原，轻重缓急之势，充然若有以自得也。盖公之学出于《西铭》，博求夫仁之体，而得其理一分殊之用。研之精而辨之晰，而其为道又在乎严理欲之防，而明义利之辨。其于富贵贫贱，祸福死生，泊然无足动其心者。而少时艰难困苦，独处荒山之中，而世变之繁赜，民生之疾苦，无一不返之于身，以求其变通屈伸之理。其言语动静，又一皆本之以敬，达之以诚；反复夫陆、王之辨别，以为其流必至于放诞。此其心之所存，造次细微，立言之旨，无或逾焉者也。公既以书生视师，其时若李忠武、王烈武及今李希庵中丞，皆故从公游。明天人性命之旨，体中正仁义之实，起为将帅，功成身显，诚所谓古今事局之变者。而公之自命以劳定国，以死勤事，固其生平身负天下之重有如此也。②

由郭嵩焘这段文字，可看出咸同之际理学之士的学术关怀与经世之志。郭嵩焘所论虽仅指向罗泽南一人，其实具有一定的普遍性。不管是对道德重建的强调，还是理学经世的学术倾向，还是慨然以"负天下之重"的经世济邦之志，均是那个时代的知识分子特别是理学之士的普遍选择，这种普遍性的选择正是湘军统帅、理学大家曾国藩能借卫道、护道之名登高一呼而一呼百应、会聚起包括理学之士在内的传统中国知识分子合力卫道、护道的重要原因。

其二，曾国藩中兴桐城，既可以借桐城派古文以卫道、护道，也可以借桐城派古文以宣传洋务。此亦可以看出包括桐城派文士在内的晚清理学经世学家们既固守程朱之道，又能在器物文化层面积极学习西方的两大特征。

程朱之道是桐城派古文的核心内容，长于古文的桐城派人士显然是明

---

① 需要强调的是，视程朱理学为"正学"的罗泽南对"词章"之学的评价不高，他甚至将词章之学与义理之学视为互相对立的。参见张晨怡《罗泽南理学思想研究》，三秦出版社 2007 年版。

② 郭嵩焘：《郭嵩焘诗文集》，岳麓书社 1984 年版，第 38 页。

道、卫道、护道的坚定力量。当桐城沦于"异域"时,"功勋莫二,又为文章领袖"① 的曾国藩宣称自己加盟、扶植桐城派时,"转徙无所"、无所依傍的桐城派文士自然会集在曾国藩的大纛下为"道"而战。曾国藩幕府一时成为桐城派文士的聚集之地,其时,会集在曾国藩帐下的桐城籍著名桐城派文士有吴汝纶、方宗诚等。② 当然,由于桐城派本身是一个跨地域,具有全国性影响的学派,其人员构成并不限于安徽桐城一域。③ 其时追随曾国藩并以古文名世者除了上述桐城籍文士外,更多的是非安徽籍的文士如薛福成、郭嵩焘等人,④ 也正是因为如此,这一时期的桐城派亦被称为桐城—湘乡派。桐城—湘乡派的人员构成其实很复杂,其主要成员除去安徽、湖南人士外,其他尚有贵州遵义人黎庶昌、湖北鄂州人张裕钊、浙江德清人俞樾等,这既反映出曾国藩"中兴桐城"时期桐城派在人员构成上的复杂性,也反映出这一时期桐城派的兴旺。

曾国藩不仅是湘军统帅、晚清理学大师,还是晚清洋务领袖,卫道及兴起洋务在曾国藩手上是并行不悖的两项重任。⑤ 聚集在他身边的桐城—湘乡派人士的身份也具有多重性,他们不仅是古文家,亦同时是帮助曾国藩赞画军事及洋务的幕僚。由此看来,桐城派古文到了曾国藩及桐城—湘乡派手上,除了传道、载道的任务之外,还要承载起介绍西方文化、宣传洋务的新任务。

洋务运动在相当程度上就是晚清理学经世思潮的延伸。洋务时期,急

---

① 李祥:《论桐城派》,《国粹学报》4 卷 12 期（1909 年 1 月 11 日）。

② 吴汝纶（1840—1903）,字挚甫,安徽桐城人;方宗诚（1818—1888）,字存之,号柏堂,安徽桐城人。

③ 桐城的区划自周以来发生了诸多变化。清时,桐城隶属安徽省安庆市,其地域大致涵盖了现在的桐城市、枞阳县全部和安庆市郊、庐江、舒城、怀宁、潜山等地的部分地区。（参见蒋越林《桐城文化研究的困境与解决途径》,《合肥师范学院学报》2010 年第 2 期）在学术研究中,桐城派中的"桐城"所包含的区域即指清朝时桐城的地理区划。

④ 薛福成（1838—1894）,字叔耘,号庸庵,江苏无锡宾雁里人。郭嵩焘（1818—1891）,字伯琛,号筠仙,湖南湘阴人。桐城—湘乡派所以得名,更多是因为其领袖曾国藩为湖南湘乡人的缘故。曾国藩为清朝湖南长沙府湘乡白杨坪（现属湖南省娄底市双峰县荷叶镇天子坪）人。

⑤ 曾国藩兴起桐城与其洋务思想、实践展开的时间大致平行。咸丰八年（1858）,曾国藩作《〈欧阳生文集〉序》,一年后,又作《圣哲画像记》,明确表示加盟桐城派。咸丰十一年（1861）,曾国藩上折提议朝廷购买外洋船炮,并将其视为"今日救时之第一要务"。[曾国藩:《复陈购买外洋船炮折》,《曾国藩全集》(3),岳麓书社 2011 年版,第 186 页] 同年,他在安庆设内军械所,试造新式枪炮,其洋务实践正式展开。关于这一问题,可参看拙文《曾国藩兴桐城与倡洋务之间的联系》,《贵州社会科学》2002 年 5 月。

欲了解西方的中国知识分子撰述了大量有关西方文化的书籍，极大地扩展了近代中国人对于西方文化的认识。这一时期的桐城——湘乡派学人积极汇入向国人介绍西方文化的潮流中，他们中的部分人由于其使西的特殊经历，① 他们根据自己的亲见亲闻所撰述的相关著述为国人较早展出一幅幅真实的西方文化场景，② 对推动洋务运动的深入及近代中国学术的转型产生了重大的影响。

其三，强调"义理""考据""词章""经济"四事兼容，此既体现出曾国藩对桐城派学术兼容传统的继承，也体现出在新的时代背景下，曾国藩对桐城派学术兼容传统及理学经世思想的新发展。

"义理、考据、词章"三事合一是姚鼐关于学术兼容的的基本主张。③ 虽然这一主张是基于宋学家的"义理"立场，但也反映出姚鼐对兼容及调解宋学家、汉学家、文章家三家冲突的尝试与努力。姚鼐有关学术兼容的主张为后学所继承，姚鼐的弟子姚莹就主张要对各学派"悉心折衷而兼采之"④。

曾国藩一脉相承桐城派学术兼容的学术传统与主张，在《〈欧阳生文集〉序》一文中，曾国藩就特别强调了姚鼐有关"义理、考据、词章三者不可偏废"的主张，⑤ 体现出曾国藩自中兴桐城派之始即重视桐城派学术兼容的传统。他在给其子曾纪泽的书信中就不仅教诲儿子要重视程朱义理的研习，还特别提及要"通"训诂、词章："至于训诂、词章二端颇尝尽心。尔看书若能通训诂，则于古人之故训大义、引伸假借渐渐开悟，而后人承讹袭误之习可改。若能通词章，则古人之文格文气、开合转折渐渐开悟，而后人硬腔滑调之习可改。"⑥ 由此可见，曾国藩对"义理、考据、词章"三事合一的强调并非一种表面姿态，当是出于内在的一种学术认同。

---

① 黎庶昌曾任驻英、法、德、西班牙四国参赞、驻日本国钦差大臣；郭嵩焘曾任驻英国大臣、驻法国大臣；薛福成曾出使英、法、意、比四国。

② 关于这一时期桐城—湘乡派学人所撰述的有关介绍西方文化的相关书籍在本章第三节中已专门论及。

③ 姚鼐：《复秦小岘书》，载姚鼐著、刘季高标校《惜抱轩诗文集》，上海古籍出版社 1992 年版，第 104—105 页。

④ 姚莹：《钱白渠七经概叙》，《中复堂全集·东溟文集》卷 2，同治六年（1867）刊本。

⑤ 曾国藩：《〈欧阳生文集〉序》，《曾国藩全集》（14），岳麓书社 2011 年版，第 205 页。

⑥ 曾国藩：《曾国藩家书》，中央民族大学出版社 1999 年版，第 1513 页。

曾国藩不仅继承了桐城派学术兼容的学术传统与主张，还多有创新与发展。这种创新最主要就体现他在"义理""考据""词章"三事之外，复提出"经济"一事，将姚鼐的"义理、考证、文章"三事合一说进一步发展为"义理""考据""词章""经济"四事合一说。① 曾国藩曾经开列了一个涉及此四事的基本书目，具体、直观地展现了他所言的"义理""考据""词章""经济"四事合一的入门途径：

> 义理之学，吾之从事者二书焉：曰"四子书"，曰《近思录》。词章之学，吾之从事者二书焉：曰"曾氏读古文钞"，曰"曾氏读诗钞"二书。皆尚未纂集成轶，然胸中已有成竹矣。经济之学，吾之从事者二书焉：曰《会典》，曰《皇朝经世文编》。考据之学，吾之从事者四书焉：曰《易经》，曰《诗经》，曰《史记》，曰《汉书》。此十种者，要须烂熟于心中。②

曾国藩作为一个注重事功的理学家，他在姚鼐的三事说之外复提出"经济"一事，并非仅仅停留在理论层面，自有其现实及实践层面上的考量。他不仅试图以"经济"为"兼容"汉、宋两家的具体手段，还试图以此引导当时学风向"经济""治世"的转换。

清代汉、宋两派虽攻讦不断，但双方也多有学者如戴震、姚鼐等人提出过汉宋兼容的学术主张。这些学者虽主张汉宋学术兼容，其实影响并不大，一是因为他们虽偶尔论及学术兼容，但在整体上仍然坚持自己的学术立场，在相当多的情况下，他们所言的学术兼容，只不过是在言辞上表达了一种表面的学术宽容而已，本质上看仍然是严分汉宋；③ 二是当时少有学者提出具体的学术"兼容"方法，他们所言的学术兼容多停留在理论层面，难以在实践层面具体落实。面对"汉宋二家构讼之端"这一旷日

---

① 曾国藩：《劝学篇示直隶士子》，《曾国藩全集》（14），岳麓书社 2011 年版，第 486 页。

② 曾国藩：咸丰元年七月初八日（1851 年 8 月 4 日）日记，《曾国藩全集》（16），岳麓书社 2011 年版，第 236 页。

③ 比如戴震、姚鼐两人分别作为乾嘉时期汉、宋学的代表人物，都曾表述过学术兼容的思想，但双方又互不包容，势若水火。这种学术矛盾还具有承继性，这其中尤以姚鼐弟子方东树为典型。他一方面在《汉学商兑》中对江藩等汉学家展开系统的批判；另一方面又宣称学术兼容，并以农夫、舂米者来比喻汉、宋两家之间相互依赖的关系。（方东树：《汉学商兑·重序》，《汉学师承记》外二种，生活·读书·新知三联书店 1998 年版，第 279 页）

已久的学术难题，曾国藩一方面表达了自己相对中立的学术态度，①　一方面则具体提出以"经济之学""治世之术"，来"通汉宋两家之结"②。在曾国藩看来，在国家多事之秋，汉、宋之间的学术争端无益于国家社稷，不管是汉学家还是宋学家都应以"经济""治世"为学术目的。目的相同，汉、宋两家"构讼之端"自然消融。

在鸦片战争以后，近代中国知识分子的注意力从整体上来看逐渐呈现出向"经济"与"治世"转移的明显轨迹。在这一大的学术发展趋势下，学派之争逐渐淡化，学术兼容成为学术大势，学术也日趋于实用，趋于"经济""治世"。曾国藩所提的"经济"一说正好与当时学术发展的趋势相吻合，自然也就具有了极大的号召力，并在一定程度上推动了当时的学术风气向"躬行""有用"方面的转变。③

仔细考察桐城——湘乡派成员的所言所行，会发现他们已经不仅仅局限于在纸上谈论"经济""治世"，他们中的相当部分人已经步入现实的政治生活与实践中，他们或从曾国藩"治军书、涉危难、遇事赞画"；或"以他事从公（曾国藩，笔者注），邂逅入幕，或骤致大用，或甫入旋出，散之四方"；或"以宿学客戎幕，从容讽议，往来不常，或招致书局，并不责以公事"；或"有一艺一能，各效所长"④。在曾国藩幕府中的特殊的、具体的实践经历使这部分桐城—湘乡派成员完成了从纯粹的书斋型知

---

① 曾国藩曾说：对"汉宋二家构讼之端，皆不能左祖以附一哄"。[曾国藩：《致刘孟容》，《曾文正公全集·书札》卷1，传忠书局光绪二年（1876）印本]

② 曾国藩：《复夏弢甫书》，《曾文正公全集·书札》卷13，传忠书局光绪二年（1876）印本。在此文中，曾国藩又将"经济之学""治世之术"称为"礼治"。

③ 关于曾国藩对于当时学风转变的推动，其弟子黎庶昌曾有论及："古之君子无所谓文辞之学，所习者经世要务而已。后儒一切废置不讲，专并此心与力于文辞，取涂已陋，而其所习又非古人立言之谓，举天下之大事，芒昧莫赞其一辞。道光末年，风气薾然，颓放极矣。湘乡曾文正公始起而正之，以躬行为天下先，以讲求有用之学为僚友劝，士从而与之游，稍稍得闻往往圣昔贤人修己、治人、平天下之大旨。而其幕府辟召，皆极一时英隽，朝夕论思，久之窥其本末，推阐智虑，各自发摅，风气为之一变。"[黎庶昌：《〈庸庵文编〉序》，《拙尊园丛稿》卷4，光绪乙未（1895）金陵状元阁印本]

④ 姜书阁：《桐城文派评述》，商务印书馆民国十九年（1930）版，第73—74页。[姜书阁此处的分类主要根据薛福成《叙曾文正公幕府宾僚》一文，详见薛福成《叙曾文正公幕府宾僚》，《庸庵文编》，载沈云龙主编《近代中国史料丛刊》第95辑，（台北）文海出版社1973年版]

识分子向实践型知识分子的转换。① 在这一转换过程中，由于近代中国知识分子对现实政治的日趋关注，学术之争虽然有逐渐淡化之势，但随之而起的则是政治上的分歧与矛盾。一般而言，学术纷争仅仅与学派利益相关，而政治纷争则关乎政治集团的生死甚至国家的存亡，故这种政治上的分歧与矛盾一旦产生，其激烈度注定远远高于学术之争。不管是维新期间维新派与顽固派之间的矛盾，还是清末革命中民主派与维新派之间的矛盾都说明了这一点。

客观分析，在曾国藩有关"经济""义理"关系的相关言论中就已经潜藏着政治纷争。曾国藩认为，"经济"与"义理"是"体"与"用"的关系："义理与经济初无两术之可分，特其施功之序，详于体而略于用耳。"② 既然是"体"与"用"的关系，自然是"义理"为先，"义理"为"经济"的主宰。主张洋务的曾国藩所言的"经济"的主要内容显然与学习西学有关，当然，在曾国藩这里，学习西学有一前提限制，即当"以义理之学为先"③。曾国藩这一番有关"经济""义理"的观点无非是其洋务思想的形象再现。与之相对立的具有政治色彩的观点有两种：一种是承认并维护"义理"，但坚决反对以学习西学为主的"经济"；另一种是强调对西方的学习，对"义理"则部分承认或完全不承认甚至坚决反对。前者以坚守义理，然坚决反对学习西学的倭仁、屠守仁等顽固派为代表；后者则以康有为、梁启超为首的维新派特别是以随后的以孙中山为首的革命民主派为代表。如果说倭仁等顽固派在有关"义理"的政治立场上与洋务派并无多大分别，维新派特别是革命民主派在这一点上则与曾国藩为首的桐城—湘乡派泾渭分明，在政治立场上判然两立。

由此看来，在近代中国，学术主张及纷争不仅暗含着政治主张及纷争，学术纷争还是政治纷争粉墨登场的前奏。在国家、民族面临危亡的时刻，政治及其纷争往往主宰了整个社会发展的基本走向，学术及其纷争在政治问题及其纷争面前几乎变得不值一提。

在传统中国社会中，社会危机会促使知识分子对社会政治、经济、文化进行全面反思，对文化的反思则往往集中在学术思想领域。这种极具现

---

① 桐城—湘乡派成员与曾国藩幕府幕僚有相当比例的叠合，详见姜书阁《桐城文派评述》，商务印书馆民国十九年（1930）版，第73—74页。

② 曾国藩：《劝学篇示直隶士子》，《曾国藩全集》（14），岳麓书社2011年版，第487页。

③ 同上。

实色彩的文化反思一旦将社会危机的产生与对主流学术的反思、批判联系起来，其结果往往会导致学术主流方向的改变。鸦片战争前后的社会大变局，不仅改变了传统中国的发展路向，也改变了中国传统学术的发展走向。经世致用思潮的勃兴就是这种改变在晚清学术领域的一种具体体现。不管是姚门弟子对道德重建的倡导，或是桐城—湘乡派文士以古文之笔介绍西方文化，还是曾国藩对理学经世的强调与实践，均是晚清理学经世思潮中的重要组成部分。不过，他们这些以救弊补天、挽救危亡为目的的经世努力不但没能达到预期的成效，反而在相当程度上加速了他们所要维护的政权及学术的衰亡进程。

在近代中国新的时代背景下，经世致用的内容与传统中国相较已经发生了变化，学习与介绍西学成为晚清经世致用思潮中的一个重要内容。桐城派文士学习与介绍西学的初衷一定是指向富国强兵，即他们所谓的救弊补天，但近代中国学习西学的发展路向显然偏离了他们的初衷，西学的不断深入最后引发的是近代中国包括学术转型在内的全面转型。这一转型过程也即是新、旧学术，新、旧文化，新、旧社会的转换过程，在这一转型过程中，桐城派作为旧学术、旧文化、旧社会的典型代表必然要为新学术、新文化、新社会所淘汰、取代。从这个角度看，不仅是新社会、新文化、新学术淘汰了桐城派，桐城派本身也是淘汰自身的一种力量。历史的最终发展路向往往超出学者们的初衷与预期，就如曾国藩举起洋务的大旗时，他恐怕没有想到洋务运动不仅没有完成卫道、护道的重任，反而是为维新运动与革命民主主义运动的次第发生准备了迈进的台阶。

第四章　甲午战后理学的衰落与清末桐城派的学术困境及学术传承

从晚清历史发展的大轨迹来看，不管是理学在晚清的演变，还是桐城派在晚清的兴衰，都与晚清政权的起伏基本同步。与晚清政权"同治中兴"大致同步的就是理学复兴及"桐城中兴"；甲午战后，随着晚清政权渐入衰境，理学的短暂复兴也就大致停滞了。桐城派由于与理学的关系特殊，故理学在甲午战后所面临的危机自然会波及桐城派的发展。伴随着理学在甲午战后的衰落，晚清桐城派也从"桐城中兴"的短暂辉煌中跌落下来，逐渐步入末路。在中国传统社会中，不管是作为官方哲学，还是作为官方哲学的代言人，在享受朝廷、"官方"的权力庇护时，自然就要承受朝廷、"官方"可能失势的风险。

甲午战败之于晚清政权来说是其命运的一个重要转折点。甲午战败后，风雨飘摇的晚清政权开始步入"末世"阶段，与晚清政权一同步入"末世"阶段的自然还有理学家与桐城派。在一个学派的衰亡期，我们显然不能过高估计它的学术生命力与创新力，正如我们不能期望穷途末路的晚清政府在政治改革上能有什么惊人之举。不过，这一时期的桐城派的生存与发展倒是有两点值得关注：一是桐城派在这一时期所面临的学术困境与传承危机，曾经的学术优势在新的时代背景下反而成为桐城派学术新生的枷锁；二是在面临困境与危机时桐城派所表现出的顽强生命力。清末桐城派在困境中仍能传承不缀、薪火相接就是这种生命力的具体体现。当然，这种生命力虽然顽强却无法与时代发展的浪潮相抗衡。辛亥革命后"新""旧"政权的更替及新文化运动中"新""旧"文化的更新都使理学及桐城派在"新时代""新政权""新文化""新学术"的大环境中最终失去了立锥之地。

一　甲午战后理学的衰落及桐城派面临的挑战

近代中国"自强"的速度显然赶不上西方列强急欲分割中国的步伐。晚清政权在中法战争、中日战争的接连失败，以惨烈的方式宣告了洋务派自强努力的流产。对外战争的失败极易使专制政府失去民众的信任与支持，中法战争、中日战争这两次战争的失败尤其是中日甲午战争的失败是晚清政权的转折点。自此以后，制度变革日益成为国人关注的重要议题。甲午战后维新变法思潮的高涨，既说明了近代国人学习西学的深入，也表明清政府的专制制度开始受到普遍的质疑，这种制度上的质疑使清政权开始面临真正的挑战。由此我们也可以明白为何专制政权特别害怕对外战争及抗拒改革，对外战争的失败会直接影响政权的权威及民众对政府的信任；改革则常常与政治体制改革相联系，其深入发展常常会引发现政权的颠覆，这两者都最为传统专制政权所忌讳与恐惧。但不管是忌讳也好，恐惧也好，在 19 世纪八九十年代的中国，历史就发展到了让清政府开始感到恐惧的时刻。当清政府的权威开始面临挑战的时刻，程朱理学与晚清桐城派也就开始面临真正的挑战。

（一）甲午战败后理学的衰落

由晚清政府所主导的洋务运动试图通过对西方器物文化层面的学习以图达到自救、自强的目的。关于这场运动的特征，冯桂芬总结得很是精当："以中国伦常名教为原本，辅以诸国富强之术。"① "诸国富强之术"与"中国伦常名教"是体、用之间的关系，两者是相辅相成的。曾国藩一边兴起洋务，一边力倡理学，中兴桐城派，其实就是其洋务思想在"体""用"两个方面的具体展开。

清政府在中日甲午战争中的惨败，也就意味着洋务派所主导的洋务运动的失败。这种破产体现为两个方面：一是在"用"的层面的失败。北洋海军是洋务派学习西方器物文化的象征与代表，北洋海军在甲午之战中的覆亡意味着洋务运动在"用"的层面上的破产。二是在"体"的层面的失败。此处所言的"体"其实就是程朱义理，当洋务派所主导的"用"

---

① 冯桂芬：《校邠庐抗议》，上海书店出版社 2002 年版，第 57 页。

失败后，他们所倡导的"体"即程朱义理也就面临危机了。

梁启超在《五十年中国进化概论》一文中从器物文化、制度文化、思想文化分层的角度来分析近代中国学习西方的进程，[①]此种分析虽有生硬之嫌，但也在相当程度上反映出近代中国人学习西方文化的两大特征：一是近代中国人对西方文化的认识与学习有一个逐步深化的过程；二是近代中国人学习西方文化的阶段性决定了每一个学习西方文化的阶段都会被下一个阶段所抛弃、淘汰。洋务运动、维新变法运动、革命民主主义运动、新文化运动在近代中国前后相继的演进过程就很生动地说明了这一点。甲午战败在宣告了洋务运动终结的同时，也开启了近代中国维新变法的步伐。当近代中国步入维新变法的新阶段时，洋务运动也就成为一个过去了的历史阶段。当洋务运动成为历史的时候，不管洋务时期的理学复兴、桐城中兴，还是随洋务运动而崛起的洋务派，所有这些与洋务运动相伴生、兴盛的思想、派别也就渐入衰境。在近代中国，今日为"新"物，明日即可能为"旧"物；今日还是学派"中兴"，转眼即可能转入发展衰境；今日还引领思想潮流，明日即可能被斥为思想保守。理学与桐城派在洋务运动后的被动处境仅仅是近代中国"新""旧"更替万象中的一个涟漪，在时代大潮的更迭中并不会激起多大的浪花。在国家危亡的时刻，一个学派的兴亡抑或某种学术的命运在救亡图存的重任面前又算得了什么呢？

（二）中国学术的近代转型与桐城派面临的学术困境

甲午战争后，西学东渐的进程明显加快。随着大量西学的快速引进，中国学术近代化的进程渐入快速轨道。如果说汉、宋学之争是中国传统学术之争的主线，那么在甲午战争后，传统的汉、宋学之争就逐渐演变为中、西学之争了。

传统中国的汉、宋之争从本质上看无非是为了争夺儒学的主导权，两者的争斗都局限在儒学的范围之内。故两者的争斗既有学派之间相互争斗的一面，也有相互依存的一面。但甲午战后的中、西学之争则与传统儒学内部的争斗迥然不同了，它是中、西方文化在近代中国学术领域内所展开的一场大纷争。在这场纷争中，中国传统学术特别是儒学面临着来自西方

---

① 梁启超：《五十年中国进化概论》，《饮冰室合集》（文集之39），中华书局1989影印本，第44—45页。

学术的严峻挑战。这种纷争与挑战也与中国传统学派之间的强弱之争不同，它是一场"新""旧"学术、文化之间的生存之争。在近代中国黜旧崇新、贬中媚西的文化大背景之下，作为"旧"学术、"旧"文化代表的理学及桐城派在这场"新""旧"学术的较量中注定要败给以西学为主体的"新"学术、"新"文化。

甲午战争后，中国传统学术所面临的危机主要体现为两个方面：一是西学大规模的传入；二是中国传统知识分子开始比较中、西学术的优劣。当中国知识分子开始尝试以西方学术标准来评判"中土之学"的时候，才是中国传统学术真正面临危机的时刻。一旦近代中国知识分子得出西学优于中学的结论，中学也就面临着被西学全面淘汰、取代的危机，近代中国学术的发展轨迹在相当程度上印证了这一点。

具有喜剧性的是，与桐城派关系十分紧密的严复不仅翻译了《天演论》《原富》《法意》《群学肄言》等一大批有关西方政治制度的书籍，①还曾从西方学术的科学标准角度对中、西方学术作过全面对比。严复在具体展开中、西学术对比时有两个特点。

一是严复在比较时所参照的是西方学术的科学标准。在《论世变之亟》一文中，严复提出：西学"其命脉云何？苟扼要而谈，不外于学术则黜伪而崇真，于刑政则屈私以为公而已"②。严复于此将"真""伪"作为评价学术的标准，正是以"真"为标准，使严复对中国传统学术的评价近乎完全否定："中土之学，必求古训。古人之非，既不能明，即古人之是，亦不知其所以是。记诵词章既已误，训诂注疏又甚拘，江河日下。以致于今日之经义八股，则适足以破坏人材，复何民智之开之与有耶。"③

二是严复从西方学术的科学标准出发将中、西学进行了等级划分。④

---

① 严复与末期桐城派领袖吴汝纶关系颇为紧密，吴汝纶曾为严复的译著《天演论》作序。具体细节可参看沈寂《吴汝纶与严复译著》，《安徽大学学报》2006 年第 4 期。

② 严复：《论世变之亟》，载王栻编《严复集》第 1 册，中华书局 1986 年版，第 2 页。

③ 严复：《原强修订稿》，载王栻编《严复集》第 1 册，中华书局 1986 年版，第 29 页。

④ 严复除了用西方的科学的标准来判断中学的"真""伪"外，还曾从"救亡"的实用层面来对传统学术之弊进行了价值判断，他认为：中国传统"学术末流之大患，在于徇高论而远事情，尚气矜而忘实祸"。词章、训诂之学"无用"，性理之学"无实"，"均之无救危亡而已矣"，故"举凡宋学汉学，词章小道，皆宜且束高阁也"。（严复：《救亡决论》，载王栻编《严复集》第 1 册，中华书局 1986 年版，第 44 页）不管是从何种标准出发，"中土之学"在严复眼中都远远低于、次于西学，这种崇西贬中的情况在近代中国学术流变史中是一个比较突出的文化现象。

严复认为，西方学术重在求"真"，以"宇宙""民物"为直接的研究对象，故为"真学"，为"第一手事"；而"中土之学"的"记诵词章""训诂注疏""经义八股"并非对客观世界的直接探索，只是"读书得知"，是学问的"第二手事"①。两相对比，高下立判。

由严复对中、西方学术所展开的种种对比，可以窥见传统经学在近代中国将被淘汰的命运。如果说甲午战败的结果是从救亡的实用层面再次证明了中国传统经学的无用，严复等近代知识分子则是举着西方科学的大旗将传统经学拉下了学术正统的宝座。当中国传统学术与西方学术被同置于学术比较的天平，而这架天平采用的是西方学术的科学标准，其比较的结果不言自明。在这样一场学术比较中，中国传统经学注定要充当失败的一方。在传统经学被中国知识分子贬为"第二手事"，甚至被斥为有碍"民智之开"的时代，为理学充当代言人的桐城派的未来命运就可想而知了。

不管是西学的大规模传入还是知识分子对中西学术的对比，都意味着近代中国学术的发展方向与格局将发生巨大的变化，这个变化的趋势就是西学将压倒中学并在近现代相当长的历史时期内占据中国学术的主导地位。在这一大的学术发展趋势的影响下，桐城派其实也在悄然发生变化，清末桐城派大师吴汝纶主张多译西书即是明证；② 与桐城派关系密切的林纾、严复对西学的大规模译介也是明证，③ 严复从西方科学精神角度对中学的考察与反思更是极大地推动了中国学术的近代化进程。关于他们的贡献，新文化的健将胡适也不得不表示自己的崇敬，并称赞"严复是介绍西洋近世思想的第一人，林纾是介绍西洋近世文学的第一人"④。关于这一点，周作人也曾有评述："主张文道混合的桐城派，这时也起了变化。严复出而译述西洋的科学和哲学方面的著作，林纾则译述文学方面。虽则严复的译文被章太炎先生骂为有八股调；林纾译述的动机是在于西洋文学有时和《左传》《史记》中的笔法相合，然而在其思想和态度方面，已有

---

①　严复：《原强修订稿》，载王栻编《严复集》第 1 册，中华书局 1986 年版，第 29 页。

②　吴汝纶曾说："西人之学，多吾所未闻，欲瀹民智，莫善于译书。"［吴汝纶：《天演论序》，载施培毅、徐寿凯校点《吴汝纶全集》（一），黄山书社 2002 年版，第 148 页］

③　林纾以古文笔法译介了大量西方文学作品，其代表作品有《巴黎茶花女遗事》《伊索寓言》《黑奴吁天录》《鲁滨孙漂流记》等。关于此问题的研究具体可参看贺志刚《林纾和林纾的翻译》，《国外文学》2004 年第 2 期等。

④　胡适：《五十年来中国之文学》，载欧阳哲生编《胡适文集》（3），北京大学出版社 1998 年版，第 211 页。

了不少的改变。"①

（三）清末教育制度的近代转型与桐城派面临的危机

笔者在第一章"清初学术流变与桐城派正统学术地位的确立"中将传统教育制度视为桐城派生长的学术土壤之一，并详细论述了桐城派的兴起、流布、发展与传统教育特别是与书院讲学之间的密切关系。这种密切关系主要体现为以下几个方面。一是历代桐城派成员积极从事书院讲学活动。据近人刘声木《桐城文学撰述·渊源》统计，自方苞创立桐城派至清末，曾在书院讲学的历代桐城派人士计有83人之多。② 二是其成员讲学书院的分布范围也很广，遍及华北、江南、华南等地区，如姚鼐曾讲学于江苏扬州梅花书院、江苏南京钟山书院、安徽安庆敬敷书院、安徽歙县紫阳书院；朱仕琇曾讲学于福建福州鳌峰书院、福建三明建宁潋川书院；③ 方东树曾讲学广东韶阳书院、安徽合肥庐阳书院、亳州泂湖书院、宿松松滋书院；张裕钊、吴汝纶曾主讲于河北莲池书院；王先谦曾讲学于湖南岳麓书院；吕璜曾讲学于广西秀峰书院；④ 何如璋曾讲学于广东的韩山书院；⑤ 高澎然曾讲学于浙江的杭州书院、福建的厦门书院；⑥ 孙葆田

---

① 周作人：《中国新文学的源流》，华东师范大学出版社1995年版，第53页。周作人甚至认为林纾、严复诸人对于新文学运动的兴起也有一定贡献：严复、林纾诸人 '一方面介绍西洋文学，一方面介绍科学思想，于是经曾国藩放大范围后的桐城派，慢慢便与新要兴起的文学接近起来了。后来参加新文学运动的，如胡适之、陈独秀，梁任公诸人，都受过他们的影响很大，所以我们可以说，今次文学运动的开端，实际是被桐城派中的人物引起来的"。（周作人：《中国新文学的源流》，华东师范大学出版社1995年版，第48页）

② 此数据根据刘声木所撰《桐城文学撰述·渊源考》统计。笔者在统计时未包括该书卷一、卷五中的相关数据。刘声木所撰《桐城文学撰述·渊源考》卷一收录师事、私淑归有光诸人；卷五主要收录阳湖派诸人。笔者认为这两卷中的相关人物其实与桐城派并无多大关涉。

③ 朱仕琇，字斐瞻，号梅崖，福建建宁人，乾隆戊辰（1748）进士。朱仕琇"以古文鸣于闽"，"凡闽人治古文者，不问知为仕琇弟子，否则亦闻之于仕琇弟子者"。（刘声木编撰、徐天祥点校：《桐城文学撰述·渊源考》，黄山书社1989年版，第349页）

④ 吕璜，字礼北，号月沧，广西永福人，嘉庆辛未（1811）进士，师事吴德旋，"深得德旋古文义法，为桐城嫡派"。（刘声木编撰、徐天祥点校《桐城文学撰述·渊源考》，黄山书社1989年版，第222页）

⑤ 何如璋，字子莪，广东大埔人，同治戊辰（1868）进士。如璋"夙治桐城古文之学，尤爱好曾国藩"。（刘声木编撰、徐天祥点校：《桐城文学撰述·渊源考》，黄山书社1989年版，第198页）

⑥ 高澎然，字雨农，福建光泽人，嘉庆辛酉举人，曾任内阁中书，宗法朱仕琇，"其父授以从朱仕琇所受古文法，肆力古文三十年"。（刘声木编撰、徐天祥点校：《桐城文学撰述·渊源考》，黄山书社1989年版，第359页）

曾历主河南武陟河朔书院、河南南阳宛南书院、河南开封大梁书院、山东济南尚志书院、山西太原令德书院等书院讲席。①

鸦片战争以后，包括传统书院在内的传统教育格局在西学的冲击下开始发生裂变，中国传统教育开始步入近代化的进程。就书院而言，其次第发生的重大变化有三。

一是始自洋务运动时期的有限度改革。洋务时期的书院变革主要局限在书院课程改革上面。洋务运动中，一些洋务派官僚为培养洋务人才，对任内所辖地区的部分书院的课程设置进行了一定程度的改革，其改革内容主要是新增西学实用课程。如光绪十六年（1890），湖广总督张之洞兴办两湖书院，在该书院的课程设置上，除保留经、史、诗、赋等传统课程，还新增外语、商务、经济、算学四种西学实用课程。

二是自维新变法开始的中国教育制度的大变革。戊戌维新中，即在光绪二十四年（1898），光绪皇帝曾颁布谕旨，将"各省府厅州县现有之大小书院，一律改为兼习中学、西学之学校"②。虽然戊戌变法最终失败，但其部分成果被保留下来，其中最著名者即京师大学堂。戊戌变法失败后，要求清政府改革的呼声并未停息。光绪二十八年（1902），晚清政府被迫推行新政改革。教育问题似乎无关制度痛痒，故教育改革常常成为传统专制政府在被迫改革时重点关注与改革的领域。在清末新政中，书院改革继续成为改革的重头戏。光绪二十七年（1901）八月，清政府颁布谕旨："著将各省所有书院，于省城均改设大学堂，各府及直隶州均改为中学堂，各州县均改设小学堂，并多设蒙养学堂。其教法当以四书五经纲常大义为主，以历代史鉴及中外艺学为辅。"③ 这道谕旨的颁布，从政府层面宣告了书院制度的终结。书院制度的终结必然伴随着新的教育制度的建立，光绪二十八年（1902）、二十九年（1903），清政府先后颁布《钦定学堂章程》也即壬寅学制、《奏定学堂章程》也即癸卯学制，这就从学制上为近代学堂的建立铺平了道路。

三是科举废除后传统书院的终结。光绪三十一年（1905），清政府下

---

① 孙葆田，字佩南，潍县人，同治甲戌（1874）进士，曾官宿松县知县。（刘声木编撰、徐天祥点校：《桐城文学撰述·渊源考》，黄山书社1989年版，第288页）

② 《上谕》，载中国史学会等主编中国近代史资料丛刊《戊戌变法》第2册，上海人民出版社2000年版，第34页。

③ 转引自白新良《中国古代书院发展史》，天津大学出版社1995年版，第267页。

令废除科举制度。科举制度的废除对作为其附庸的传统书院完成了最后一击。① 科举制度是清代教育制度的最后也是最重要的一环，当这个环节被取消以后，包括传统书院制度在内的各类传统教育机构也就失去了存在的归宿与意义。

桐城派的扩展、传承都与传统书院有着密切关系，故传统书院在晚清所发生的一系列变化都将对桐城派的发展产生了直接影响。当传统书院走向终结时，桐城派也快走到了自己的终点。

其一，始自洋务时期的书院变革最初只是对书院课程的增删调整，但仅仅是课程的调整就已经使在书院中讲学的桐城派学人感受到了来自西学的威胁。

书院课程改革始自洋务时期，其主要内容是在书院教学中增添西学实用课程以适应洋务实践的需要。既然有增，就有删，即便没有删，也会有旧课程分量的相应调整与减少。最早开展书院教学改革的洋务派没有料到随着时代的推进，中学课程会步步退缩，而西学课程则会步步紧逼，最后几乎占了中国各级学校课程设置的绝大壁江山。

在近代中国，改革者的一种尴尬就在于：一方面号召改革，另一方面又对即将到来的改革并无太多的准备和了解。正是因为如此，改革者常常因号召改革而引领风骚，又常常因改革的迅速推进而落后乃至被淘汰。在晚清书院教学课程改革的浪潮前，曾任岳麓书院院长的王先谦一方面试图跟上近代教育改革的步伐，另一方面又在新变革前显得没有底气，惴惴不安。他曾尝试在岳麓书院增设算学、译学两门新课程，② 但有些尴尬的是，这些新设课程对于作为书院院长的王先谦来说完全是陌生的知识领域。既要开设，开设了自己又完全不懂，不开设则跟不上时代潮流，面对

---

① 晚清各地书院改办学堂的高峰是在 1902—1906 年。至清朝灭亡前夕，残存的书院已经寥寥无几。参见邓洪波、段欣制作《各地书院改办学堂统计表》，载陈嘉谷、邓洪波编《中国书院史资料》（下册），浙江教育出版社 1998 年版，第 2512—2546 页。

② 王先谦在岳麓书院所推行的课程改革大致在光绪二十二年（1896）。其课程改革的要点是在经、史、掌故课程外，增加算学、译学两门课程，"兹拟定经、史、掌故、算、译各学，列为五门，以舆地并归史学（舆地本史志一端，至环球舆图，论测绘须先通算学，论翻译须先通译学，故无庸分别）。经、史、掌故，由院长自行督课，算学别立斋长，译学延请教习。"［王先谦：《岳麓书院院长王先谦月课改章手谕》，《湘学新报》第 9 册，光绪二十三年六月十一日（1897 年 7 月 10 日）］经、史、掌故，均在王先谦所熟知的知识体系之内，故他要"自行督课"，算学、译学则完全超出了他的知识范围，其教学只有另请高人了。

这个两难问题，王先谦显得颇有些无奈："算学、译学目前或非山长所能兼，则举诸生中之通晓者各一人，立为斋长分课之，而仍秉成于山长。"①在算学、译学这些新学面前，身为桐城派学术大师的王先谦只有甘居于学生之后，可见在新学大量涌入的时代，桐城派作为旧知识体系的代表已经有失去话语权的危险，处于被淘汰的边缘。

类似的情况在吴汝纶身上也曾上演过。吴汝纶为"曾门四子"之一，为曾国藩之后的末期桐城派领袖，曾任莲池书院山长。光绪二十四年（1898），光绪帝下旨将书院改为学堂，得知消息后，吴汝纶显得颇为失落，他在致友人的信中这样写道："书院改学，兼习中、西，下走不通西学，岂敢强作解事！昨已托保定沈太守代辞，但本年之局，不可不终，已禀知师相（李鸿章，笔者注），欲别谋一馆地，但恐滔滔天下，无地容此废物耳。"② 吴汝纶所以产生退意，甚至将自己贬为"废物"，不仅是因为书院改学，更是缘于自己对"西学"课程的陌生。③ 从吴汝纶的这段文字，我们可以看出在清末的教育变革浪潮中，西学课程已经逐渐取代中学在近代中国学堂中取得了压倒性的绝对优势。吴汝纶的悲观不仅是对桐城派自身处境的哀叹，也是对中国传统教育及学术在西学冲击下的悲剧命运的叹息。

其二，科举考试的最终废除对传统书院及桐城派的打击才是致命的。

科举考试在清末的最终废除对于传统书院及桐城派发展的影响甚为深远。首先，科举制度的废除使官学化的清代书院彻底失去了存在的基础与价值。清代科举考试既是一种教育考试制度，也是一种官员选拔制度，官学化的清代书院正是清代士子接受科举教育、通向仕途的重要路径。科举制度的废除，不管是对于书院来说，还是对于活跃于晚清书院中的桐城派

---

① 见《岳麓书院院长王先谦月课改章手谕》，《湘学新报》第 9 册，光绪二十三年六月十一日（1897 年 7 月 10 日）。

② 吴汝纶：《与李季皋》，载施培毅、徐寿凯校点《吴汝纶全集》（三），黄山书社 2002 年版，第 202 页。

③ 其实，这个问题也可归结为知识构成的问题。经学与古文是桐城派文士的两大主要知识构成，就连宣扬西学颇力的薛福成在清点自己的知识构成时曾说："（自幼）温经读史，兼揽百子，熟玩《朱子近思录》，涵而操之，务使理博才赡。又综考有明以来制艺之卓然者，而撷其华，师其意。"（薛福成：《庸庵文集》，上海古籍出版社 1985 年版，第 240 页）薛福成此处所言就涉及其知识构成，传统知识分子的知识构成归结起来无非就是传统经史之学及制艺（时文）之学。桐城派文士的知识构成面对近代以来传入与兴起的"新学"确实显得有些格格不入。

来说，其打击可谓釜底抽薪。当书院通向仕途的大门堵上后，书院之于热衷于仕途的传统士子们来说就失去了存在的意义了。书院不存，遑论书院中的山长、院长、主讲、教习？这些曾经为桐城派学人所担当的书院职位也随书院的消逝而烟消云散了。制度的更新往往具有系统性的特征，当科举考试制度废除后，所引发的连锁反应就是与之相关的传统教育制度、考试制度乃至官员选拔制度被整体性地淘汰、更替，所谓牵一发而动全身就是这个意思。将变革限制在局部性的有限范围往往是变革者一相情愿式的设想，一旦变革的步伐启动，其连锁性的反应往往超出变革设计者的预想。其次，科举制度的废除使桐城派所擅长的时文、程朱义理都失去了往日的光环与魅力。笔者在第一章中已经详细论述了科举制度对于桐城派兴盛的影响，不管是科举时文与桐城派古文之间在形式及内容上的相似性，还是桐城派古文所宣扬的程朱义理与科举考试在本质上的相通，都决定了桐城派学人不管是参加科举考试，还是在与科举考试的相关教育活动中，均是如鱼得水、长袖善舞。当科举制度废除后，桐城派所擅长的时文、程朱义理也就失去了用武之地。

综上所述，时代的迅疾变化对于理学及桐城派的命运具有决定性的影响。在 19 世纪末年至 20 世纪初年的中国，不管是在学术思想，还是在教育体制、政治体制等诸多方面均开始举步迈入"新"的时代。在"新""旧"交替的时代，人心普遍厌"旧"思"新"，在这样的时代，不会给予"旧"学派、"旧"学术太多的生存空间。

二　桐城派末代领袖吴汝纶与清末桐城派的学术传承

不管是从清代理学的发展线索看，还是从桐城派的发展历程看，甲午战败都是其发展历程中的一个重大转折点。自甲午战败后，包括理学在内的传统经学及包括桐城派在内的传统学术派别的发展自此走入衰境。理学及桐城派由盛到衰的过程其实并不长，如果从光绪二十年（1894）算起，至 1919 年五四新文化运动中桐城派被斥为"谬种""妖孽"，也就二十余年的光阴。在近代中国这一特殊的历史时期，任何事物，不管是传统专制政权，还是学术流派，一旦步入由盛转衰的阶段，往往是覆水难收、一泻千里。但需要强调的是，在桐城派的发展末期，即便其发展渐入衰势，但其发展并未停止，其学术传承也在延续。桐城派在发展末期学术传承的具体情况正是笔者于此关注的重要问题。

桐城派在其发展末期所以能在时代巨变与西学大量传入的双重冲击下仍然勉力维系其发展，归结起来，当主要有以下三个因素。一是缘于桐城派与有清政权的密切联系。桐城派是清政府官方哲学的代言人，自其创立后，其兴衰发展就自然与清王朝相始终了，当晚清王朝中兴时，桐城派也同步进入中兴；当晚清政权在甲午战争后面临重重危机时，桐城派也就与勉力维持政权的晚清政权一样处于勉力维持的状态了，虽是勉力，但仍在维持，仍在发展。二是缘于学术发展的自有惯性。桐城派自其始祖方苞创立"义法"说始，在清代薪火相传两百余年，作为有清一代人数最多、传承时间最长的学术流派，自有其存在、发展的内在理路与发展规律，这也正是在清王朝处于末世时乃至灭亡后桐城派仍能延继一段时间的重要缘故。三是学术大师的学术号召力。在中国传统社会中，每当学派面临危机时，学术大师的存在及其号召力对于学派的延继往往具有相当重要的作用。吴汝纶作为学术大师的号召力对于桐城派末期阶段的发展及传承就发挥了至为关键的作用。

（一）传统学术大师的学术魅力在学派传承中的独特作用

在中国传统社会中，一个学术派别的持久发展往往离不开一代接一代的学术大师的努力。学术大师的学术魅力对于一个学派的发展往往具有举足轻重的作用，尤其是在学派面临发展危机时更是如此。不管是桐城三祖之于桐城派的创立与发展，还是曾国藩之于"桐城中兴"的作用都充分地说明了学术大师之于学术派别发展的重要意义。桐城派在清王朝的最后阶段所以能勉力维系，就与其末期领袖吴汝纶有着相当的关系。

吴汝纶（1840—1903），字挚甫，安徽桐城人。同治乙丑（1865）进士，"师事曾国藩，受古文法"①。他曾任保定莲池书院山长、京师大学堂第一任总教习，一生培养桐城派弟子无数。他既是中国传统书院的最后见证人，也是中国近代学制的开创者之一。吴汝纶在清朝末年学术界及教育

---

① 刘声木撰、徐天祥点校：《桐城文学撰述·渊源考》卷 10，黄山书社 1989 年版，第 286 页。

界有着广泛影响，堪称桐城派的末代大师。①

对于一个已经处于发展末期的传统学术派别，我们不能期望其学术思想还有多大的创新空间。桐城派发展到吴汝纶的时候，古文理论已相当完备、成熟，留给他的创新空间并不多，但这并不影响吴汝纶在他所生活的时代成为士子们所崇仰的大师。故笔者于此对吴汝纶的学术思想本身不作过多的研究，②而是将笔触更多地指向吴汝纶的学术成就与地位，指向吴汝纶培养桐城派后进的方式，对这两个问题的深入研究或许能更好地展现包括桐城派在内的传统学术派别在其发展末期的学术传承特征。

其一，吴汝纶的古文水平使他成为继曾国藩之后的桐城派领袖，这种学术上的领袖地位是其吸引青年学子加盟桐城派的重要原因。

吴汝纶所以能成为继曾国藩之后桐城派的又一代古文大家及学派领袖与他能得到曾国藩的赏识有关。作为一个来自安徽桐城的贫寒子弟，吴汝纶所以能得到曾国藩的赏识与其古文之才有莫大关系。曾国藩是吴汝纶同治三年（1864）参加江南乡试时的主考官，故曾国藩可以算是吴汝纶的"座主""受知师"③。同治四年（1865），二十六岁的吴汝纶"入京会试，中式第八名进士"④。吴汝纶在京参加会试后，南返途中经过徐州，是时曾国藩正督师徐州，吴汝纶顺道拜见座师，其学术才华再次给曾国藩留下了深刻的印象，曾国藩如此称赞：吴汝纶"古文、经学、时文皆卓然不群，异材也"⑤。也就是在这次谈话之后，吴汝纶成了曾幕中的一名幕僚。吴汝纶的古文水平不可谓不高，曾国藩曾不无期待地说："吾门人可期有成者，惟张（裕钊）、吴（汝纶）两生。"⑥吴汝纶在晚清卓有文名，当

---

① 在论及吴汝纶的文名时，刘声木曾说："自曾国藩故后，汝纶与张裕钊以文章负重名，世称'张吴'。教授弟子亦极盛，薛福成因谓从学为标榜，其实张吴不朽之业又何待他人标榜也。"（刘声木撰、徐天祥点校：《桐城文学撰述·渊源考》，黄山书社1989年版，第286页）

② 关于吴汝纶的学术思想可参见拙文《吴汝纶与维新变法思潮》，《太原师范学院学报》（社会科学版）2006年第4期；《吴汝纶关于中西文化的独特理解》，《炎黄文化研究》（2008年4月），大象出版社2008年版。

③ 据《桐城吴先生年谱》载："公（吴汝纶，笔者注）生平无所师事，独于曾、李二公称师者，以乡举时曾为江督、李则闱场监临，皆所谓受知师也。"（郭立志：《桐城吴先生年谱》，载沈云龙主编《近代中国史料丛刊》第73辑，（台北）文海出版社1973年版，第12页）

④ 郭立志：《桐城吴先生年谱》，载沈云龙主编《近代中国史料丛刊》第73辑，（台北）文海出版社1973年版，第12页。

⑤ 曾国藩：同治四年十月十五日（1865年12月2日）日记，《曾国藩全集》（18），岳麓书社2011年版，第226页。

⑥ 赵尔巽等撰：《清史稿》（44），中华书局1977年版，第13442页。

是一个不争的事实。作为"曾门四子"中的一员,这种称谓本身就表明了时人对吴汝纶学术地位的肯定。与张裕钊、黎庶昌、薛福成相较,吴汝纶似乎更为幸运,张裕钊早逝,黎庶昌、薛福成后来都致力于政治,而吴汝纶一心向学,其后半生更致力于教育事业,这使他在"曾门四子"中脱颖而出,成为继曾国藩之后的清末桐城派领袖。吴汝沦在任莲池书院山长时,一心致力于学术,其影响更大,"至于西国名士、日本儒者,每过保定,必谒吴先生,进有所叩,退无不欣然推服,以为东方一人也"①。连西国名士、日本儒者都对他"欣然推服",可见其时吴汝纶学术影响之大。正是这种学术影响与魅力使作为末期桐城派领袖的吴汝纶的身后仍然不乏众多青年士子的追随,这也是桐城派的学脉在新旧文化交替的时代关口仍得以继续延续的重要原因。

其二,面对西方文化的冲击,吴汝纶相对开放的文化及学术态度在一定程度上也有助于维持甚至是扩大了他本人及桐城派在晚清学术界的地位与影响。

从晚清以来社会思潮流变的大趋势来看,传统中学与西学大致呈现出一退一进的格局。所谓退,就是传统中学特别是经学的不断萎缩、退让;所谓进,就是西学的步步深入、扩展。新文化运动就可谓这种格局发展的一个顶峰,在西学的凌厉攻势下,传统中学一度几乎处于被完全淘汰的被动地位。在这种中弱西强的文化及学术格局的影响下,包括桐城派在内的传统学派在清末民初的生存与发展自然举步维艰。考察晚清时期的传统学派,他们为了自身的生存及发展,往往自觉或不自觉地迎合、兼收西学,一定程度上跟上了时代步伐。就晚清桐城派而言,不管是姚门弟子对经世之学的强调,还是曾国藩及其弟子对洋务的积极介入都充分体现了这一点。吴汝纶作为清末桐城派领袖,一方面坚守程朱义法,另一方面也对西学持开放的态度,② 这种相对开放的文化态度不仅有助于提高吴汝纶在当时学术界的影响,也有助于扩大末期桐城派的影响,有助于末期桐城派的

---

① 姚永概:《吴挚甫先生行状》,载施培毅、徐寿凯校点《吴汝纶全集》(四),黄山书社2002年版,第1145—1146页。

② 在对西学持开放态度的同时又坚信程朱义理、圣哲思想,这其实就是中体西用思想的一种典型表现形式,如在《复斋藤木》中,吴汝纶在论及救亡策略时曾说:"得欧美富强之具,而以吾圣哲之精神驱使之,此为最上之治法"。[吴汝纶:《复斋藤木》,载施培毅、徐寿凯校点《吴汝纶全集》(三),黄山书社2002年版,第416页]

勉力延续。

吴汝纶相对开放的文化态度在他为严复译著《天演论》作序中表现得尤为典型。

严复所译《天演论》最早出版于光绪二十三年（1897），作为严复最早翻译的西方哲学社会科学著作，该书中所传达的"进化论"思想对近代中国政治、思想、学术等诸多方面的发展产生了重大影响。作为桐城派大师的吴汝纶为《天演论》作序本身就体现出他对西学开放包容的态度。① 后世学者一般认为，吴汝纶为严译《天演论》作序，对于《天演论》及西方政治思想在中国的传播都起到了相当的积极作用。② 随着《天演论》的出版、传播及产生的广泛影响，为其作序的吴汝纶也为更多的国人广泛知晓。

吴汝纶所以对西学持宽容的态度，根本的原因还是救亡图存的现实压力与需要，这从他在《〈天演论〉序》中对"天演"的一番解释可以看出：

> 天演者，西国格物家言也。其学以天择物竞二义，综万汇之本原，考动植之蕃耗，言治者取焉，因物变递嬗，深研乎质力聚散之几，推极乎古今万国盛衰兴坏之由，而大归以任天为治。赫胥氏起而尽变故说，以为天不可独任，要贵以人持天。以人持天，必究极乎天赋之能，使人治日即乎新，而后其国永存，而种族赖以不坠。是之谓与天争胜。而人之争天而胜天者，又皆天事之所苞。是故天行人治，

---

① 吴汝纶所以为严复作序，有诸多方面的原因。一是严复与末期桐城派诸人关系密切。他与吴汝纶也时有书信往来。吴汝纶去世时，严复还写下了"平生风气兼师友，天下英雄唯使君"的挽联。严复请时为桐城派大师的吴汝纶为自己的作品作序也在情理之中。二是严复的主动邀请。严复的译著完成后，致信吴汝纶请其作序，这一点，吴汝纶本人有载："严子几道既译英人赫胥黎所著《天演论》，以示汝纶，曰：'为我序之'。"［吴汝纶：《〈天演论〉序》，载施培毅、徐寿凯校点《吴汝纶全集》（一），黄山书社 2002 年版，第 147 页］当然，吴汝纶所以为严译著作作序，主要原因还是在于他对严译《天演论》的欣赏，他曾说："严子之雄于文，以为赫胥氏之指趣，得严子乃益明，自吾国之译西书，未有能及严子者也。"［吴汝纶：《〈天演论〉序》，载施培毅、徐寿凯校点《吴汝纶全集》（一），黄山书社 2002 年版，第 147—148 页］吴汝纶曾对严译《天演论》加以删节，其删节本名为《吴京卿节本〈天演论〉》，由此也可看出他对《天演论》的高度认同与欣赏。

② 参见邬国义《吴汝纶与严译〈天演论〉》，《江淮论坛》1992 年第 3 期；拙文《桐城派在中国近代文学史上的贡献与地位》，《江淮论坛》2004 年第 6 期等。

同归天演。①

进化论对晚清中国知识分子的冲击就在于"天择物竞"背后所包含的国亡种坠的危机，这种强烈的危机感也是历史进化论在晚清一举取代传统中国历史循环论的重要原因。当然，由吴汝纶对进化论的认同，也可看出中国传统学术所面临的学术危机。不管是进化论中所包含的西方科学方法与精神，还是其中所包含的"进化"观、求新观，都将对传统中国经学的研究方法及向后看的历史观产生重大冲击。

正是因为吴汝纶对西学相对开放的态度，故他在担任莲池书院主讲期间，就已经开始尝试在书院的具体教学实践中引入西学课程，中、西学并举。莲池书院当时还开设英语、日语课程，并聘请英国人居格豪、日本人野口多内分任英语教师及日语教师，开近代中国传统书院聘请外籍教师教授外语课程之先河。对于在莲池书院中西学课程并举的教育实践，吴汝纶颇为自豪："保定一城，由下走开东、西文两学堂，并不縻多少经费，颇以此自喜。"即便在今天看来，吴汝纶当时关于书院开设西文课程的认识也颇有见地：

> 西学捷径，但读已译之书，其弊则苦于不能深入。其导源之法，则必从西文入手，能通西文，然后能尽读西书；能尽读西书，然后能识西国深处。②

这段话论及中国学校所以要开设外语课程的深层原因，此对于当今中国关于中小学校是否开设外语课程的争论也有相当的启迪意义。不学西文，不读西书，哪能真正深入认识西方文化的深处？近代以来中国人在学习西方问题及近代化道路选择上的种种偏差多与对西方文化的认识不足乃至错误有相当关系。

吴汝纶对西学的开放态度还表现在他在中、西医问题上的"弃中取

---

① 吴汝纶：《〈天演论〉序》，载施培毅、徐寿凯校点《吴汝纶全集》（一），黄山书社2002年版，第147页。

② 吴汝纶：《答贺松坡》，载施培毅、徐寿凯校点《吴汝纶全集》（三），黄山书社2002年版，第129页。

西"的文化态度。① 吴汝纶虽然没有专文论及中西医问题，但综合其文集中不时出现的有关医学的言辞来看，其对中医的批判是全面、系统的。他在视桐城古文为"瑰宝"的同时却坚决主张废除中医。对于中医，他力主排斥，"拒绝中医，实为卓识"②；对于西医，他公开表明自己"笃信西医"③。作为一个古文大家，吴汝纶对中医彻底摒弃的文化态度虽让人有些费解，④ 但也从一个侧面反映出他在文化及学术上的开放姿态。

中国近代知识分子在中西文化问题上有着种种争论，在不休的争论中，包括西医在内的近代西方文化却以不可阻挡的速度在古老的中国大地上不断推进，一向重视实际功用的中国人在接受西方文化时的彻底性让西方人也为之咋舌。近当代部分中国知识分子尽管还在中西医问题上争论不休，但真有切肤之病，第一反应恐怕还是去西医院而不是中医院。吴汝纶可以在古文问题上毫不让步，可在事关生死的医学问题上却弃中取西，个中原因很简单：理论可以争论，生命却不容讨论。吴氏曾明确表示："中药不足恃，不用宜也，若不用西医，则坐不知西医之操术何如，仍中学在胸，不能拔弃耳。实则医药一道，中学万不可用。"⑤ 不仅如此，他还希望自己朋

① 关于吴汝纶关于中西医的态度，笔者在拙文《吴汝纶"弃中取西"医学观的文化分析》一文中有详述。（曾光光：《吴汝纶"弃中取西"医学观的文化分析》，《历史教学》2012年第10期）

② 吴汝纶：《与王小泉》，施培毅、徐寿凯校点《吴汝纶全集》（三），黄山书社2002年版，第72页。

③ 同上书，第70页。

④ 笔者在《吴汝纶"弃中取西"医学观的文化分析》一文中认为，吴氏排斥中医的最直接原因与其亲人的接连病逝有相当关系。亲人的接连辞世，使吴汝纶最终迁怒于"无能"的中医。从同治十二年（1873）起，吴汝纶接连遭受了亲人病重、接连辞世的打击。是年三月十四日，其父吴元甲去世，享年六十四岁。两年后，其母去世，享年六十六岁。五年后，即光绪六年（1880年），其兄胐甫又因病去世。光绪十五年（1889年），其四弟熙甫去世，年仅37岁。中医方药在事关亲人生死的疾病面前的"无能"，使吴汝纶对中医的态度开始改变，他不再信任中医："人死生亦大矣，果可以游移不自信之术尝试否乎？"［吴汝纶：《与吴季白》，载施培毅、徐寿凯校点《吴汝纶全集》（三），黄山书社2002年版，第69页］经此打击后，吴汝纶"至死不肯一试中医"后，转而笃信西医。他曾声称："他政均宜独立，惟医学则必取资西人。"［吴汝纶：《与李亦元》，载施培毅、徐寿凯校点《吴汝纶全集》（三），黄山书社2002年版，第396页］个性平和的吴汝纶少有如此偏激之语。在全面了解其亲人患病治病的情况后，也就可以理解他为何坚持一边倒的医学观了。也许正是源于个人在亲人生老病死上深刻体会，他在中医问题上毫不妥协。（详见拙文《吴汝纶"弃中取西"医学观的文化分析》，《历史教学》2012年第10期）

⑤ 吴汝纶：《与廉惠卿》，载施培毅、徐寿凯校点《吴汝纶全集》（三），黄山书社2002年版，第567页。

友也能于医学上"弃中采西",他在给友人答萧敬甫的信中写道:

> 今西医盛行,理精凿而法简捷,自非劳瘵痼疾,决无延久不瘥之事。而朋好间,至今仍多坚信中国含混医术,安其所习,毁所不见,宁为中医所误,不肯一试西医,殊可悼叹。①

扩展到整个中国传统文化上,也可概括为:传统文化的继承问题可以探讨,社会现代化的步伐却一步也不能慢下来。吴汝纶对中西医的态度与选择都折射出中国传统学术、文化在近代中国的必然命运。在这个过程中,桐城之"文"、桐城之"道"也难免遭受与中医一样的命运。

其三,吴汝纶长期致力于教育事业,在这个过程中,他不仅培育了大批的桐城派后进,也使他在清末教育界及学术界拥有了崇高的地位,这种地位既有利于扩大桐城派的影响,也有利于桐城派的传承。

吴汝纶年轻时曾先后入曾国藩、李鸿章幕府,后又任深州知府与冀州知州。年过四十后,久经宦海的吴汝纶逐渐淡泊于名利。光绪十四年(1888),当得知河北保定莲池书院无人主持时,在冀州任上已近七年的吴汝纶面谒李鸿章,请求担当莲池书院主讲。② 光绪十五年二月(1889),吴汝纶辞去冀州知州赴保定主持莲池书院。吴汝纶在莲池书院的时间长达十四年之久直至庚子之乱。莲池书院时为北方著名学府,吴汝纶主讲莲池书院,极大地促进了桐城派在河北及附近地区的传播,据载,"自武昌张濂亭先生、桐城吴挚甫先生相继主讲于此,河北风气,因以大开"③。吴汝纶主讲莲池书院十余年,培养生徒众多,"一时才俊之士奋起云兴","畿辅人才之盛甲于天下,取巍科,登显仕,大率莲池高弟"④。吴汝纶主持莲池书院的这个时间段,正值传统经学在西学冲击下节节退让之时。在传统学术青黄不接的时刻,吴汝纶主持莲池书院长达十四年之久,对于桐城派的学术传承起到了相当重要的作用,师承吴汝纶的桐城派弟子多为莲

---

① 吴汝纶:《答萧敬甫》,载施培毅、徐寿凯校点《吴汝纶全集》(三),黄山书社2002年版,第55页。

② 郭立志编撰:《桐城吴先生年谱》,载沈云龙主编《近代中国史料丛刊》第73辑,(台北)文海出版社1973年版,第101页。

③ 瀛山:《谈谈以往的莲池》,《河北月刊》卷5第2期(1936年2月15日)。

④ 吴闿生:《吴门弟子集·序》,保定莲池书社民国十九年(1930)刊本。

池书院的学生就充分说明了这一点。

根据刘声木编纂的《桐城文学撰述·渊源考》一书统计，师事吴汝纶的弟子共计110人左右，其中多为莲池书院的学生。虽然刘声木并未特别注明吴汝纶的哪些弟子来源于莲池书院，但我们可以根据一些基本信息作出大致判断。一是同为"曾门四子"的张裕钊与吴汝纶曾先后主持莲池书院，故凡是在《桐城文学撰述·渊源考》中同时标明师事张裕钊、吴汝纶两人的桐城派弟子就可以大致判断为莲池书院的学生，①这类弟子大致计有30余人；二是莲池书院位于河北保定，故其学生多来源于河北及附近的山东、河南各省，其中尤以莲池书院所在地河北省的学生为最多。查刘声木《桐城文学撰述·渊源考》，吴汝纶弟子的籍贯多为河北及周边的山东、河南等地，②这与莲池书院的学生来源地基本吻合，这类学生大致有80余人。由此我们也可得出这样的结论：师承吴汝纶的桐城派弟子应多为莲池书院的学生。

其四，担当京师大学堂总教习一职与赴日本考察学制的特殊经历使吴汝纶在中国近代教育转型中具有了举足轻重的地位。作为清末桐城派领袖的吴汝纶在近代教育领域的探索与贡献也使桐城派起码在新文化运动前夕还保留着应有的学术活力与吸引力。

庚子之变后，清政府开始推行新政，恢复、扩充京师大学堂就是清末新政的一项重要内容。光绪二十七年十二月一日（1902年1月10日），慈禧太后颁布上谕，著派张百熙为管学大臣负责兴办大学堂的一切事宜。京师大学堂作为清政府兴办的第一所大学性质的学校，在考虑京师大学堂

---

①　张裕钊主讲莲池书院的时间为光绪九年（1883）至光绪十四年（1888）。光绪十四年，张裕钊离开莲池书院至湖北书院担任主讲。继张裕钊后，吴汝纶任莲池书院主讲直至光绪二十八年（1902）。由于张裕钊、吴汝纶先后任莲池书院主讲，故在《桐城文学渊源考》卷十中凡是标明同时师事张、吴两人者即可以大致判断为莲池书院的学生。如张以南，字化臣，沧州人。张以南"本为莲池书院高材生，蔚为通才"，师事张裕钊、吴汝纶，受古文法。（刘声木撰，徐天祥点校：《桐城文学撰述·渊源考》，黄山书社1989年版，第293页）

②　在吴汝纶100余弟子中，除安徽桐城籍贯者11人外，其他较为集中的地区主要有河北、顺天、河南、山东等地，中以河北籍人氏为最多，大致有80余人，这些河北籍弟子来源于河北冀州、冀县、衡水、枣强、武强、新城、沧州、安平、饶阳、定州、南宫、盐山、清苑、霸县、任丘、行唐、深州、邯郸、永年、武邑、肃宁、献县、文安、广宗、定远等县市，其中仅河北冀州人氏就有赵衡、赵彬、孟君燕、阎凤华、雷振铺、刘步瀛、李哲生、魏兆麟、黄锡龄等10人。（参见刘声木撰、徐天祥点校《桐城文学撰述渊源考》卷10，黄山书社1989年版，第285—318页）

总教习的人选时，张百熙将人选目标确定为吴汝纶。吴汝纶不仅是桐城派大家，还曾任莲池书院主讲，具有丰富的教学管理经验。为邀吴汝纶担当此职位，张百熙特地身着二品礼服登门拜访，淡于名利的吴汝纶回绝了邀请："顾吾退已久，势难为尚书再出耳。"① 面对吴汝纶的固辞，张百熙"竟穿着大礼服长跪不起，说：'吾为全国求师，当全国生徒拜请也，先生不出如中国何！'"② 从张百熙跪请吴汝纶之举即可看出吴汝纶在当时学术界及教育界的崇高地位。

张百熙在跪拜遭拒后，干脆直接上奏朝廷奏举吴汝纶担任大学堂总教习。在《奏举吴汝纶为大学堂教习折》中，张百熙曾如此评价吴汝纶的学术及教育地位：

> 前直隶冀州知州吴某，学问纯粹，时事洞明，淹贯古今，详悉中外，足当大学堂总教习之任。臣素悉吴某籍隶安徽，同治乙丑科进士，为前大学士曾国藩门人，其为学一以曾国藩为宗。任冀州后，澹于荣利，不复进取。前大学士直隶总督尤重之，延主保定莲池书院多年，生徒化之，故北方学者，以其门称盛，允为海内大师，以之充大学堂总教习，洵无愧色。③

张百熙认为吴汝纶为"海内大师"，担当大学堂总教习一职可谓名至实归。

吴汝纶就任京师大学堂总教习后，随即于光绪二十八年（1902）五月赴日本考察学制，时间达五个月之久。在这五个月的时间中，吴汝纶遍访日本政界特别是教育界人士，深入了解日本教育理念。其间，他还遍访日本各级学校，详细考察日本学制。吴汝纶将考察所得汇编为《东游丛录》，这为后来制定《壬寅学制》和《癸卯学制》章程提供了蓝本，④ 对

---

① 吴汝纶：《日记卷第十一·制行》，《吴汝纶全集》（四），黄山书社 2002 年版，第756 页。

② 张希林、张希政：《恢复重建京师大学堂的张百熙》，《北京大学学报》（哲学社会科学版）1998 年第 2 期。

③ 《张百熙奏举吴汝纶为大学堂教习折》[光绪二十八年正月六日（1902 年 2 月 13 日）]，载朱有瓛主编《中国近代学制史料》（第 2 辑上册），华东师范大学出版社 1987 年版，第 908 页。

④ 参见王鸣《吴汝纶的日本教育视察》，《河北师范大学学报》（教育科学版）2000 年第2 期。

我国近代教育改革与实践影响深远，故有的学者又称吴汝纶为"我国近代教育改革的先驱者和奠基者之一"①。

吴汝纶在清末学术界、教育界的崇高地位与广泛影响之于桐城派末期的发展与传承具有至为关键的作用。在传统经学、传统学术还未被西学完全压倒的"过渡时代"②，这种学术上的崇高地位对于部分倾心于传统学术的青年学子仍然具有相当的号召力。③ 正是这种学术上的吸引力与号召力才使吴汝纶有可能在西学大行其道的时代还能够借助传统教育的途径培养大批桐城派后进，使桐城派的学术传承链条得以继续延续下去。

（二）传统教育方式在清末桐城派学术传承中的巨大作用

在桐城派数百年的传承历史中，众多桐城派人士通过讲学等传统教育方式传授桐城派古文"义法"，使桐城古文"义法"代代相传。传统教育方式不仅是连接桐城派历代学人的纽带，也是桐城派历代学术大师收授弟子、传承学术、扩大桐城派队伍的重要方式。吴汝纶作为清末桐城派的领袖，虽然面对新学的冲击，但传统教育方式仍然是他传承学派血脉的重要手段。

其一，吴汝纶作为清末桐城派的学派领袖，培养了大批的桐城派后进，为桐城派在清末民初的传承作出了重大贡献。

按刘声木所撰的《桐城文学渊源·撰述考》统计，除去该书卷一所列归有光及其弟子外，整个清朝年间及民国初年的桐城派成员共计有1052人。刘声木在编排章节时，每卷以桐城派各个时期的代表人物为纲。除归有光外，这些代表人物共有13人，④ 吴汝纶作为清末桐城派大师，自然忝列其中。《桐城文学渊源·撰述考》第十卷就专记师事及私淑吴汝纶、张裕钊的弟子，据该书第十卷统计，吴汝纶通过各种教育方式培养的

---

① 徐寿凯：《吴汝纶与我国近代教育二题》，《江淮论坛》1998年第3期。

② 梁启超：《过渡时代论》，《饮冰室合集》（文集之6），中华书局1989年影印本，第27页。

③ 庚子之乱后，吴汝纶"浩然思欲南归"，得知这一消息后，顺天府廪生魏钟翰"等千二百人上书留之"。［贺涛：《吴挚甫先生传》，《吴汝纶全集》（四），黄山书社2002年版，第1129页］ 由此可见吴汝纶在当时士子中的影响与号召力。

④ 这些人物分别为方苞、刘大櫆、姚鼐、张惠言、恽敬、吴德旋、梅曾亮、方东树、李兆洛、张裕钊、吴汝纶、朱仕琇、鲁九皋。

桐城派弟子共计 110 人。① 这里所言的弟子特指认同、接受桐城派古文"义法"，并求学于吴汝纶的学子。吴汝纶作为桐城派的末代大师，他所培养的桐城弟子占桐城派总人数的 10.5%，在数量比例上高于桐城派历代大师培养弟子数量的平均值。

从地域构成看，在吴汝纶的 110 名弟子中，非皖籍人士近百名，占其弟子总数的绝大多数。② 其弟子为桐城籍贯者仅有 12 人，他们分别为吴汝绳、马其昶、姚永朴、姚永概、吴闿生、徐宗亮、张诚、严钊、李德膏、姚永楷、康尔炽、吴千里。③ 吴汝纶弟子在地域构成上的这种特点其实正体现出桐城派的特点：桐城派并非一个局限于地域的地方性学术派别。从这个角度看，桐城派的发展即便在步入末期的阶段还仍然不失为一个全国性的学术派别，这自然与吴汝纶、张裕钊等学术大师的努力及传承是分不开的。

从功名比例上看，吴汝纶的弟子中有举人以上功名者计有 52 人，占其弟子总数的一半左右。④ 其中有进士功名者计有 21 人，他们分别是贺涛、王树枏、范钟、李刚己、尚秉和、籍忠寅、李景濂、阎志廉、孟庆荣、吴镗、傅增湘、刘春堂、安文澜、阎凤阁、柯劭忞、王含章、路士桓、刘春霖、王珊、傅增浚、王延纶。⑤

从官职比例看，吴汝纶的弟子中有各类官职者共 50 人，占吴氏弟子总数的 45%。⑥ 其中官职较高者有王树枏，曾任新疆布政使；李刚己，曾任直隶州知州；傅增湘，曾任直隶提学使；柯劭忞，曾任山东宣慰使；路

---

① 参见刘声木撰、徐天祥点校《桐城文学撰述·渊源考》，黄山书社 1989 年版，第 285—318 页。

② 其中还有两名日本籍弟子，他们分别是中岛裁之，日本熊本县人；中岛成章，日本肥后□□人。（参见刘声木撰、徐天祥点校《桐城文学撰述·渊源考》，黄山书社 1989 年版，第 318 页）

③ 据《桐城文学撰述渊源考》第十卷相关材料统计。（参见刘声木撰、徐天祥点校《桐城文学撰述·渊源考》，黄山书社 1989 年版，第 285—318 页）

④ 同上。

⑤ 其中阎志廉、孟庆荣为光绪庚寅（1890）进士；李刚己、王珊为光绪甲午（1894）进士；安文澜为光绪乙未（1895）进士；贺涛、王树枏、范钟、吴镗、傅增湘、阎凤阁、柯劭忞、王含章为光绪戊戌（1898）进士；籍忠寅为光绪□□进士；尚秉和、刘春堂、路士桓为光绪癸卯（1903）进士；李景濂、刘春霖、傅增浚、王延纶为光绪甲辰（1904）进士。（参见刘声木撰、徐天祥点校《桐城文学撰述·渊源考》，黄山书社 1989 年版，第 285—318 页）

⑥ 据《桐城文学撰述渊源考》第十卷相关材料统计。（参见刘声木撰、徐天祥点校《桐城文学撰述渊源考》，黄山书社 1989 年版，第 285—318 页）

士桓，曾任陕西道监察御史；王珊，曾任顺天府府尹。

笔者于此所以要不厌其烦地列举吴汝纶弟子的功名、官职等情况，就在于说明在中国传统专制社会中政治与学术之间的密切关系。具体到这里，就是意在强调科举功名与学术之间的密切关系，科举制度的背后就是一代代、千千万万追逐功名的士子。只要科举制度存在一天，与之密切相关的理学、时文就不会没有市场。

光绪三十一年（1905），清政府宣布废除科举制度，这对于理学、古文的打击是致命的。既然理学、古文不再与功名仕途相关，两者对于那些满脑官本位思想的传统士子也就失去了魅力。理学、古文恰巧就是桐城派的两大法宝，科举存，则桐城派存；科举废，则桐城派必走下坡路。与政治制度相关的学术及学术派别可以因制度而兴，自然也会因制度的变迁而亡。古有"政亡人息"之说，由此我们也可延伸出"政亡学息"的结论。

在吴汝纶的生活时代，即便有西学越来越猛的冲击，但由于有科举制度的存在，仍能吸引无数痴迷于功名的士子为此穷经皓首，桐城派的殿堂之前也就不会缺乏求学之士。吴汝纶是幸运的，他于光绪二十九年（1903）去世，离科举制度废除还有两年的时间，他在生命的最后时刻仍能享受到制度庇护的余荫，这对于吴汝纶个人来说，也应是一种幸运。

其二，家学传授、私人授徒、书院教学等传统教育方式是吴汝纶培养桐城派后进、传承学派学术的重要手段。

桐城派在有清一朝所以蔚然成派，相当程度上就得益于中国传统教育。中国传统的教育方式大致可以归结为家学传授、私人授徒、书院教学三种方式。家学传授、私人授徒、书院教学就是吴汝纶培养桐城派后进、传承桐城派学术的主要方式。

所谓家学，一般指家传之学。"家学"具有在某一家族领域内代代相传的特性。

具体到桐城派，不能将桐城派"家学"仅仅与桐城派始祖方苞的后辈联系起来。如姚鼐与方苞虽无血缘或亲属关系，但他师事方苞的弟子刘大櫆"受古文法"，成为桐城派一员，姚鼐的亲属、后辈如子、孙、侄、甥，包括兄弟、女婿等，若从姚鼐学习古文，就当是禀承桐城派家学了。家学传授一般包含三种方式，一是通过直系亲属关系传承。吴汝纶的儿子吴闿生就从父学习古文。① 二是通过各种亲属关系传承。从吴汝纶学习桐城古文的亲属有：兄弟吴汝绳②，侄儿吴千里③，甥廉泉④、王恩绂⑤。三是通过联姻的方式传承。吴汝纶的女婿柯劭忞就师事"妻父吴汝纶，受古文法"⑥。家学传授中所包含的血缘及姻亲关系，是中国传统学派能够长久传承、历数代而不衰的一个重要原因。

所谓私人授徒主要指传统社会中学者收授门徒、私人讲学的情况。由于吴汝纶一生长期从事书院教学，故私人授徒方式在他身上体现得不很明显。但也有一些士子通过私下拜师的方式成为吴汝纶的弟子，笔者因此也将这类弟子纳入私人授徒的范畴。私下授徒的方式很随意，归结起来，主要有以下几种方式。一是士子通过直接请教，进而成为吴汝纶的弟子。如王树枏，⑦ "初以旧作文字就正于吴汝纶，汝纶以为不合古文家法，后听其议论，见所藏评点文字，遂悟门径，悉取旧作拉杂烧之，其虚心好学如此"⑧。二是士子追随吴汝纶求学。如梁邦建，⑨ "师事吴汝纶，受古文法，从游甚久"⑩。三是与吴汝纶关系密切，耳濡目染之间也就接受了吴

---

① 吴闿生，字辟疆，号北江，桐城人，诸生，官候选知府，汝纶子。吴闿生"生有异禀，濡染家学，本极渊深"。（刘声木撰、徐天祥点校《桐城文学撰述·渊源考》，黄山书社1989年版，第295页）

② 吴汝绳，字诒甫，桐城人，吴汝纶三弟，曾官汶上县知县，师事其兄吴汝纶。

③ 吴千里，字君昂，桐城人，吴汝纯子，师事从父吴汝纶，"受古文法"。（刘声木撰、徐天祥点校《桐城文学撰述·渊源考》，黄山书社1989年版，第317页）

④ 廉泉，字惠卿，号岫云，金匮人，光绪甲午（1894）举人，官户部郎中，师事从舅吴汝纶，"受古文法"。（刘声木撰、徐天祥点校《桐城文学撰述·渊源考》，黄山书社1989年版，第305页）

⑤ 王恩绂，字绎如，清苑人，光绪辛卯（1891）举人，官洛阳县知县，师事从舅吴汝纶，"受古文法"，"得桐城义法之传"。（刘声木撰、徐天祥点校《桐城文学撰述·渊源考》，黄山书社1989年版，第298页）

⑥ 刘声木撰、徐天祥点校：《桐城文学撰述·渊源考》，黄山书社1989年版，第308页。柯劭忞，字凤笙，胶州人，光绪丙午（1906）进士，官学部参议、山东宣慰使，宣统辛亥后隐居不仕。

⑦ 王树枏，字晋卿，号陶庐，新城人，光绪丙戌（1886）进士，官新疆布政使。"熟于泰西故实"。（刘声木撰、徐天祥点校：《桐城文学撰述·渊源考》，黄山书社1989年版，第287—288页）

⑧ 刘声木撰、徐天祥点校：《桐城文学撰述·渊源考》，黄山书社1989年版，第268页。

⑨ 梁邦建，字芝封，号式堂，大城人。刘声木撰、徐天祥点校：《桐城文学撰述·渊源考》，黄山书社1989年版，第312页。

⑩ 刘声木撰、徐天祥点校：《桐城文学撰述·渊源考》，黄山书社1989年版，第312页。

汝纶的古文义法。如徐宗亮，① "与张裕钊、吴汝纶友善，以文字相切摩，其为文雄健有法度"②。

传统书院是我国古代学者研究学问、探讨思想的相对自由的场所。由于多有名儒讲学其间，众多弟子随其求学问道，故书院往往成为区域文化的中心与学术思想派别的发源地。

书院亦是历代桐城派大师讲学传道、传承学术的重要场所，在书院讲学的桐城派大师通过书院讲学培育起众多弟子，迅速扩大了桐城派的影响。桐城派的第二代始祖刘大櫆就致力于书院讲学。他曾辗转讲学于敬敷、新安等书院。③ 桐城派的第三代始祖姚鼐更是在书院中讲学达四十年之久。著名的 "姚门四子" 都是姚鼐书院讲学时所栽培。吴汝纶一生也致力于书院教学，恰如刘声木所言，吴汝纶 "官深、冀二州，锐意兴学，亲教课之，弃官主莲池书院十余年，教泽播遍于畿辅，为历来所未有"④。需要强调的是，吴汝纶在莲池书院期间所教过的学生与他在莲池书院接收的桐城派弟子当是两个概念，前者的数量自然远远大于后者的数量且无法统计。⑤ 笔者在上文已经论及：刘声木编撰的《桐城文学渊源考》卷十中专记师事及私淑张裕钊、吴汝纶诸人，其中指明 "师事" 吴汝纶、张裕钊者，就多为吴汝纶在莲池书院主讲期间所收受的桐城派弟子。

教育是中国传统学派的学术思想代代相传的一个重要环节与手段。"师" 与 "生" 的关系一旦确立后，"师" 就负有传授学派学术的重责，而 "生" 则须严守家法，"循途守辙"⑥。只有那些进入学派师承环节的学人才称得上得学派正宗之传，如秦嬴在拜师问学于方苞后，也就成为桐城派中的一员，其为文也就 "深得古文义法，得此道之正宗"⑦；又如贾

---

① 徐宗亮，字晦甫，桐城人，世袭骑都尉。刘声木撰、徐天祥点校：《桐城文学撰述·渊源考》，黄山书社 1989 年版，第 295 页。

② 刘声木撰、徐天祥点校：《桐城文学撰述·渊源考》，黄山书社 1989 年版，第 295 页。

③ 同上书，第 137 页。

④ 同上书，第 286 页。

⑤ 吴汝纶在莲池书院担任山长共十四年［起自光绪十五年（1889）］，从一般的意义看，这一阶段在莲池书院求学的学生，都可视为吴汝纶的学生。这一数量的规模应相当可观，但限于史料所限，难以作出准确的统计。从严格的意义上看，只有那些亲承吴汝纶指导，并接受 "古文法" 的学生才能被称为吴汝纶门下的桐城派弟子。

⑥ 刘声木撰、徐天祥点校：《桐城文学撰述·渊源考》，黄山书社 1989 年版，第 290 页。

⑦ 同上书，第 173 页。

恩绂，① 在师事吴汝纶，受古文法之后，得到吴汝纶的点拨，"其文尽得其师吴汝纶之传"②。在学派学术的"传""守"之间，中国传统学派的学术"正脉"得以代代相传，③ 这其中就隐含着中国传统学术、文化代代相传、薪火不绝的重要密码。

当中国步入近代的门槛，特别是在甲午战争以后，救亡图存的现实压力及不断输入的西学的巨大魅力，都使中国传统学术及文化的"传"与"守"面临着危机，这个危机在传统学派的传承上就具体体现为"无学可传""无学可守"。其实，传统之"学"还在，只是少有人去"传"去"守"了。在这样的时刻，桐城派能有吴汝纶这样一位对中西文化持兼容态度的学术大师，仍能维持学派的存在与发展，于学派而言自是一种幸运。学术大师的存在一定程度上可以帮助传统学派暂时渡过这种危机，一旦学术大师出现缺位，这种危机就会随时颠覆风雨飘摇中的传统学派。

吴汝纶作为桐城城派发展末期的领袖人物，通过家学、私人授徒、书院教学等传统教育方式培养了大批桐城派后进，使桐城派的学术队伍在时代剧变的年代仍能保持相对的稳定，由此也展现出传统教育方式在传统学术派别代代传承中的重要作用。当然，也正是由于传统教育方式与传统学派传承之间的密切关系，随着私塾、书院等传统教育方式逐渐为近代学堂、大学等近代教育方式所取代，包括理学在内的传统学术、传统学派也就失去了原有的学术阵地，面临着传承上的巨大危机。

在西学几乎成为人心所向的时代，兼收并蓄或许是传统学术派别生存的不二之选。吴汝纶所以在清朝末年仍能维持较高的学术地位和较大的学术影响，就与他中西兼容的学术思想有相当关系。有意思的是，随着吴汝纶的去世，桐城派的末代弟子们反而愈加保守起来，日渐退守到严守桐城派家法的文化堡垒中，相关的记载比比皆是，如吴汝纶的弟子陈嘉谟"授徒乡里，一准吴汝纶教法，必使根柢经史"④；又如吴汝纶的弟子贺涛"主讲信都书院十八年，又主文学馆即莲池书院，终日与学者讨论文章义

---

① 贾恩绂，字佩卿，盐山人，曾任顺直谘议局议员。（刘声木撰、徐天祥点校：《桐城文学撰述·渊源考》，黄山书社1989年版，第296页）

② 刘声木撰、徐天祥点校：《桐城文学撰述·渊源考》，黄山书社1989年版，第296页。

③ 钱泰吉：《与宜兴吴仲伦论文书》，《甘泉乡人稿》，同治十一年（1872）刻本。

④ 陈嘉谟，字献廷，号皋才，冀县人，光绪癸卯（1903）举人，尝任深泽中学、保定警务学校、陆军学校等国文教员。（刘声木撰、徐天祥点校：《桐城文学渊源·撰述考》，黄山书社2011年版，第309页）

法不厌，谨守张、吴两家师说"①。不管是"一准"也好，还是"谨守"也好，都可看出吴汝纶弟子对其师、对桐城"义法"的忠诚。但桐城派要传承下去不仅仅需要谨守与忠诚，更需要才华与创新，即便刘声木对吴汝纶弟子多有"才学桀特冠一时"②、"不易得之才"③、"一时才士"④ 等褒扬之词，但纵观吴汝纶之后，其众多弟子中实难有堪任重振学派者。

　　一般而言，一个学派发展至最后阶段时，其末流往往表现出极端的封闭与保守。吴汝纶的弟子们在学术的深度与度量上均远不及他们的老师，面对咄咄逼人的新学，他们既无力对抗新学的挑战，也无力在学术兼容的道路上有新的创见，剩下的只有"坚守"家传之法的忠诚了。

　　在崇新黜旧的时代，对桐城家法的忠诚虽成为维系桐城派存在的重要力量，却又在相当程度上加速了桐城派的衰亡的步伐，其中的缘由也很简单：近代中国的学术发展的一大走向就是西学的逐渐传入与中西学的兼容并收，在这样的大趋势之下，对传统文化、传统学术的坚守与忠诚只能被视为保守、守旧，乃至被视为"妖孽""谬种"。这种对传统学术、文化全面否定的倾向尽管极端，但在那个特定的历史阶段，绝大部分的国人对于文化、学术的认识就正好处于那样一种无法扭转的极端状态。所谓极端状态也即某种特定的文化认识发展的高潮阶段，某种文化、学术状态进入高潮阶段后会慢慢回归文化正轨。只是有时这个回归的过程太长，当文化、学术终于回归正轨时，那些在文化发展极端状态时曾经被批判、淘汰的文化、学术、学派早已烟消云散，难以寻根。

---

　　① 贺涛，字松坡，武强人，光绪丙戌（1886）进士，官刑部主事。曾主讲信都书院、莲池书院。（刘声木撰、徐天祥点校：《桐城文学渊源·撰述考》，黄山书社2011年版，第287页）

　　② 刘声木以为吴汝纶的弟子谷钟秀"才学桀特冠一时，称高第弟子"。谷钟秀，字九峰，定州人，"师事张裕钊、吴汝纶，受古文法"。（刘声木撰、徐天祥点校：《桐城文学撰述·渊源考》，黄山书社1989年版，第301页）

　　③ 刘声木认为吴汝纶的弟子李书田"有志于古学，文甚雄厚，不易得之才"。李书田，枣强人，"师事吴汝纶、贺涛，受古文法"。（刘声木撰、徐天祥点校：《桐城文学撰述·渊源考》，黄山书社1989年版，第298—299页）

　　④ 刘声木认为吴汝纶的弟子阎志廉为"一时才士"。阎志廉，字鹤泉，安平人，光绪庚寅（1890）进士。阎志廉"师事吴汝纶，受古文法"。（刘声木撰、徐天祥点校：《桐城文学撰述·渊源考》，黄山书社1989年版，第301—302页）

结语　桐城派末流余音

　　全书的研究时限范围虽主要界定在"清代"，但虑及研究对象的完整性，有必要在结语处对清末至民初的桐城派末流状况稍作介绍。

　　笔者认为，学术虽有其独立发展的特殊规律，但在传统中国社会，学术的盛衰及学术格局的转换却往往与现实政治紧密相连。正是因为如此，桐城派与清政权之间可谓一荣俱荣，一损俱损的关系，在桐城派身上，颇为典型地体现出政治与学术之间的紧密关联。由此视角，笔者于此将重点分析以下两个问题：一是在清末中学日蹙的情况下，桐城派末流何以尚能维持其学术正统的地位乃至占据京师大学堂的主导地位？二是延绵两百余年的桐城派何以在辛亥革命以后不长的时间内即落入被斥为"谬种"的境地？

　　笔者于此所言的视角，其实就是政治的视角，桐城派虽为一学术派别，却与清政权紧密相关。对于这样一个与政治息息相关的学术派别，从政治的角度展开分析，也许能更好地理解其兴衰起伏的内在缘由。

一　桐城派末流与京师大学堂

　　论及桐城派末流，不能不提及京师大学堂。① 虽说吴汝纶、王先谦等晚清桐城派人士对近代学堂抱有一种莫名的恐惧，但作为北京大学前身的京师大学堂竟然成为清末桐城派的栖身之地，确也是近代中国学术文化流变中值得关注的一个特殊现象。

　　从清末至民初，京师大学堂一度是桐城派文士荟萃之地，其时在京师

---

① 京师大学堂开办于 1898 年 7 月 3 日。1902 年 10 月 14 日，京师大学堂正式招生。1912 年 5 月 15 日，京师大学堂改称"北京大学"。

大学堂任职的桐城派文士分别有吴汝纶、张筱浦、严复、林纾、姚永概、汪凤藻、马其昶、陈衍（石遗）、宋育仁等人，① 其中吴汝纶、张筱浦先后主持总教习；严复任大学堂译书局总办；姚永概、汪凤藻、马其昶、陈衍、宋育仁等人先后任文科教务长，故有研究者以为"其时主宰北大文风自然是桐城古文派"②。

京师大学堂是清末成立的第一所近代意义上的大学，向以保守著称的桐城派人士竟然能在其中主导一时风气，确是有些让人诧异，但仔细揣摩，个中缘由其实也不难理解：对于专制、独裁的晚清政府而言，推进学术与发展教育的最终目的无非都指向统治秩序的维持。京师大学堂虽名为清末第一所近代意义上的大学，但就其当时的具体地位来看，也就是清政府的官方最高学府而已。既然是"官方"的，自然要为清政府的统治服务。要保证学术及教育机构不偏离政治轨道，最简单、最直接的方法就是要让这些机构行政、学术的关键位置为"官方"人士所占据。桐城派作为清朝官方学术的代言人，"主宰"清政府官方最高学府自在情理之中，桐城派末代大师吴汝纶成为管学大臣张百熙挑选京师大学堂总教习时的不二人选就是最好的说明。

正如笔者在前文中反复所述，自甲午战争以后，在救亡图存的现实压力及西学大规模传入的双重冲击下，中国传统学术文化的发展进入了低谷，桐城古文一派的发展自然也渐入衰境。在相当时候，学术对时局的反应往往较政治本身更为敏感，甲午战争后中西学格局的突变即是学术对政局变化的一种直接反映。需要指出的是，包括桐城派古文在内的中学在甲午战争后渐入低谷在相当程度上只是意味着学术发展的一种趋势，并非指当时的中学在西学的冲击下已经一败涂地，中学真正落败是在民国之后的新文化运动时期。

甲午战争后的国家危局虽在一方面使清政府限于执政危机中，却在另一方面又促使清政府加大了改革力度以应对危机，不管是维新变法还是之后的新政其实都是清政府自救的一种体现。一般而言，传统专制政权在面

---

① 张筱浦，古文家，曾任京师大学堂副总教习。汪凤藻（1851—1918），字云章，号芝房，江苏省元和人。陈衍（石遗）（1856—1937），字叔伊，号石遗，福建侯官（今福州市）人，清光绪八年（1882）举人，曾入台湾刘传铭幕。宋育仁（1858—1931），字芸子，号芸岩，晚号复庵、道复，四川自贡人，曾著《周礼十种》，其中主张"托古改制"。

② 参见陈万雄《五四新文化的源流》，生活·读书·新知三联书店1997年版，第26页。

临危机时，其改革不仅指向应对危机，还同时指向巩固政权，加强学术、文化的控制就常常是其中的一项重要内容。

从上所述，大致可以作出以下四个判断：第一个判断是在中国传统社会，当一个专制政府面临统治危机时，其统治反而会加强；第二个判断是随着晚清政府统治的加强，官方学术也会同时得以继续强化；第三个判断是官方学术的正统地位在政权强势支撑下会继续得以加强并继续维持其影响，但这种文化影响基本局限于官办学术及教育机构的有限范围；第四个判断是一旦旧政权崩溃，与之相应的官方学术就有被视为旧政权的帮凶而面临学界唾弃的风险。

由此四个判断，我们也就很容易理解以下问题：一是甲午战争后，在西学逐渐取得了压倒中学优势的情形下，末期桐城派何以还能维持其学术正统地位并"主宰"京师大学堂；二是在民国以后，作为学术派别的桐城派何以会成为众所矢之。在生存都成为问题的情形下，"主宰""正宗"都成了过眼云烟。

清王朝的灭亡与民国的初建，于学术而言，也就意味着旧学派的退场与新学派的登场。周作人在论及此点时曾说："迄入民国，章太炎学派代之以兴，在姚叔节、林琴南辈，目击刘、黄诸后生之皋比坐拥，正不免有文艺衰微之感。"① 此处的"代之以兴"一语将时代变更之际学派之间的盛衰转换很是形象地表达出来。

民国初年学派"代之以兴"背后真正的推手是时代与政治的变迁。"章太炎学派"所以能在民国以后替代桐城派主宰北大文风，只要看看章太炎、刘师培、黄节等诸人的政治态度及其与革命民主派之间的关系就一目了然了。桐城派提倡古文，章、刘等人提倡国粹，表面看两派似无多少分歧，但仔细分析，桐城派古文家提倡"义法"的宗旨在传继程朱之道，在"明道、立教、辅世成俗"②；国粹派提倡国粹则在激励种性，倡导革命。两者之间在政治态度上完全是互为陌路。

在近代中国，学术与政治有着太多的瓜葛。新旧政权交替必然意味着学术风向的转换，意味着新旧学派的更替。时代变了，学术风向自然也要改变。相当程度上可以这样说：进入民国以后，不是桐城派衰亡了，变成

---

① 《周作人回忆录》，湖南人民出版社1980年版，第321页。
② 林纾：《春觉斋论文》，人民文学出版社1998年版，第88页。

了"谬种"了，而是清朝灭亡了，清朝成"谬种""妖孽"了，所以作为其依附的桐城派也随之衰亡，随之成为"谬种"。

覆巢之下，岂有完卵？政权都消亡了，附着其上的官方意识形态、官方学术、官方文学也就随之土崩瓦解，乃至被视为旧政权的帮凶。神圣与"谬种"之间往往只有一步之遥。在中国传统社会中，一种学术或某个学派如果附丽于政治，自然可以扶摇直上，乃至被捧至神圣的高位，但终有一败涂地、落花流水，乃至被斥为"粪土"的一天。①

古诗有云："江山代有才人出，各领风骚数百年。"于学派而言，何尝又不是如此呢？晚清桐城派文士方宗诚在论及学派兴衰时就曾说："然物胜则必反其本，然后可以久而不弊。天地之气运，流行不能自己，畜久则必盛，盛久则必靡，亦理势然也。"② 桐城派始祖之一的姚鼐在论及学术兴衰时也曾说："且夫天地之运，久则必变。"③ 姚鼐的这段感叹主要是因乾嘉汉学的强势而起，如果借此来说明桐城派的兴衰倒也比较形象、妥帖。

世上没有永恒的兴盛与强势，桐城派在有清一朝的学术发展中纵横捭阖数百年，终有落幕的时刻。综观桐城派兴起、繁盛直至落幕的完整轨迹，倒是使后人对传统学术的发展规律及学术独立有了更多的认识与体悟。

二　桐城派末流的"默然而逝"

自入民国以后，桐城派"风流歇绝"，"蹶而不可振也"④。这个时候的桐城派已进入发展的衰亡阶段，面对新学派、新思想、新文化的冲击几乎没有什么像样的抵抗。

民国二年（1913），因与章太炎发生冲突，林纾、姚永概、贺涛、马

---

① 马其昶：《〈濂亭集〉序》，《抱润轩文集》卷3，宣统元年（1909）安徽官纸印刷局石印本。

② 方宗诚：《〈桐城文录〉序》，《柏堂集》次编卷1，光绪六年（1880）刻本。

③ 姚鼐：《赠钱献之序》，姚鼐著、刘季高标校《惜抱轩诗文集》，上海古籍出版社1992年版，第111页。

④ 马其昶：《〈桐城耆旧传〉序》，《抱润轩文集》卷3，宣统元年（1909）安徽官纸印刷局石印本。

其昶等桐城派末流学人退出北京大学。关于此事，有两点值得注意。

其一，桐城派末流的几位重要人物集体退出北京大学，于桐城派的发展而言是具有标志性的事件。

在清末的最后几年，北京大学的前身即京师大学堂几乎是末期桐城派维系其存在及学术地位的重要堡垒。进入民国以后，桐城派学人集体从北京大学退出，从表面看，这仅仅是学术相争的一种表现而已，但就桐城派本身的发展而言，却意味着桐城派就此失去了可以依靠的学术阵地。在有清一朝，桐城派在政治上不仅有政权的依靠，还有遍布各地的书院作为其讲学布道的学术场所。清末学制改革后，新式学堂中已经少有桐城派的生存空间。退出北京大学，桐城派末流真是无所依归了。

其二，林纾、马其昶诸人与章太炎诸人之间的冲突主要集中在文学领域。桐城派在这场有关文风的争论中的彻底落败，于桐城派的发展而言具有终结性的意味。

综观桐城派末流诸人与章太炎诸人之间的争论，其争论焦点主要围绕在文风方面。桐城派诸人提倡桐城古文，章太炎诸人则提倡魏晋文风。桐城派诸人最终退出北大，也就意味着桐城派在这场争论中落败，意味着桐城派曾有的文学正统地位也随之失落。①

至新文化运动时期，新文化运动的旗手们更是从文、道两个方面对桐城派展开全面批判，② 桐城派赖以立身的两大支点均被置于新文化的批判之下。新文化运动的号召者们所以要选中桐城派作为文化批判的靶子，当有两个原因：一是桐城派所标榜的古文与程朱之道正好是新文化运动两大旗帜即新文学、新道德的对立面；二是在新文化运动发起前后，桐城派不

---

① 马其昶对桐城派的文学正宗地位曾经颇为自豪："方苞、姚鼐以古文为天下倡，海内言文章者必推桐城，而桐城之文遂为宗天下。"（马其昶：《〈桐城耆旧传〉序》，《抱润轩文集》卷3，宣统元年（1909）安徽官纸印刷局石印本。）

② 钱基博在《现代中国文学史》对桐城派与新文化倡导者交恶的过程有过这样的陈述："绩溪胡适自美国可伦比亚大学卒业归，倡文学革命之论，蕲于废古文，用白话，以民国七年入北京大学为教授，陈独秀、钱玄同诸人和之，斥纾三人为桐城余孽。纾心不平，作小说《妖梦》《荆生》诸篇，微言讽刺，以写郁愤。"（刘梦溪：《中国现代学术经典·钱基博卷》，河北教育出版社1996年版，第226页。）由此看来，胡适诸人与林纾诸人最初的冲突仍然集中于文学领域。随着新文化运动的深入，两者的冲突逐渐扩及文学、道德诸领域。

管是在人数上还是在影响上都已经极为有限。① 一个实力与影响均急剧萎缩的旧文化派别正好是新文化旗手们展开文化批判的最佳对象。

仔细揣摩新文化运动旗手们对桐城派批判，会发现这样一个特点：即多采用不容讨论、不容置疑、不容辩驳的祈使语气。试举几例说明。

胡适在陈述反对桐城派古文的原因时这样说："吾辈之攻击古文，正以其不明文学之趋势而强作一千年、二千年以上之古文。此说不破，则白话之文学无有列为文学正宗之一日。"②

钱玄同在反驳姚永概时曾说："孔经里所讲什么三纲、五伦、礼乐、刑政，是和共和国绝对不能共存的东西。"③

陈独秀在批判桐城派古文时说："独至改良中国文学；当以白话为文学正宗之说；其是非甚明；必不容反对者有讨论之余地。必以吾辈所主张者为绝对之是；而不容他人之匡正也。"④

陈独秀在《文学革命论》中论及包括桐城派古文在内的中国古代文学时更是直接使用了"推倒"二字："推倒雕琢的阿谀的贵族文学"；"推倒陈腐的铺张的古典文学"；"推倒迂晦的艰涩的山林文学"。与"推倒"相对立的则是"建设"："建设平易的抒情的国民文学"；"建设新鲜的立

---

① 林纾在送别姚永概回桐城时曾作文相送，其中写道："计可以论文者独有一叔节，而叔节亦行且归，然则讲古者之既稀，而二三良友复不得常集而究论之。"［林纾：《送姚叔节归桐城序》，《畏庐文集·诗存·论文》二，沈云龙主编《中国近代史料丛刊》第94辑，（台北）文海出版社1973年版，第523页］从这段文字可以看出当时桐城派学人处境的凄凉。此时的桐城派，人数寥寥，其实已经算不上什么"派"了。也许是为了避免成为攻击目标，此时的桐城派诸人都有些回避"派""党"的说法。当姚永概称赞范当世的诗歌当今第一时，马其昶连称不妥："吾辈数人昵好，世所闻也，称心而言，人疑斯党。"（马其昶：《抱润轩文集》卷4，宣统元年安徽官纸印刷局石印本）在《濂亭集序》中，他还说："文章之传尚矣。古无所谓宗派之说。"（马其昶：《〈濂亭集〉序》，《抱润轩文集》卷3，宣统元年安徽官纸印刷局石印本）林纾也反对桐城派作为一个流派存在。他曾对人说："凡侈言宗派，收合徒党，流极未有不衰者也！"［林纾：《林琴南文集·畏庐文集》，沈云龙主编《中国近代史料丛刊》第94辑，（台北）文海出版社1973年版，第6页］他还撰《桐城派古文说》，其中写道："不知者多咎惜抱妄辟桐城一派。以愚所见，万非惜抱之意。古文无所谓派，犹之方言不能定何者为正音，亦唯求其近与是而已。近者，得圣人立言之旨；是者，言可为训，不轶于伦常之外。惜抱正深得此意耳。"在《春觉斋论文》中他又重申：即便真有所谓桐城派，也非桐城派先祖有意为之，"夫桐城岂真有派？惜抱先生亦力追古学，得经史之腴，镕裁以韩、欧之轨范，发言既清，析理复粹，自然成为惜抱之文，非有意立派。"（林纾：《春觉斋论文》，人民文学出版社1998年版，第46页）
② 胡适：《历史的文学观念论》，《新文学》1917年第3卷第3期。
③ 钱玄同：《姚叔节之孔经谈》，《钱玄同文集》第1集，中国人民大学出版社1999年版，第318页。
④ 陈独秀：《答胡适之〈文学革命〉》，《新青年》第3卷第3号。

诚的写实文学";"建设明了的通俗的社会文学"①。

以上所举均是新文化健将批判桐城派时常常采用的典型话语，由这些话语的强势语气既可看出新文化派别在民国以后的学术强势地位，也可看出包括桐城派在内的旧文化派别在民国以后被动挨批的尴尬处境。如果对比一下当年姚鼐咒骂戴震等汉学家"身灭嗣绝"②的气势，不禁让人对桐城派末流的最后处境有诸多感叹。

可以这样认为，民国以后，属于桐城派的时代已经过去，桐城派已经成为新时代中的旧学派。在全民呼唤新文化、新道德、新学术的新时代，旧时代、旧学术、旧学派的结局唯有"黯然而逝"一途了。③ 清朝灭亡后，王先谦悲叹："可惜也夫！可恫也乎?"④ 王先谦所叹息的不仅有清王朝的命运，恐怕还有对桐城派、对个人未来命运的悲叹。

有意思的是，在五四运动中陈独秀被捕入狱后，马其昶、姚永概等人不计前嫌，署名营救，故胡适感叹："这个黑暗里还有一线光明。"⑤ 马、姚等人要营救陈独秀的原因已经很难探明，但有一点可以肯定的是，旧学术、新学术，旧文化、新文化之间的界限其实并非泾渭分明，从中华文化、学术发展的源流看，其实并无文化、学术新旧之分，有的只是前后之分，它们都是源远流长、薪火相传的中华文化、学术中不可或缺的一段历史、一个组成部分。

林纾曾说："不必心醉西风，谓欧人尽胜于亚。"⑥ 此语在近代中国学习西学的思潮大行其道的背景下显得很是不合时宜，学习西学唯恐不及，何谈不必心醉西风呢？现在看来，林纾的这番话倒是颇有些道理，西风不

---

① 陈独秀：《文学革命论》，《独秀文存》，安徽人民出版社 1987 年版，第 95—96 页。

② 姚鼐：《再复简斋书》，载姚鼐著、刘季高标校《惜抱轩诗文集》，上海古籍出版社 1992 年版，第 102 页。

③ 林纾：《送文科毕业清学士序》，《畏庐文集·诗存·论文》二，沈云龙主编《中国近代史料丛刊》第 94 辑，（台北）文海出版社 1973 年版，第 514 页。

④ 王先谦：《太息论》，载王先谦撰、梅季校点《王先谦诗文集》，岳麓书社 2008 年版，第 17 页。

⑤ 胡适：《致陈独秀》，载耿云志、欧阳哲生编《胡适书信集》（1907—1933）（上），北京大学出版社 1996 年版，第 367 页。

⑥ 林纾：《块肉馀生述前编序》，载迭更司著，林纾、魏易译《块肉馀生述》（一），商务印书馆 1930 年版，第 2 页。

是十全十美，也多有"可哂可鄙之事"①。未来的中国要真正走向自强，最终还得靠自己的努力，其中就包含对自我传统学术文化的认识与传承。人的认识总是受到时代的限制，在近代中国那个特殊的时段，学习西学就是时代主题。随着时间的推移，时代主题也在逐渐转换，今天的中国人不仅已经逐渐走出"必醉西风"的阶段，还开始憧憬胜于欧人的新阶段。国家的自强必然伴随着国人文化自信的复苏，在这一文化自信复苏的过程中，包括桐城派古文在内的中国传统文化的价值必将为国人所重新认识与重视。

---

① 林纾：《块肉馀生述前编序》，载迭更司著，林纾、魏易译《块肉馀生述》（一），商务印书馆 1930 年版，第 2 页。

参考文献

一 文献资料

程颢、程颐：《二程集》，中华书局 1981 年版。

陈独秀：《独秀文存》，安徽人民出版社 1987 年版。

陈谷嘉、邓洪波主编：《中国书院史资料》，浙江教育出版社 1998 年版。

［法］戴廷杰：《戴名世年谱》，中华书局 2004 年版。

戴名世撰、王树民编校：《戴名世集》，中华书局 1986 年版。

戴钧衡：《味经山馆文钞》，咸丰三年（1853）刊本。

戴震撰，杨应芹、储伟奇主编：《戴震全书》，黄山书社 2010 年版。

丁凤麟等编：《薛福成选集》，上海人民出版社 1987 年版。

方苞：《方望溪全集》，中国书店出版社 1991 年版。

方苞撰，徐天祥、陈蕾点校：《方望溪遗集》，黄山书社 1990 年版。

方苞著、刘季高校点：《方苞集》，上海古籍出版社 2008 年版。

方东树：《仪卫轩文集》，同治七年（1868）刻本。

方东树：《仪卫轩全集》，清光绪年间刊本。

方东树：《汉学商兑》，光绪八年（1882）四明花雨楼刻本。

方东树：《吴氏评本昭昧詹言》，民国七年（1918）武强贺氏刻本。

方宗诚：《柏堂师友言行记》，京华书局 1926 年印本。

方宗诚：《柏堂集》，清光绪六年（1880）刻本。

管同：《因寄轩文集》，道光癸巳年（1833）新镌本。

郭嵩焘：《养知书屋文集》，清光绪年间刊本。

郭嵩焘撰、杨坚校补：《郭嵩焘奏稿》，岳麓书社 1983 年版。

郭嵩焘撰、杨坚点校：《郭嵩焘诗文集》，岳麓书社 1984 年版。

郭嵩焘撰，钟叔河、杨坚整理：《伦敦与巴黎日记》，岳麓书社 1984 年版。

胡睿主编：《桐城派研究论文集》，中国文联出版社 2006 年版。

江藩：《汉学师承记》（外二种），生活·读书·新知三联书店 1998 年版。

刘大櫆撰、吴孟复标点：《刘大櫆集》，上海古籍出版社 1990 年版。

刘大櫆：《论文偶记》，人民文学出版社 1959 年版。

刘声木撰、徐天祥点校：《桐城文学渊源·撰述考》，黄山书社 1989 年版。

刘声木：《苌楚斋随笔、续笔、三笔、四笔、五笔》，中华书局 1998 年版。

黎庶昌：《曾国藩年谱》，岳麓书社 1994 年版。

黎庶昌：《拙尊园丛稿》，光绪乙未（1895）金陵状元阁印本。

黎庶昌：《西洋杂志》，社会科学文献出版社 2007 年版。

黎庶昌纂集：《续古文辞类纂》，四部备要本。

梁启超：《饮冰室合集》，中华书局 1989 年影印本。

刘师培撰、舒芜校点：《中国中古文学史·论文杂记》，人民文学出版社 1959 年版。

林纾：《畏庐文集·诗存·论文》，沈云龙主编《近代中国史料丛刊》第 94 辑，（台北）文海出版社 1973 年版。

刘开：《刘孟涂文集》，扫叶山房 1915 年印本。

鲁一同：《通甫类稿》，咸丰九年（1859）刻本。

林纾：《春觉斋论文》，人民文学出版社 1959 年版。

梅曾亮：《柏枧山文房集》，咸丰六年（1856）刊本。

梅曾亮撰，彭国忠、胡晓阳校点：《柏枧山文房诗文集》，上海古籍出版社 2005 年版。

孟醒仁：《桐城派三祖年谱》，安徽大学出版社 2002 年版。

马其昶：《抱润轩文集》，宣统元年（1909）安徽官纸印刷局石印本。

马其昶：《桐城耆旧传》，黄山书社 1990 年版。

马其昶著、孙维城等点校：《马其昶著作三种》，安徽大学出版社 2009 年版。

《清实录》，中华书局 1986 年影印本。

欧阳哲生编：《胡适文集》，北京大学出版社 1998 年版。

秦瀛：《小岘山人文集》，民国二十二年（1933）环溪草堂铅印本。

漆绪邦、王凯符选注：《桐城派文选》，安徽人民出版社 1984 年版。

钱钟书主编：《郭嵩焘等使西记六种》，生活·读书·新知三联书店 1998 年版。

孙维城、刘敬林、谢模楷点校：《马其昶著作三种》，安徽大学出版社

2009 年版。

邵懿辰：《半庐岩遗集》，光绪戊申三月（1908）刊本。

桑兵等编：《近代中国学术思想》，中华书局 2008 年版。

王树民、韩民祥、韩自强编校：《戴名世遗文集》，中华书局 2002 年版。

吴敏树：《柈湖文集》，光绪思贤精舍刊本。

吴德旋：《初月楼文钞》，光绪五年（1879）刻本。

吴汝纶撰，施培毅、徐寿凯校点：《吴汝纶全集》，黄山书社 2002 年版。

王先谦：《葵园四种》，岳麓书社 1986 年版。

王先谦：《王先谦诗文集》，岳麓书社 2008 年版。

吴闿生纂：《古文范》，民国十六年（1927）文学社刊本。

王栻编：《严复集》，中华书局 1986 年版。

王国维：《王国维全集》，浙江教育出版社 2009 年版。

王国维：《王国维文集》，燕山出版社 1997 年版。

薛福成：《庸庵文外编》，光绪十九年（1893）刊本。

薛福成：《庸庵文编》，沈云龙主编《近代中国史料丛刊》第 95 辑，（台
　　北）文海出版社 1973 年版。

薛福成：《出使四国日记》，岳麓书社 1985 年版。

薛绥之、张俊才编：《林纾研究资料》，福建人民出版社 1983 年版。

徐世昌：《清儒学案》，中国书店出版社 1990 年版。

姚鼐：《惜抱轩全集》，中国书店出版社 1991 年版。

姚鼐撰、刘季高点校：《惜抱轩诗文集》，上海古籍出版社 1992 年版。

姚鼐纂集：《古文辞类纂》，上海古籍出版社 1998 年版。

姚鼐、王先谦编：《正、续古文辞类纂》，浙江古籍出版社 1998 年版。

姚莹：《中复堂全集》，同治六年（1867）刊本。

姚莹撰，施培毅、徐寿凯点校：《康輶纪行、东槎纪略》，黄山书社 1990
　　年版。

姚莹：《识小录·寸阴丛录》，黄山书社 1991 年版。

姚永概：《慎宜轩文集》，光绪三十四年（1908）铅印本。

姚永概著、沈寂等标点：《慎宜轩日记》，黄山书社 2011 年版。

姚永朴：《旧闻随笔》，黄山书社 1989 年版。

姚椿：《晚学斋文钞》，咸丰三年（1853）刊本。

姚椿编：《国朝文录》，咸丰元年（1851）张祥河刊本。

俞樟华、胡吉省：《桐城派编年》，人民文学出版社 2015 年版。

曾国藩：《曾国藩全集》，岳麓书社 1994 年版。

曾国藩：《曾国藩全集》，岳麓书社 2011 年版。

曾国藩：《曾文正公全集》，传忠书局光绪二年（1876）刻本。

曾国藩：《求阙斋日记类抄》，清光绪二年（1876）河南印刷局铅印本。

曾国藩纂集：《经史百家杂钞》，西南师范大学出版社 1995 年版。

张裕钊：《廉亭文集》，光绪八年（1882）苏州查氏木渐斋刻本。

张裕钊：《张濂卿先生文集》，清宣统元年（1909）五色古文山房刻本。

张裕钊著、王达敏校点：《张裕钊诗文集》，上海古籍出版社 2007 年版。

郑福照辑：《姚惜抱先生年谱》，同治七年（1857）刊本。

赵尔巽等撰：《清史稿》，中华书局 1977 年版。

二　研究著作

安徽社会科学院文学研究所等编：《桐城派研究论文集》，黄山书社 1986 年版。

安徽大学桐城派研究所：《桐城派与明清学术文化》，安徽大学出版社 2008 年版。

白新良：《中国古代书院发展史》，天津大学出版社 1995 年版。

步近智、张安奇：《中国学术思想史稿》，中国社会科学出版社 2007 年版。

崔立中、张爱群、袁德水：《桐城派心理学思想》，科学出版社 2015 年版。

陈柱：《中国散文史》，东方出版社 1996 年版。

陈祖武：《清代学术思辨录》，中国社会科学出版社 1992 年版。

曹虹：《阳湖文派研究》，中华书局 1996 年版。

陈子展：《中国近代文学之变迁》，上海古籍出版社 2000 年版。

邓心强、史修永：《桐城派文体学研究》，安徽大学出版社 2012 年版。

冯天瑜等撰：《中华文化史》，上海人民出版社 1990 年版。

方宁胜：《桐城科举》，安徽美术出版社 2011 年版。

龚书铎主编：《清代理学史》，广东教育出版社 1997 年版。

郭绍虞：《中国文学批评史》，百花文艺出版社 1999 年版。

关爱和：《古典主义的终结——桐城派与"五四"新文化运动》，上海文艺出版社 1998 年版。

韩经太：《理学文化与文学思潮》，中华书局 1997 年版。

侯外庐：《中国思想通史》，人民出版社 1956 年版。

何天杰：《桐城文派》，广州文化出版社 1989 年版。

黄霖：《近代文学批评史》，上海古籍出版社 1993 年版。

姜书阁：《桐城文派评述》，商务印书馆民国十九年（1933）版。

刘大杰：《中国文学发展史》，上海人民出版社 1976 年版。

梅向东、李波：《桐城派学术文化》，合肥工业大学出版社 2011 年版。

马积高：《清代学术思想的变迁与文学》，湖南出版社 1996 年版。

漆永祥：《乾嘉考据学研究》，中国社会科学出版社 1998 年版。

任访秋：《中国近代文学史》，河南大学出版社 1998 年版。

尚小明：《学人游幕与清代学术》，社会科学文献出版社 1999 年版。

史革新：《晚清理学研究》，（台北）文津出版社 1994 年版。

时萌：《中国近代文学论稿》，上海古籍出版社 1986 年版。

汤志钧：《近代经学与政治》，中华书局 1989 年版。

王献永：《桐城文派》，中华书局 1992 年版。

王镇远：《桐城派》，上海古籍出版社 1990 年版。

吴雁南主编：《中国近代社会思潮》，湖南教育出版社 1998 年版。

吴雁南、秦学顺、李禹阶主编：《中国经学史》，福建人民出版社 2001
    年版。

吴孟复：《桐城文派论述》，安徽教育出版社 1983 年版。

王达敏：《姚鼐与乾嘉学派》，学苑出版社 2007 年版。

王凯符：《八股文概说》，中华书局 2002 年版。

王运熙、顾易生主编：《中国文学批评通史》，上海古籍出版社 1990
    年版。

王镇远、邬国平：《清代文学批评史》，上海古籍出版社 1995 年版。

王汎森：《中国近代思想与学术的系谱》，河北教育出版社 2001 年版。

王炳照：《中国古代书院》，商务印书馆 1998 年版。

［新加坡］许福吉：《义法与经世——方苞及其文学研究》，学林出版社
    2001 年版。

汪学群、武才娃：《清代思想史论》，中国社会科学出版社 2007 年版。

魏际昌：《桐城古文派小史》，河北教育出版社 1998 年版。

许总：《宋明理学与中国文学》，百花洲文艺出版社 1999 年版。

余英时：《论戴震与章学诚》，生活·读书·新知三联书店 2000 年版。

徐文博：《戴名世论稿》，黄山书社 1985 年版。

杨正典：《严复评传》，中国社会科学出版社 1997 年版。

尤信雄：《桐城文派学述》，（台北）文津出版社 1975 年版。

袁进：《中国文学观念的近代变革》，上海社会科学院出版社 1996 年版。

叶易：《中国近代文艺思想论稿》，复旦大学出版社 1985 年版。

左玉河：《中国近代学术体制之创建》，四川人民出版社 2008 年版。

周作人：《中国新文学的源流》，华东师范大学出版社 1995 年版。

朱维铮：《中国经学史十讲》，复旦大学出版社 2002 年版。

张立文：《宋明理学研究》，中国人民大学出版社 1985 年版。

张维：《清代广西古文研究》，广西师范大学出版社 2008 年版。

周振甫：《桐城派》，中华书局 1992 年版。

周振甫：《中国文章学史》，中国文联出版社 1994 年版。

周中明：《桐城派研究》，辽宁大学出版社 1999 年版。

张维、梁扬：《岭西五大家研究》，江苏古籍出版社 2003 年版。

三　论文

陈祖武：《从经筵讲论看乾隆时期的朱子学》，《国学研究》第 9 卷，北京大学出版社 2002 年版。

陈平原：《文派、文选与讲学——姚鼐的为人与为文》，《学术界》2003 年第 5 期。

董剑平：《维新运动中的王先谦》，《烟台师范学院学报》（哲学社会科学版）1991 年第 4 期。

龚书铎：《刘开述略》，《清史研究》2001 年第 3 期。

关爱和：《五四以后新文学家对桐城派的再认识》，《中州学刊》1998 年第 1 期。

关爱和：《守望艺术的壁垒——论桐城派对古文文体的价值定位》，《文学评论》2000 年第 4 期。

关爱和：《〈南山集〉案与清代士人的心路历程》，《史学月刊》2003 年第 12 期。

关爱和：《姚鼐的古文艺术理论及其对桐城派形成的贡献》，《文艺研究》1999 年第 6 期。

郭延礼：《曾国藩与桐城派的"中兴"》，《社会科学辑刊》1988 年第 6 期。

何天杰：《论桐城文派在散文史上的地位》，《首都师范大学学报》1997
年第 4 期。

何天杰：《经世之学的蜕变与桐城文派的崛起》，《华南师范大学学报》
（社会科学版）2001 年第 1 期。

韩立君：《试论曾国藩的理学经世思想》，《辽宁师范大学学报》（社会科
学版）1999 年第 1 期。

蒋越林：《桐城文化研究的困境与解决途径》，《合肥师范学院学报》2010
年 3 月。

蒋英豪：《林纾与桐城派、改良派及新文学的关系》，《文史哲》1997 年
第 1 期。

李详：《论桐城派》，《国粹学报》第 4 卷第 12 期（1909 年 1 月 11 日）。

李英：《程朱理学与桐城派散文》，《安徽文学》2008 年第 11 期。

刘再华：《一个主张维新的旧文学派别——后期桐城派作家的经学立场与
文化话语》，《湖南大学学报》（社会科学版）2006 年第 4 期。

罗检秋：《晚清汉学传统之演变》，《天津社会科学》2005 年第 1 期。

柳春蕊：《咸同时期湖南士人的古文与事功》，《南开大学学报》（哲学社
会科学版）2007 年第 5 期。

柳春蕊：《神、理、声、色——姚鼐的诗歌体性论》，《北京大学学报》
（哲学社会科学版）2004 年第 4 期。

马积高：《理学与桐城派》，《中国文学研究》1993 年第 2 期。

暴鸿昌：《清代汉学与宋学关系辨析》，《史学集刊》1997 年第 4 期。

钱竞：《乾嘉时期文艺学的格局——考据学的挑战和桐城派的回应》，《文
学评论》1999 年第 3 期。

潘务正：《"桐城谬种"考辨》，《安徽师范大学学报》（人文社会科学版）
2008 年第 1 期。

潘务正：《严复与桐城派——以刘声木〈桐城文学渊源考〉不收严复为中
心的考察》，《淮南师范师范学报》2007 年第 3 期。

戚其章：《姚莹的海防思想与海国研究》，《安徽史学》1994 年第 1 期。

任访秋：《桐城派文论的渊源及其发展》，《商丘师专学报》1985 年第
1 期。

孙宝林：《近现代文体演变的历史鸟瞰》，《中国现代文学研究丛刊》1999
年第 4 期。

施明智：《〈出使英法义比四国日记〉所昭示的桐城散文变革》，《杭州师范大学学报》（社会科学版）2007 年 9 月。

史革新：《理学与晚清社会》，《北京师范大学学报》（社会科学版）1998 年第 4 期。

武道房：《汉宋之争与曾国藩对古文理论的重建》，《文学遗产》2010 年第 2 期。

武道房：《从宋学到汉学：清代康雍乾学术风气的潜移》，《学术月刊》2008 年第 10 期。

王宁：《翻译文学与中国文化现代化》，《清华大学学报》（哲学社会科学版）2002 年增 1 期。

王树民：《江藩的学术思想及汉学与宋学之争》，《河北师范大学学报》（哲学社会科学版）1999 年第 2 期。

王济民：《林纾与桐城派》，《华中师范大学学报》（人文社会科学版）2007 年 5 月。

吴薇：《桐城文章与孔孟之道》，《东方学刊》2009 年第 4 期。

吴孟复：《再谈"桐城派"三个问题》，《江淮论坛》1986 年第 3 期。

汪小角、方宁胜：《桐城派研究百年回顾》，《安徽史学》2004 年第 6 期。

夏锦乾：《从求实到求真——试论中国学术现代转型的起点》，《学术月刊》1998 年第 9 期。

谢飘云：《中国近代散文的多重变奏》，《文史哲》1998 年第 6 期。

萧晓阳：《近三百年文化嬗变中的桐城学术精神——以方苞、曾国藩、严复为中心》，《北方论丛》2008 年第 3 期。

朱汉民：《理学之术的"实学"精神》，《湖南大学学报》（社会科学版）2000 年第 2 期。

张昭军：《曾国藩理学思想探析》，《北京师范大学学报》（社会科学版）2004 年第 3 期。

张成权：《从清代前期学术流变看桐城派与"汉学"关系》，《合肥学院学报》2007 年第 11 期。

后　记

　　摆在大家面前这些文字是笔者主持的 2011 年度国家社会科学基金项目"桐城派与清代学术流变研究"（批准号：11BZS069）的最终成果。本课题成果在最终出版时，虽做出了一定程度的修改调整，但在整体上还是保留了成果结项时的主要内容与基本框架，故本书在诸多细节的表述上还是体现出课题研究报告的特征。

　　从框架目录设计到资料收集整理、撰写初稿直到修订定稿，当这些必要的工作一项项完成后，数年的时间也就一晃过去了。一本书的撰写，一项课题的研究，其最终的成果不仅包含着写作者的心血，也是一个人生命中一段时光的留影与凝聚。在回首过去四年的时候，很多的日子已经模糊不清，但翻开这本成果小集，无数过去时光中的研究细节就一一清晰地浮现出来。在课题最终成果出版之际，笔者希望这一最终成果能达到申请时的预期规划，也希望这一微薄成果对于桐城派及清代学术史研究的推动稍有裨益。

　　桐城派涉及的时间段长，学派成员众多，故本课题在写作中遇到的最大难题一是对研究人物的筛选问题，二是对资料的剪裁取舍问题。就笔者的能力而言，将所有的桐城派成员都纳入研究范围几乎是一个不可能完成的任务。加之研究桐城派时所涉及的史料可谓汗牛充栋，在有限的时间内难以尽读相关史料。笔者在写作过程中，虽力求尽可能多地翻阅、梳理相关史料，但面对卷帙浩繁的桐城派史料，笔者常常有沧海一粟、力不从心之叹。就笔者对桐城派的已有的研究成果而言，研究中心还是聚焦在桐城派历代代表性人物身上。桐城派研究若要继续拓展，除了研究方法的开新外，尚需将眼光从代表性人物转向桐城派历代的众多"普通"成员。对这些成员的全面、深入研究，不仅有助于研究资料的拓展，也能更全面地展示出桐城派的面貌及特征。

　　桐城派研究始自 20 世纪初年，迄今已逾百年。目前学界从不同视角对桐城派展开研究的成果已相当丰富。对这些研究成果，本课题在研究及写作过程中多有参考、吸收并尽量加以注释说明，在此亦向这些研究成果的各位作者表示敬意与感谢。还需说明的是，本书的部分内容近年来作为课题研究的阶段性成果已在《史学理论研究》《安徽史学》《暨南史学》等学术刊物上发表，此处不再一一注明。

　　本书编辑刘芳女士为本书的编辑出版付出了诸多辛苦，在此表示谢意。

曾光光

2016 年 1 月 15 日于广州·暨南大学